RIMMEL

narrativa italiana

9

LAURANA EDITORE

direzione editoriale:
Calogero Garlisi

redazione e comunicazione:
Gabriele Dadati

grafica e interni:
Daniele Ceccherini

utili consigli:
Giulio Mozzi

ISBN 978-88-96999-11-0

Laurana Editore è un marchio Novecento media s.r.l.

via Carlo Tenca, 7 – 20124 Milano
www.laurana.it – info@laurana.it

Gianfranco Di Fiore

la notte dei petali bianchi

LAURANA EDITORE

A tutti coloro che si sentono
soli, non amati e in colpa.
E a mia madre.

E hai ottenuto quello che
volevi da questa vita, nonostante tutto?
Sì.
E cos'è che volevi?
Potermi dire amato, sentirmi
amato sulla terra.

Raymond Carver, *Ultimo frammento*

PARTE PRIMA

niente intorno

I vetri della finestra riflettono il mio torace nudo. Fuori dal vecchio camper, sopra i muri che circondano il cimitero, il nero della notte si tinge di un alone color ruggine che sale dalle lapidi. Samira è chiusa in bagno e non parla, sento che apre e chiude le ante del mobile sul lavandino; sa che non potrà trovarci niente di utile all'interno. È al suo secondo tampone, il primo non è riuscita a centrarlo, le è scivolato via dalle mani finendo sul fondo del water. La paura le aveva bloccato le gambe e quasi ci moriva sulla tazza, con la vescica gonfia e un cuore troppo tenero per sopportare un dolore così forte. Adesso piange senza far rumore, proprio come le hanno insegnato. Ha solo quindici anni e due occhi scuri come la notte.

Poco fa è uscita, aveva ai piedi i calzini viola con dei cuori rosso sangue e una piccola farfalla ricamata con del filo azzurro. Mi ha chiesto di andare a comprare un nuovo tampone in farmacia, parlava mantenendo lo sguardo fisso sul pavimento. Sono mesi che veniamo qui durante la notte, uniche anime vive a respirare il freddo della pianura. Sono mesi che pensiamo al nostro matrimonio e ancora non ha la forza di guardarmi negli occhi, di sorridere dopo aver fatto l'amore. Il suo corpo color miele è appesantito dai sensi di colpa, dalla certezza che prima o poi qualcuno le taglierà la testa se verrà a sapere di noi o – peggio ancora – di una gravidanza. Così il silenzio è l'unico mezzo che le rimane per dialogare con me, per farmi capire quanto sia pericoloso il suo amore per un uomo *italiano* di quarantasei anni.

Spengo la luce ed esco nel parcheggio, mi incammino verso la stazione di servizio avvolto dalla nebbia. La mia Alfa rossa è al sicuro, nascosta dalle mura messe a protezione dei morti. Alle spalle della camera mortuaria c'è un sentiero che taglia per i campi e arriva a un punto della tangenziale dal quale non si vede più il mondo. Lì in fondo tutto è buio, nebbia, alberi che si scuotono nel silenzio. A pochi metri dalla stazione di servizio lo sportello della farmacia comunale è aperto anche di notte; al bar di fianco capita spesso di rompersi la testa per una partita di calcio o peggio ancora di litigare con qualche immigrato ubriaco. Infatti alla farmacia comunale non manca mai il lavoro, nemmeno di sera, nemmeno d'inverno. È pieno di arabi quel bar. Passano lì l'intera giornata per mesi, fino a quando non trovano lavoro e dopo ne arrivano altri, diversi, ma con le stesse paure e la stessa diffidenza. Di notte è anche un ritrovo per gli operai, le loro facce – al contrario – invecchiano ma non cambiano mai. Alcuni di loro frequentano quel bar da più di vent'anni. E così spesso ci pensano l'alcol, la solitudine e la sensazione di non aver nulla da cui fuggire a complicare i rapporti, a creare storie che finiscono male. A guardar bene sono tutti estranei gli uomini: gli immigrati e gli italiani, gli italiani con i propri parenti, gli immigrati con altri immigrati. Esistono solo divisioni. Nel profondo nord sono gli animali a insegnarci il bene e il male, ma se un cane muore per strada nessuno se ne accorge.

In farmacia compro due tamponi e un pacchetto di caramelle per il mal di gola, il giovane in camice bianco mi chiede se sto bene, se ho bisogno di altro e se posso dedicargli due minuti. Poggia sul bancone il sacchetto della spesa e di fianco un volantino che reclamizza i nuovi servizi della farmacia messi a disposizione gratuitamente per i residenti. Con una penna scorre dall'alto verso il basso l'elenco degli esami a cui potrei sottopormi, con voce placida mi spiega come prenotare i controlli e gli orari in cui si effettuano. Alla fine dell'elenco una scritta informa che si tratta di un progetto in collaborazione con la Caritas. Ho la testa appesantita dai pensieri e non c'è spazio per altre informazioni, la sola cosa di cui ho bisogno adesso è liberarmi dall'ansia. Samira passa più ore nel camper che in casa dei genitori. Al cimitero vende i fiori la mattina, per il padre, e al pomeriggio si guadagna da vivere assemblando spine elettriche per due euro all'ora insieme a suo fratello. Incastonata in quel velo che le rende il viso ancora più piccolo può persino sorridere agli uomini che si fermano per scegliere i fiori da portare sulle tombe. Il lavoro rappresenta tutta la sua libertà. Samira ha il cuore grande quanto un oceano e io non voglio che viva di fianco a un cimitero, stordita dalla puzza dei garofani, circondata da un paesaggio di lapidi e lumini elettrici. La sola cosa che voglio fare è portarla via da quel posto e sposarla.

Dopo aver bevuto un caffè al bar torno al camper. Attraverso il campo gelato passando in mezzo ai papaveri secchi, non c'è mai nessuno dalle parti del cimitero di notte, il senso di abbandono quasi mi distrae. Corro a causa del freddo, le gambe reggono a stento i miei cento chili. I muscoli delle cosce cominciano a contrarsi e sono costretto a fermarmi per riprendere fiato. Avverto una fastidiosa fitta al fianco destro, di colpo il respiro è diventato pesante. A volte dimentico di non essere più così giovane.

Quando entro il caravan è ancora al buio. Accendo la luce e le scarpe colorate di Samira mi accolgono distese al centro della stanza, simili a pesci morti; alcuni scarafaggi si muovono intorno ai lacci in cerca di un riparo. Cammino lentamente in modo da non far rumore, la preoccupazione è così intensa che non riesco a sentire niente, né i brividi sulla pelle né il battere del cuore. Mi spoglio mentre Samira esce dal bagno a occhi bassi, raccoglie il sacchetto col tampone che ho poggiato sul tavolo e va via. Le ripeto che andrà tutto bene, che sono stato attento e che presto potrà smettere di preoccuparsi. Per dare un senso all'attesa mi infilo sotto le coperte e prego. Parlo con Dio mantenendo gli occhi chiusi, in modo da poter immaginare il suo viso e soprattutto cancellare i colori di questa notte che ha il sapore dell'inquietudine.

La pianura intanto respira e si ingrossa, davanti alle mura del cimitero gli abeti fremono come la terra su cui poggia il nostro caravan. La nebbia finirà per cancellare non solo questa notte ma noi stessi: i corpi, le lacrime, le paure. Ancora un soffio di vento e chissà dove arriveremo, penso. Poi Samira apre la porta del bagno, ha in mano il suo secondo tampone avvolto in un pezzo di carta igienica.

"Signor Dante?", sussurra a occhi bassi.

"Dimmi tesoro".

"Non sono incinta!"

Samira scende dalla mia Alfa rossa con lentezza. Il suo è un viso di donna ormai. La paura per la gravidanza le ha cambiato in un attimo gli occhi e il colore della pelle sugli zigomi, il suo sorriso è diventato più controllato e consapevole. Prima di sparire tra la nebbia del viale sterrato mi confessa che Amir, suo padre, ha minacciato di ucciderla. "Una musulmana non può sposare un cattolico, una musulmana si sposa con un musulmano", le ha urlato con rabbia sulla faccia mentre con le mani le stringeva i capelli e la gola. "Tua madre ha bisogno di te, Allah ha bisogno di te e tu hai bisogno di quello che io decido. Stanotte dormirai fuori!", le ha detto qualche giorno fa, prima di rinchiuderla nel gallinaio senza luce né scarpe.

"Signor Dante, io non voglio soffrire", mi dice.

"Ci sono io tesoro, ti assicuro che presto sarà tutto finito", mi avvicino verso lo sportello aperto per accarezzarle il viso; il suo corpo chino verso di me a tratti sembra dilatarsi, gonfio di paure e rassegnazione. Il suo respiro è pieno di ruggine e ossa.

"Non possiamo vederci tutte le notti. Se mio padre torna da lavoro e non mi trova a letto viene a cercarmi".

"Ma io ho la pistola tesoro", mi giro verso il sedile posteriore e tiro via la fondina dal giubbotto. Samira si copre gli occhi, si annoda più forte il velo intorno alla gola e si allontana. In macchina rimane un profumo di pulito, di gelso, di buccia di mela rossa. La luce fioca dell'abitacolo scava nelle mie rughe rendendole più profonde e ombrose; l'acqua del canale intanto si muove appena. Assam corre da Samira, con la punta della coda bianco latte e le zampe marroni, le annusa le scarpe e salta. Il camion di Amir non c'è, la vecchia cascina è circondata dal terriccio, con le orme secche lasciate dai porci. Prima di allontanarmi aspetto che Samira apra la porta.

Fuori dal nostro camper io non sono più niente. Non ho posti dove andare, non ho amici a cui raccontare le mie storie e non ho più nemmeno sogni. Cerco solo di portare avanti il mio lavoro e i miei sopralluoghi, le notti al bar della stazione di servizio e le birre fredde bevute con moderazione. A volte nemmeno mi siedo al bancone; resto in piedi, fisso le luci del video poker e la fortuna che se ne va chissà dove, come una puttana fiera del proprio lavoro. Mi fermo a controllare gli sguardi degli arabi che tirano fino all'alba, le tute lerce, gli anelli d'oro e le mani callose. Penso alle loro mogli e alle figlie in catene, alle loro vite sottovuoto prosciugate dai divieti e dalla sottomissione. Mi chiedo se c'è mai stato calore nelle loro case, se tutte le giovani donne musulmane vivono il proprio amore in nascondigli bui come il camper di Samira. Mi chiedo se anche Dio è un ubriacone, se per caso l'alcol può regalarmi qualche miracolo almeno stanotte.

La strada che porta al centro di Chiari costeggia una parte del canale e i capannoni che fanno da scudo alle fabbriche più grandi, silenti come pedoni su una scacchiera. Ho un controllo al centro commerciale di Erbusco, poi un piantonamento 5.00-7.00 al centro produzione caseario di Rovato: è tutto scritto nel blocknotes. Ci tengo molto al mio lavoro e non potrei vivere senza. Mi affascina la pianura di notte, il gelo che cala sugli alberi e sui canneti lungo il canale. Qui in provincia non c'è voglia di farsi conoscere, di passare del tempo insieme né di mettere sul tavolo i propri progetti. Quando attraverso la strada delle fabbriche avverto di colpo tutto il peso della vita. I parcheggi fuori dagli stabilimenti sono pieni di auto e ordinati, i gabbiotti della vigilanza sono poco illuminati e il bianco tenue dei televisori rischiara appena il viso stanco dei guardiani. Prima del cavalcavia che porta verso l'autostrada mi fermo in una piazzola di sosta, ho bisogno di riposo prima di cominciare a lavorare. L'Alfa gracida nella nebbia e non c'è nessuno che possa sentirla, non c'è vita intorno. Spengo il motore e distendo il sedile. Alle spalle della fabbrica di cellophane intravedo le saracinesche del vecchio mercato ortofrutticolo. È un luogo abbandonato, un rifugio per gli spettri, spesso i cani vanno lì per partorire in santa pace. Da tempo non si sentono più i tir, non si vedono le arance, non c'è più niente. Forse ci faranno un nuovo centro commerciale.

Era il mio ultimo giorno di lavoro, avevo sedici anni, mio padre diceva che presto al mercato non ci sarebbe rimasto nessuno. "Tutte le cose finiscono", ripeteva. Aveva lavorato lì per più della metà della sua vita, di quel posto conosceva ogni segreto, ogni angolo buio, ogni cella. Diceva che i colleghi gli volevano un gran bene perché faceva ridere e spesso raccontava loro delle storie incredibili. Ad ogni modo avrebbero smantellato quell'enorme baracca di lamiera entro la fine dell'anno. Non c'era più motivo di stare attenti, "le telecamere di sorveglianza non sono in funzione", disse. Mi fece segno di scendere dal camion, parlava poco anche a casa ma quando si trattava di dare ordini parlava ancora meno. Stava quasi per spuntare il sole, il gelo lentamente si scioglieva e l'autostrada al di là del cavalcavia cominciava a riempire la pianura di luci rosse e gialle.

"Vai nella cella dodici, in fondo al corridoio. Aspettami lì", disse.

"Non posso oggi. Mi fa troppo male", risposi.

"Decido io cosa ti fa male e cosa no. Adesso vai", e con le braccia sudate e tese come corde sistemò gli ultimi sacchi di arachidi.

Mi prendeva sempre allo stesso modo. Mi copriva la testa con un panno e mi stringeva il collo. Io respiravo e trattenevo le lacrime e il dolore, lui mi ordinava di stare in silenzio e io obbedivo. Mi abbassava appena i jeans, così se qualcuno arrivava all'improvviso poteva tirarmi su e tenendomi il panno sulla bocca dire che stavo vomitando. Prima di entrarmi dentro mi baciava le natiche, me le baciava come se fossero state sacre e inviolabili. Mi leccava dal basso verso l'alto, le annusava come se fossero pesche già sbucciate. Io tenevo gli occhi chiusi e pensavo di essere al sicuro, in un bosco con gli alberi dai mille colori. Mi sentivo leggero, quasi invisibile, come adesso.

Quando torno a casa, alle otto del mattino, mia madre è seduta in salone con la schiena curva e gli occhi incollati al monitor del pc. Provo a darle un bacio sulla fronte. La sua pelle puzza di chiuso, di lacca sedimentata. Mi dice che ho una brutta faccia, che secondo lei c'è qualcosa che non va.

"Dove sei stato?"

"Sono andato a lavoro".

"E prima di andare a lavoro? Hai una faccia che fa schifo".

"Ho fatto un salto in un posto dove andavo da ragazzino".

"E c'era gente?"

"No. Non c'era nessuno".

Lascio la divisa e la pistola sulla scrivania, do da mangiare ai pesci rossi e mi infilo a letto. Dalla persiana filtrano opache strisce di luce.

Al pomeriggio il nostro appartamento si riduce a una scatola bianca. Mia madre divide il suo tempo tra il monitor del pc e i programmi di cucina della tv satellitare. Ha imparato a ordinare i suoi prodotti di bellezza da alcuni siti internet e non pensa ad altro. Un paio di anni fa si ustionò gli zigomi con una crema al peperoncino ordinata a un negozio di Cremona. Quando finisce i soldi della pensione chiede a me altro denaro per comprare da mangiare. Gestisce i suoi sessant'anni con assoluto menefreghismo, le pesa persino dar da mangiare ai pesci rossi. Da qualche anno cerca di trasformare la passione per il make-up in un vero e proprio lavoro, ma con scarsi risultati. Si presenta agli estranei come agente di commercio, ma io so quanto questa nuova identità sia il riflesso di una vita senza affetti, una dolorosa necessità di dare un senso al suo distacco emotivo dal mondo.

Da giovane a volte tornava tardi la sera, una sua collega infermiera le aveva detto che con i trucchi si potevano guadagnare bei soldi extra e lei non perdeva occasione per andare in giro a capire qualcosa in più di quella nuova occupazione. Da Chiari arrivava fino a Brescia e a volte anche in provincia di Bergamo, girava tutti i paesini della pianura in cerca di donne vanitose. La maggior parte delle casalinghe le dava appuntamento per strada, nei bar fumosi o nei parcheggi dei supermercati. Due giorni a settimana, finito il turno in ospedale, se ne andava in giro col suo catalogo illustrato pieno di rossetti e matite per gli occhi. Incontrava una sola persona alla volta, spesso il marito della cliente non era in casa pertanto le riunioni si svolgevano altrove:

non si fidavano di nessuno le donne del nord-est. Passavano ore intere nei bar, a bere caffè e a parlare di trucchi in modo da star lontano il più possibile dalla noiosa vita domestica. Viaggiando in autobus mia madre finiva spesso a dormire nelle pensioni, di solito vicino a qualche stazione. Mio padre non protestava mai, "Tua madre è una brava donna!", mi diceva, "dovrai sempre rispettarla". Ma lei pensava solo ad accumulare smalti e creme detergenti, molti di quei prodotti glieli regalava l'azienda per cui faceva da rappresentante. In quegli anni la mia camera era un ricovero di cartoni e cataloghi che puzzavano di vernice; ora ha sostituito volantini e cataloghi con lo schermo del computer, la sua schiena comincia a curvarsi e lei nemmeno se ne accorge.

Quando la sua carriera da infermiera si è conclusa, dieci anni fa, ha sofferto di insonnia per diversi mesi prima che si presentassero delle acute crisi di panico che nel tempo è riuscita con sforzo a controllare. Ripeteva sempre che la casa per lei era come una prigione e più di una volta l'ho vista chiudersi in bagno e uscirne dopo ore con gli occhi gonfi e rossi.

Sono le quattro del pomeriggio e lei è seduta davanti al computer, immersa nel pallore del nostro salone anni '60. Gli unici segni di vita sono le unghie colorate di rosso, i capelli tinti di un viola leggero e le occhiaie che tenta di cancellare con un trucco vistoso da ballerina di can-can. È come se vivesse sotto una campana trasparente, confinata in chissà quale dimensione dello spazio. Da sempre il mondo per lei gira su un asse diverso. Questa stanza somiglia al suo viso incipriato, la nostra casa riproduce con fedeltà i suoi sorrisi finti e le sue occhiate distratte. Non c'è un solo oggetto che possa farmi sentire vivo e utile, eppure niente sembra essere fuori posto. Forse è proprio l'ordine a creare caos in me, forse è il rigore delle nostre abitudini a rimescolare le percezioni e le paure, a farmi sentire in pericolo. Oltre ai trucchi le piacciono molto anche gli uomini, quelli giovani. Conserva tutte le loro lettere e ci passa le ore al telefono, con addosso la sua vestaglia ricamata a rose blu. Faccio una doccia veloce e mi preparo per un turno di lavoro straordinario. Quando esco dal bagno mia madre è ancora lì, incollata al monitor. Ride, fuma e beve vino scadente.

Al bar della stazione di servizio non c'è fila. Alcuni albanesi consumano il loro panino seduti all'angolo. Urlano e battono le sedie, bevono più birra di quella che il loro stomaco può contenere. Renato allunga gli occhi ma non dice un granché, a volte tace per paura di perdere la clientela, altre volte tace per evitare di finire all'ospedale. "Si avverte la crisi!", ripete, "se vanno via anche 'sti qui dovrò andare a chiedere l'elemosina". Quando sono nei pressi del bancone apro la cerniera del giubbotto in modo che Renato, vedendo la pistola, possa distendere i nervi e sentirsi meno solo. Ordino una birra e do un'occhiata al block-notes. Samira mi manca di meno quando lavoro.

"Sei di servizio al capannone Fiat stasera?"

"No, ho un piantonamento 17.00-19.00 da Blockbuster poi sono libero. Ho un paio d'ore da recuperare. Ti serve qualcosa?"

"Non fa niente Dante. Poi ti spiego", si allontana verso la macchina del caffè, apre la manopola del vapore mentre un rumeno ordina una birra.

"Allora?", gli chiedo. Ed è in quell'attimo che dalla porta entra Amir, denti d'oro e camminata da magnaccia. Sulle dita compaiono tutti i segni dei pugni sferrati alle gambe di Samira e del piccolo Adil.

"Stasera c'è una festa organizzata da alcuni marocchini. Hanno pagato già tutte le bibite e pure il fitto della sala. Se magari vieni a farti un giro verso le due e mezza mi fa piacere".

"Non posso Renato, ho un casino di cose da fare".

"Lo vedi quello? Il trasporta-bare?", fa segno verso Amir.

"Non lo conosco".

"Ha pagato lui e il tipo con la barba, quello della moschea. Non mi piace il loro modo di fare, il mese scorso hanno pestato a sangue un albanese che aveva parcheggiato dietro al suo camion impedendogli di uscire."

"Perché non hai chiamato la polizia?"

"Perché mi faccio i cazzi miei".

"Allora stai tranquillo, vedrai che non ci saranno casini".

Manca ancora un po' all'inizio del turno, l'aria fuori dalla stazione di servizio è gelida. Le macchine scivolano lente sul ghiaccio, in fila verso l'autostrada. Il camion di Amir, parcheggiato di traverso nello spiazzale, mi fissa nel buio come un lupo dagli occhi di fuoco. Ha occupato lo spazio di quattro auto. È sempre lui a dar fastidio. Sullo sportello ci sono delle scritte colorate e sotto il nome della ditta che ha sede a Nuvolera.

Samira dice che le bare trasportate da suo padre sono comode e pulite, ne ha viste diverse: legno bianco, legno marrone e nero, quelle costruite con ciliegio africano tendono al rosso. L'imbottitura all'interno può essere di qualsiasi colore in base alla scelta del cliente. Lei predilige le bare con dentro il velluto viola; il viola è il suo colore preferito. Dopo aver fatto l'amore si trucca sempre con l'ombretto viola, ha uno anch'esse viola e delle calze che indossa il venerdì di preghiera sempre viola, con dei ricami gialli. Mi racconta anche dei viaggi di suo padre. Una volta è arrivato fino in Russia, a Mosca, e quando è rientrato a casa – dopo dieci giorni – non solo le ha portato un sacco di regali ma le ha detto di aver realizzato persino un breve documentario. Nel video si vede quasi sempre la faccia barbuta di Amir, ripresa in primo piano, e dietro di essa – in un angolo strettissimo dell'inquadratura – si scorge ora la Piazza Rossa con le sue torri appuntite, ora qualche dettaglio color oro del Cremlino; in alcune riprese si notano, dietro le spalle di Amir, lunghe file di barboni davanti alle macellerie. Suo padre è stato anche ad Amsterdam e a Cracovia, dal suo ultimo viaggio a Budapest – durato quattro giorni – è tornato con una matrioska e una palla di vetro con all'interno dell'acqua e una miniatura della Piazza degli Eroi.

Quando Samira parla del lavoro di suo padre la preoccupazione per i loro diverbi evapora, sfuma in una serie di teneri ricordi. Il fatto che Amir racconti spesso del suo lavoro è già un passo avanti per il loro rapporto. Io invece tutto questo non posso raccontarlo a nessuno, e forse non ne sento nemmeno il bisogno. A volte immagino che più gli altri sanno di me e Samira più mi possono far male. E quasi mi convinco di dovermi difendere, di dover stare all'erta. Penso persino che potrei uccidere.

La strada che da Rovato porta verso Chiari è desolata e immersa nella nebbia. I parcheggi dei supermercati sono grandi letti di cemento dormiente, le finestre delle case restano chiuse, sigillate nella quiete della sera. Non c'è nessuno per strada a ora di cena. La radio della mia Alfa gracchia a volume basso, guido al centro della carreggiata e in silenzio osservo le campagne intorno. Fuori dal finestrino la pianura si distende per chilometri. Il negozio di Blockbuster si trova al piano terra di una palazzina situata nei pressi di un piccolo agglomerato di case che affacciano sulla tangenziale, poco distante dal bar di Renato. Il parcheggio del negozio gira ad angolo retto intorno ai due lati del marciapiede dove affacciano le vetrine; un'alta siepe copre in parte la visuale dei clienti seduti nelle auto in sosta.

Tutte le sere arrivano persone a consegnare i dvd presi a noleggio. Alcuni di loro ormai è come se li conoscessi. C'è un anziano con due dalmata a chiazze marroni, fuma la pipa e prima di attraversare la strada guarda a destra e a sinistra almeno tre volte; cammina lento e tiene la busta dei dvd sempre nella tasca destra del cappotto. Il sabato notte invece è il turno di una coppia che abita vicino alla stazione di servizio, lui lo conosco perché spesso scende da Renato, da solo, in carrozzina. Sua moglie porta i capelli raccolti e sporchi. È sciatta, sembra che la vita non le lasci tempo per curarsi. Hanno due figlie, affittano solo un dvd per volta e non arrivano mai prima delle undici. Ora è il turno di una coppia di ragazzi biondi, di solito arrivano all'una e mezza di notte, il martedì e il giovedì. Spesso resto a guardarli nell'ombra, in modo da non farmi notare. Adoro di lei i lunghi capelli gialli e le scarpe di pelle colorate. Stasera sono in anticipo. Da dove osservo adesso non riesco a capire se lei gli ha infilato le mani nello slip o se sta solo strusciando con il palmo la sua patta rigonfia. Gli arbusti della siepe rendono tutto confuso e distante. Devo scendere per vedere meglio.

Apro lo sportello senza far rumore, la barriera d'erba gelata mi copre in parte il viso e il resto del corpo. Spengo la ricetrasmittente, dalle cascine in fondo arrivano i latrati dei cani. Non c'è più niente oltre quell'eco, solo l'ambra dei lampioni che narcotizza i marciapiedi dei pochi palazzi intorno. Mi avvicino lentamente, il ragazzo le sta passando le mani sui seni. Potrei sorprenderli con la scusa di un controllo e magari capire da vicino che faccia hanno. Ho con me la pistola, e poi nei paraggi non c'è anima viva. Vorrei sapere la ragazza che profumo ha, se magari indossa dei calzini corti. È così appagante la pelle liscia che sbuca dai jeans. Ho paura di una mia reazione, paura di impazzire per quei capelli biondi. Adesso si baciano, lui le stringe le braccia e la solleva sulle punte, le morde la lingua poi le sposta la frangia dagli occhi. Lei invece sembra più sicura, gli poggia le mani sulla faccia poi gliele infila direttamente in mezzo alle cosce. Non avrà più di sedici anni. Credo che lei una volta mi abbia visto, in piedi dietro questa siepe. I nostri sguardi per un attimo si sono incrociati prima di ritornare a essere estranei. Anche ora sembra mi stia fissando, dovrebbe sospirare invece sorride. Forse le piace che io la guardi mentre si eccita aggrappata al suo giovane amante. Le ragazzine sanno essere davvero crudeli.

Per attirare la sua attenzione smuovo la siepe con la mano sinistra, poi il cellulare comincia a vibrare. È mia madre. Mi telefona per domandarmi il codice della mia Postepay, vuole ordinare delle maschere protettive per le mani. Le servono anche i soldi per lo smalto e il pane, "Non mi abbandonare anche tu", dice. Poco dopo sento che piange, e il rigurgito del vino sbattuto quando la bottiglia viene poggiata sul tavolo.

Stava per finire il mio turno di lavoro quando la coppia dai capelli biondi è andata via. Ho seguito con lo sguardo la loro auto allontanarsi verso il centro di Rovato e poco dopo son ripartito per andare a casa di Samira. Prima di salire in macchina la mia giovane amante ha buttato a terra la carta di un chewing-gum, una Brooklyn bianca che non vedevo da anni. Non c'è stupore più grande dei sapori quando ritornano. Nascosto dai pioppi e dal canneto alto strofino quella carta con dolcezza. C'è dentro la mia giovinezza e il profumo delle mani della mia giovane amante. Per distrarmi penso alla cena che mi aspetta con Samira. Manca poco per poterla riabbracciare. Suo padre è in partenza per un viaggio di lavoro in Austria, starà via cinque giorni. Conoscerà Vienna e Innsbruck.

Intanto le ciminiere delle fabbriche metallurgiche, in direzione del centro commerciale, riempiono di fumo il cielo antracite. I treni che passano sui binari, incrociando l'autostrada, non fanno rumore ed è come se il tempo si fosse fermato a osservarmi, tutto è immobile. All'improvviso i fari del camion di Amir si fanno largo nel buio della sera e io butto via la carta bianca del chewing-gum. Mi sento sporco e in colpa, è come se il padre della mia donna mi avesse sorpreso tra le cosce di quella giovane amante. Lo vedo allontanarsi lungo il viale fangoso, immagino lo stridio delle bare e le pareti di velluto viola, i corpi gelidi che sono in attesa in chissà quale luogo. Immagino la sensazione di quiete che lo accompagnerà nel suo viaggio. Ho ancora dieci minuti da occupare. Così accendo il lettore dvd, il film riparte dalla scena in cui il pugile Butch ritorna nello scantinato del negozio per liberare Marsellus Wallace con una spada da samurai. Rido, ma non sono sicuro che le mie risa esistano per davvero. Credo che nella solitudine niente sia reale, ogni cosa va condivisa, per questo quando sono solo ho voglia di pensare e di agire. Se mi abbandono alla tristezza riesco a immaginare le cose più atroci, più pericolose, forse perché non esistono per davvero.

Finalmente Samira mi chiama dal suo cellulare, a fari spenti guido la mia Alfa fino a pochi metri dall'ingresso. La luce della stalla è il mio ago magnetico, Assam abbaia e mi corre incontro ma fino a un certo punto. Di fianco, sul sedile, Marsellus Wallace ordina a Butch di lasciare la città.

In macchina Samira si sente al sicuro. Il tragitto fino al cimitero è breve, dopo aver percorso il viale fangoso ci lasciamo alle spalle la cascina e il gallinaio e sbuchiamo sul retro del centro commerciale. Ci sono le torri illuminate e i parcheggi ancora pieni di auto. Quando passiamo davanti all'entrata Samira si ricorda di non essere mai stata al centro commerciale da sola e che dopo sposati vuole che la porti lì ogni sabato. La domenica vuole andare al cinema prima di cenare con *chili* e *burritos* al ristorante messicano che sta al primo piano. I suoi occhi grandi si spalancano come un obiettivo fotografico ogni volta che le passano sotto gli occhi le vetrine dei negozi e i manifesti dei film in uscita; è affascinata dal nostro modo di vivere e dalle nostre usanze. Dice che qui in Italia si vive bene, che lei si sentiva bene anche in Marocco ma qui ha più tempo per crescere e imparare. C'è più libertà, mi fa capire, ma non usa mai la parola libertà così come non usa mai la parola religione. È come se per lei le due cose non possano coesistere, almeno non nell'animo delle persone. Io la guardo e so che con lei posso crescere e migliorare, magari un giorno diventare uomo.

"A lei piace uscire signor Dante?"

"Non molto, preferisco stare con te e lavorare. Mi piace molto osservare, ogni tanto mi rilassa vedere i film in macchina quando resto solo".

"Non ha molti amici, vero?"

"Ho quelli che servono. Anche in Italia è difficile farsi dei nuovi amici, non solo in Marocco. Io esco tutte le sere e non vedo mai molte persone che stanno insieme o che si vogliono bene. Vedo molta gente triste".

"Io vorrei uscire di più, mi mancano le passeggiate con Assam. Mio padre mi fa uscire solo se c'è mio fratello Adil, dice che lui mi protegge, che lo fa per il bene della comunità. Quando è via per lavoro Adil diventa il capo famiglia, se esco senza il suo permesso quando mio padre torna Adil gli dice che non ho ubbidito così lui mi picchia".

"Ora che ci sono io non capiterà più. Quando ci sposeremo ti porterò in tutti i posti che vorrai. Andremo sempre al centro commerciale".

"Mio padre dice che mi ucciderà se sposerò un cattolico!", sussurra.

Il caravan è illuminato dai raggi di luna gassati dalla nebbia. Gli abeti che costeggiano le mura sembrano tagliati per metà, solo i tronchi vengono fuori dal telo pallido di nubi calate sulla pianura. Quando scendo dalla macchina mi accorgo che la pioggia del pomeriggio ha allagato lo stagno che giace in mezzo al campo di papaveri e l'acqua ha invaso una parte del parcheggio. Per poco non ha inondato il nostro camper. Samira cammina a piedi nudi tenendo in mano le scarpe coi brillantini e i calzini viola, la sua carne scura che striscia fra la polvere mi eccita fino a farmi sudare. Quando accende la luce sono già dietro di lei, a stringerla e a scaldarla col mio alito sul collo, a farle capire quanto mi sento felice in sua compagnia. Riesco appena a sfiorarle i fianchi; Samira si allontana per indossare le ciabatte poste sotto al tavolo, poi svuota le buste della spesa sul tavolo e mette a bollire l'acqua per il cuscus. A lei piace condirlo con le verdure e una particolare crema a base di panna e tonno frullato. Accende il fuoco sul piccolo fornello a gas e io non posso fare a meno di avvicinarmi, le sollevo i capelli e le bacio le orecchie.

"Devo dirle una cosa urgente signor Dante".

"Possiamo parlarne dopo tesoro?", scendo con la mano sui seni acerbi.

"È importante. Poi dopo facciamo tutto", dice bloccandomi le mani.

"Allora prima puliamo il letto che è sporco di fiori. Non senti che puzza tremenda? Come cazzo ci resisti qui tutto il giorno?"

"Oggi non ho pulito, dovevo tornare a casa da mia madre".

"Allora dai una sistemata adesso, io vado a pisciare".

Odio dover aspettare, odio dover cambiare programma e odio tutto ciò che mi impedisce di essere ciò che sono veramente. In bagno lavo il mio sesso dritto con l'acqua fredda e non so cosa desiderare: che l'eccitazione passi subito o che Samira cambi idea. Ho atteso tutto il giorno per sentire l'odore della sua pelle e per stringerla, per masticare i peli riccioluti del suo pube. La finestra che dal bagno si affaccia verso la pianura è aperta; allungo la testa nell'aria buia senza avvertire nessun suono, nessuna voce, nemmeno le ruote delle auto che segnano l'asfalto. Sulla destra, vicino al cancello che sale verso la sala mortuaria, la nebbia si colora di arancione e gli abeti sono più visibili, le lapidi in fondo si assestano nel loro passato togliendo alla pianura intorno ogni possibilità di racconto, di immaginare vite diverse. Chissà cosa succede fuori da questo camper, me lo chiedo sempre.

Samira intanto ha pulito persino i tappeti e messo a posto le bottiglie di vino che da settimane impolverano il tavolo. È seduta sul letto, nasconde la testa tra le ginocchia. La mia voce esce a fatica dalla gola. Gli unici rumori provengono dai coperchi delle pentole che vibrano a causa del vapore. C'è odore di zucchine bollite e pollo fritto. La tavola è già apparecchiata.

"Cosa c'è che non va tesoro?", le domando appena uscito dal bagno.

"Non possiamo venire qui domani. Mio fratello ha detto a mio padre di lei. Non posso vederla per ora, dice che mi taglia la testa. Non so cosa fare signor Dante, ho paura. Forse è meglio se torniamo a casa".

“Sei con me adesso tesoro, non devi piangere”, e più mi avvicino al letto più le sue spalle scompaiono nella penombra. Una coppia di scarafaggi cerca riparo sotto i caloriferi, sono ansiosi e tristi quasi quanto noi due.

“Adil voleva toccarmi!”

“Cosa?”

“Mi ha messo la mano in mezzo alle gambe. Voleva vedermi nuda, se glielo facevo fare lui si stava zitto. Voleva entrarmi dentro con le dita”.

“Vieni qui tesoro”, ormai siamo vicini. Ha la schiena piena di lividi.

Tra le mie braccia Samira diventa ancora più piccola. La sua malinconia non è deprimente, non ha spigoli, a sentirla piangere si diventa quieti. Sarà la sua abitudine al dolore, alla prepotenza di un padre che non sa cambiare. Le sollevo la maglia con dolcezza; è la cosa che amo fare di più, forse non è normale ma è tutto ciò che desidero adesso. È come se mi prendessi cura di lei e di ogni giovane donna, è come se spogliassi la mia amante dai capelli biondi. Sui piccoli seni duri Samira ha delle scottature, la pelle intorno ai capezzoli è piena di bolle e liquido denso. Sembra miele. Ci sono scottature anche sulla pancia e verso l’inguine, sul collo ha dei graffi e una macchia di livido in cui sono freschi i buchi di Amir e dei suoi denti d’oro. È sola e impaurita, schiava di suo padre e di suo fratello Adil, che presto sarà come il padre. Anche io ho sempre avuto paura di diventare come mio padre, penso, poi la trascino a letto e mi spoglio, così posso scaldarla meglio.

La domenica mio padre restava a casa tutto il giorno. Io non parlavo mai. Non potevo chiudermi in camera perché dovevo essere disponibile in ogni momento, senza discussioni. Dopo pranzo il Vecchio era rimasto in cucina. Dal balcone aperto arrivavano nitide le voci di Simone e Ivan impegnati a rincorrere il pallone nell’aria tiepida di aprile. Ricordo che alla tv davano un telefilm in bianco e nero; io non potevo guardare i cartoni poiché mio padre diceva che non erano utili a un giovane come me. Lui sapeva come educare. Ma io volevo solo distrarmi, immaginare qualcosa di diverso dal suo volto. Aspettai che andasse in bagno per sedermi sul divano e finalmente vedere un po' dei miei programmi preferiti. Mia madre non si mosse dal lavabo.

Quando il Vecchio uscì dal bagno mia madre chiuse a chiave la porta della cucina e aprì il rubinetto per lavare i piatti. Io non dissi una parola, non versai una sola lacrima. Toccava a me. Lo sentivo stendersi sulla schiena, il suo sudore gocciolare dai peli fin sulla mia pelle, avvertivo i calli delle mani quando mi accarezzavano i glutei. Quel giorno non mi leccò, mi strinse la gola dicendomi che io non ero degno di lui e poi mi entrò dentro. Avevo smesso di provare dolore e tutto ciò che restava nei miei pensieri assumeva sempre più i contorni di un fastidio indefinito. Era come perdere il controllo del proprio corpo fino a restarne fuori, a non farne più parte. Il sangue non smetteva di colare sulle gambe ma lui continuava, non sentivo più nulla dopo qualche minuto, tremavo aspettando che finisse. La mia resistenza lo indeboliva, mi dicevo che era colpa mia e che in fondo lo avevo meritato.

La cena è durata poco. Samira adesso è in piedi sulla porta. L'idea di tornare a casa rimette in moto un debole sorriso sul suo volto. Nella mano destra stringe una busta piena di carte sporche e bottiglie di vino vuote; uno scarafaggio si arrampica sull'etichetta del Franciacorta per poi sparire in mezzo ai rifiuti. Prima di spegnere la luce mi do da fare con lo spray e il Baygon. Nel camper non c'è più solo puzza di fiori e cibo cotto ma anche di pesticida e disinfettante. La speranza è quella di cancellare per intero le tracce di una cena sterile. Stasera non abbiamo fatto l'amore. Mi ha chiesto di rimandare e io ho obbedito; voleva avermi vicino per parlare e non voleva essere toccata. Le preoccupazioni spesso la paralizzano e quando succede mi ritrovo a dover demolire ogni sorta di desiderio e mettere a posto i pezzi. In disaccordo col mio corpo fuggo l'eccitazione per riparare nella pietà.

Prima di accompagnarla alla cascina le scrivo il mio indirizzo di casa, il numero di cellulare e quello dell'agenzia di vigilanza per cui lavoro. Le dico che può chiamarmi a qualsiasi ora, anche di notte. L'abbraccio e le sussurro tra i capelli che non l'abbandonerò mai, non sono sicuro che possa sentire la mia voce ma ciò che conta è che sia riuscito a calmarla. I suoi occhi ora sono lieti, luccicano come granelli di luna nel buio del parcheggio.

Dopo aver lasciato Samira a casa riprendo il mio viaggio in solitaria attraverso la strada delle fabbriche. Ci sono dei furgoni fuori dalla Bialetti su cui stanno sistemando dei cartoni. È un mondo senza donne quello, senza intensità, zero rischi. Nello spiazzale della Fiat alcuni tir scaricano delle auto nuove tenendo i fari accesi, verso l'autostrada restano solo i capannoni delle acciaierie a riempire le campagne di fumo. La vita non scorre. Nessuno parte dalla nostra provincia, nessuno arriva, persino l'aria che si respira è pesante quando scende nei polmoni. Qualcosa spinge il cielo verso il basso, il vento cade sulle teste dei pioppi che costeggiano la strada mentre il peso del mondo rimbalza sul tetto della mia Alfa evitando di schiacciarmi. Non ci sono auto in giro, il filare dei lampioni mi tiene compagnia fino a Chiari. Fuori dall'ospedale un gruppo di immigrati barcolla nella nebbia sul ciglio della strada, con lo specchietto sfreccio più vicino che posso ai loro gomiti. Ci penso spesso a farne fuori qualcuno. Più avanti due camion si fermano all'incrocio per chiedere delle informazioni (sono tante le persone che si perdono di notte percorrendo le arterie di una pianura senza direzioni). Trasportano mattoni e sono tappezzati di luci colorate, sul parabrezza brillano dei cuori con una freccia che si illumina di rosso. Un uomo dalla barba folta si sporge dal finestrino, il più basso degli immigrati si stacca dal gruppo ma solo per lanciare una bottiglia di birra vuota contro il paraurti del camion. Riesco ancora a vederli dallo specchietto retrovisore, sono lì che urlano e ridono come iene. Li guardo ancora un po', fino a che i loro volti sfocati scompaiono nel gelo di una notte senza nome.

Mia madre è uscita presto, aveva un appuntamento con un uomo sposato che vive a Bergamo. Sul tavolo della cucina mi ha lasciato la lista della spesa, una tazza di latte piena di orzo e un post-it giallo dove c'è scritto che non ha soldi e che gli ultimi spiccioli le servivano per l'autobus. Sono le undici del mattino, la puzza di polvere mi si attacca alla gola. Saranno mesi che mia madre non pulisce le piastrelle né i vetri. Nel salone si respira solo il tanfo della naftalina con cui conserva le scarpe. I copridivano di cotone bianco ormai sono gialli e puzzano di pelle grassa e forfora, sulle poltrone i capelli viola si intrecciano ai pezzi di unghie. Per non sentirmi solo mi siedo al pc e guardo alcune foto di giovani donne nude. Sono ragazzine cinesi, i loro corpi sono esili. Io non ci trovo niente di strano nel corpo di una ragazzina, più che altro le sento vicine, i loro occhi mi ricordano di una vita che ho vissuto tanto tempo fa e che non mi lascia mai, nemmeno nei sogni.

Sarà che da un mese non vedo Samira. Tornato dal viaggio in Austria il padre l'ha rinchiusa in casa, sorvegliata dal fratello; le è stato vietato persino di uscire in balcone. Al mattino, quando non lavoro, vado al cimitero e resto seduto in macchina per qualche ora. Samira si nasconde dietro il suo *hijab* e non esce dal camper, allunga i mazzi di fiori attraverso la porta senza mai alzare gli occhi al cielo. Quando c'è da cambiare l'acqua nei catini si fa aiutare da alcuni tipi con la barba lunga che suo padre ha messo lì di guardia. Passano intere giornate arroccati sui loro scooter senza targa privi di specchietti, impolverati come tori da corrida, a cui appendono le buste della Sisa piene di birre. Si sentono eroi, si sentono meno in colpa di me.

Al supermercato del centro commerciale ci sono lunghi scaffali e corridoi abbastanza larghi per poter passare. A me però piace sfiorare i corpi delle altre persone, spesso le madri lasciano guidare i carrelli alle figlie e io sono felice perché posso seguirle e guardare la loro pelle nuda che fuoriesce dai jeans. Stamattina ci sono diversi gruppi di ragazzine con gli zaini in spalla. Quando non vanno a scuola si recano al centro commerciale, si aggirano in silenzio per i reparti di biscotti e cioccolate perché lì è più facile rubare. Ridono e si stringono la mano quando un furto va a buon fine. Io mi perdo a guardare i loro capelli sciolti e ad annusare il profumo di quelle pelli ancora elastiche; mi eccito quando i bordi degli slip escono fuori dai pantaloni. Protetto dalla mia divisa mi avvicino col carrello e fingendo di guardare i prodotti mi appoggio col pacco sulle natiche abbondanti di una ragazzina taciturna. Ha i capelli neri e un orologio dei Tokyo Hotel. Si gira di scatto e mi chiede scusa, non sa che sono stato io a desiderare il contatto. Ma forse è solo perché mi manca Samira, il suo amore è tutto ciò che mi rimane. Compro due bottiglie di vino rosso ed esco, al piano terra mi siedo ai tavoli del bar e ordino una birra. Le ragazzine sedute sulle panchine del cinema non mi guardano e io mi sento al sicuro, scorro la rubrica del cellulare e non ci sono nomi, non ci sono amici sul display. Dopo il numero di mia madre c'è quello di Samira, quello del bar e quello di casa di Simone, ma sta lì da anni e forse non sarà più attivo. Ci sono due numeri dell'agenzia di vigilanza e il numero di Alice; potrei parlare con lei.

Alice è la sola persona che conosce la mia storia. Posso dire che siamo stati amici e che lo siamo ancora, ma da quando ho conosciuto Samira non l'ho vista spesso. Io non so di preciso come ci si comporta quando si è amici di qualcuno, non so se ci sono delle regole, se si hanno impegni o doveri. Io le parlavo e lei parlava con me, passavamo interi pomeriggi a bere. È una donna che mi piace, è incantevole quando dialoga, sa un sacco di cose e ha letto tanti libri, la chiamavo spesso quando avevo bisogno di conforto. Fossimo stati più piccoli l'avrei portata qui con me oggi, per rubare dolci e biscotti, correre in piedi sui carrelli e fumare di nascosto nei bagni. L'ho vista l'ultima volta alla cena dell'Avis, un anno fa. Mi disse che suo marito si era riammalato di cancro e che aveva ripreso a bere. Io non bevevo più ed ero uscito con Samira già due volte. Non ebbi il coraggio di dirglielo, confessai che mi stavo innamorando di una giovane donna e che sarei passato da lei l'indomani per parlare un po'. Ma pensavo già alla morte di suo marito e ai funerali, a come sarebbe cambiata la sua vita. Si sentiva molto sola, fu lei ad accarezzarmi il viso e a dirmi grazie. Io ricominciai a bere il giorno dopo.

Al bar della stazione di servizio i tavolini sono tutti occupati. Gli operai dell'Anas stanno lavorando alla costruzione di una rotatoria nei pressi dell'imbocco autostradale. A ora di pranzo si recano da Renato per mangiare e ripararsi dal freddo. Urlano, parlano di auto e di caccia, contano ogni singolo centesimo quando si tratta di pagare il conto perché nemmeno loro si fidano dell'amicizia: nessuno deve rimetterci. Prima di uscire mi fermo davanti a un video poker, il rumore dei pulsanti e le luci colorate mi distraggono. Mia madre mi invia un sms scrivendomi che tornerà per le nove di sera, che a Bergamo non c'è vento e che si sta divertendo. La moglie dell'uomo con il quale è uscita gestisce un piccolo supermercato, crede che sia un segnale positivo visto che non ha mai sopportato il mio lavoro. Da dove sono adesso riesco a vedere i volti delle donne che lavorano sul retro, in cucina. Sono volti mansueti e orgogliosi, il bianco dei camici si mischia al bianco pallido delle piastrelle. Parlano poco, in sala arrivano solo i rumori dei coltelli che battono sul bordo dei piatti. C'è anche un uomo, ha i baffi e un grembiule sporco di sangue; sistema delle fette di carne su un vassoio poi le passa nella farina e nell'olio che frigge. Il pensiero che mi sfiora è che non c'è molto nelle nostre relazioni, qui in provincia. Le giornate sono piene di gesti meccanici e di ordini da compiere. I rumori superano di gran lunga le parole e gli sguardi parlano più delle intenzioni. Finita la birra esco dal bar.

A casa di Alice il cancello d'entrata si apre lentamente. Il suo balcone è agghindato con vasi di gardenie e campanule con al centro una striscia di bidens. Anche al piano di sopra il balcone è sommerso dai fiori e così i davanzali dei palazzi intorno. Le persiane sono abbassate per metà, ognuno si accontenta della propria intimità e del morbido tepore artificiale che i caloriferi disperdono nelle stanze. Il centro di Chiari sembra incastonato nel vetro. L'ordine è ovunque, i vigili si siedono nelle auto aspettando qualcosa da fare. A quest'ora del giorno le serrande dei negozi sono chiuse, si respira aria d'inverno, il vento si poggia sulle facce congelandone le espressioni. Il viso di Alice prende vita non appena mi scorge dal pianerottolo, ha delle pantofole di velluto rosso e un cardigan che tiene stretto con le mani. Mi abbraccia, mi bacia e mi riempie di fumo, ha l'alito che puzza di carogna. In casa tutto è perfettamente pulito.

"Ho bevuto da far schifo!"

"Lo sento. Vieni, sediamoci", l'accompagno sul divano. "Non sapevo se c'eri a quest'ora".

"In effetti dovevo essere a scuola ma ho preso un giorno di permesso, ho ritirato delle analisi in ospedale stamattina", si porta la mano alla bocca come a voler trattenere l'inizio di un pianto imminente. Poi tossisce.

"Stai bene Alice?"

"Certo, solo un po' di tosse. Allora Dante, cosa mi racconti? È bello rivederti, ho pensato di chiamarti un sacco di volte solo che non volevo disturbarti. Non sai quante notti avrei voluto sentirti, è che non sono molto allegra in questo periodo", beve un sorso di vino e si pulisce le labbra con la manica del cardigan. È impaurita, trema come una farfalla.

"Anche io non me la passo bene. Sono venuto a parlarti di alcune cose, forse puoi darmi una mano".

"Sei di nuovo nei guai con l'alcol?"

"No. Bevo un po' ma poi mi passa. Se non c'è nessuno con cui svagarsi allora è meglio una birra. Purtroppo non posso vedere la mia donna e non so come fare. Mi manca da impazzire".

"Beato te. Cosa darei per patire le tue pene".

"È una cosa seria Alice. Voglio sposarla".

"Quanti anni ha, Dante?"

"Quindici", raccolgo il suo bicchiere dal tavolino in vetro e bevo fino a sentirmi bruciare lo stomaco. Alice esita prima di rispondere, stretta nella morsa del suo cardigan chiude gli occhi e riflette. Si alza, ha dimenticato le sigarette in cucina o forse è scappata via a ridere. Magari vuole trovare un modo per cacciarmi via e non dover ammettere che sono malato.

"Raccontami il resto", dice, aspirando fumo da una Silk Cut.

Dopo un certo imbarazzo iniziale comincio a raccontarle tutto ciò che ho tenuto dentro per mesi e più parlo più mi sento leggero, mi libero, sento di prendere il ritmo giusto. Quando si ferma per chiedermi delle cose beve prima dalla bottiglia, poi strizza le guance e inizia a parlare. Passiamo tutto il pomeriggio a districare matasse di sensazioni taciute. Mi racconta di suo marito, del cancro e delle chemioterapie, della solitudine dei sessantenni, mi dice che ha provato a fittare un uomo per una notte qualche mese fa. Io non ho molta esperienza con i sentimenti e preferisco parlare di me più che stare lì a compatirla. Le dico di Amir e del camper giù al cimitero. Le dico che loro usano minacciare di morte le giovani musulmane che si avvicinano a uomini non musulmani. Le parlo delle mie manie, di come a volte sento dentro una sorta di energia negativa, una molla che mi spinge ad andare oltre le mie stesse abitudini. Lei mi ripete che ha conosciuto il proprietario del Fabula, uno strip club di fronte casa, che spesso lo ha invitato a salire per passare delle ore insieme. Diciamo queste e altre cose che l'alcol non mi ha permesso di ricordare, forse ci siamo baciati.

È sera quando Alice mi accompagna in cucina con gli occhi semichiusi. L'appartamento è avvolto dalle ombre, una luce azzurrina brilla in fondo al corridoio. Le mie percezioni rallentate amplificano i rumori: ronzii, soffi di respiratori meccanici, i bip sincopati tipici delle apparecchiature per il cuore. Alice mi spiega che il suo matrimonio è custodito gelosamente in quella serie di rumori e di suoni elettronici. Al mattino c'è una donna che bada al marito e nemmeno lei è in grado di dire se vivrà a lungo e quando morirà, cosa succede nella sua mente quando comincia a lamentarsi. "Sono prigioniera tra le mie stesse mura", ripete. "Qui al nord pensavo di potermi sistemare, credevo che tutto sarebbe stato facile. La provincia non mi è mai apparsa così lontana dalla serenità, dal battito del mondo", mi confessa. Poi va sul balcone, le gambe si piegano per un attimo.

"Eccoli là. Bevono come porci, urlano e corrono con le auto. Siamo pieni di immigrati, intimoriti dai loro drammi. I nostri non bastavano!"

"Adesso smettila con il vino. Non so nemmeno di cosa stiamo parlando Alice, perché siamo finiti a questo punto. Ero venuto per dirti che mi manca Samira e che suo padre vuole tagliarle la testa. Solo questo".

"Solo questo? Ti sembra poco?"

"Non lo so. Tu cosa ne pensi? Che cosa devo fare?"

"Magari cominciare una nuova vita, o far finta di essere nato altrove".

La mia disperazione perde di consistenza man mano che l'alcol fa il suo dovere. Alice continua a maledire gli immigrati, mi dice che forse non è il caso di continuare la relazione con Samira. Lo ripete sulla porta, distratta, cerca di allontanarmi non solo dal suo appartamento ma dal mio progetto di matrimonio. Mi dice che mi vuole bene e che posso ritornare quando voglio, ascolto la sua voce molle fino a che il rumore della porta chiusa cancella in un attimo tutti i suoi malumori e i miei dubbi. Scendo le scale reggendomi al corrimano, nel buio del portone prego affinché Samira possa venir fuori dalle ombre e salvarmi ancora una volta. In strada le auto sono poche, alcune suonano il clacson quando invado la loro corsia.

Parcheggio l'auto dietro il canneto e mi avvio a piedi lungo il viale sterrato. Il freddo scende fin dentro le caviglie, la campagna di Rovato echeggia al buio in maniera impercettibile, avverto qualcosa muoversi intorno ma non so dove. Alcuni camion passano dalla strada che porta al centro commerciale illuminando per un attimo i campi; non c'è niente per il raggio di chilometri, solo le ciminiere che sbuffano sullo sfondo, verso il ponte che sorvola l'autostrada. La porta della stalla è illuminata da una lampadina appesa alla tettoia, per non prendere la scossa bisogna starci attenti, soprattutto quando piove. È da poco passata la mezzanotte, il mio turno di lavoro è finito con un piantonamento 22.00-24.00 fuori dall'azienda di prodotti caseari. Come sempre il mio primo pensiero è stato per Samira. È un mese che vengo qui a cercarla di notte. Il camion di Amir non c'è e le luci sono tutte spente, tranne quella della stalla. Il gallinaio sembra intrappolato nella nebbia, tiro dei sassi contro la porta di legno ma dall'interno non arriva nessuno schiamazzo.

Coperto dal giaccone di servizio mi avvicino all'ingresso della cascina. È una casa dipinta per metà, le mura in alto sono di cemento grezzo e parte del tetto non è stato terminato; le tubature dell'acqua sono scoperte. Non si sentono voci provenire dalla casa, il piccolo Assam non abbaia né corre a mordermi gli anfibi. Sembra non esserci nessuno all'interno, la pioggia ha cancellato persino le orme dei porci e i segni delle ruote lasciate da Amir. Poggiati ai muri della casa non trovo altro che sacchi di farina e buste di riso, casse di legno dove Amir ha lasciato dei frutti a essiccare. La luce che pende dalla tettoia della stalla genera un cono d'ombra intorno al quale niente si muove. Samira, qui, sembra non esserci mai stata.

Alle tre del mattino mi sveglio per via del gelo sulla fronte, ho dormito con la testa poggiata al finestrino in attesa che qualcosa accadesse. Di fianco il lettore dvd è ancora acceso. Avvio il motore. Fuori dalla chiesa di El Paso, Bill, seduto su una panca di legno, aspetta la fine della cerimonia.

Mia madre entra in camera per svegliarmi, sono le sette del mattino. La luce che entra dal corridoio brucia sugli occhi come acido. Nascondo la testa sotto al cuscino e stringo di più le coperte in modo da trattenere quel po' di calore accumulato durante la notte. La sua voce filtrata dalle coperte risuona come una sorta di maledizione. Vuole che io cambi turno di lavoro per portarla dal dottore. Soffre da alcune settimane per via di un dolore all'apparato genitale, dice che nella sua vagina c'è un corpo che sta crescendo, è un pezzo di carne grande come un limone. Resta in piedi, apre la vestaglia e accende la vecchia lampada a forma di Pinocchio. Gli occhi si contraggono e non vedo altro che strisce nere, macchie arancioni che diventano blu e bianche. Mi copro il viso con le lenzuola che da due mesi non vengono cambiate; il tanfo di pelle grassa mi colpisce allo stomaco. Recupero la vista, quando apro gli occhi trovo mia madre con le gambe aperte e il suo pube peloso e biondo a pochi centimetri dal mio naso. Ha dei peli lunghissimi e delle labbra che sembrano di cartapesta. Mi alzo in cerca di una boccata d'aria pulita, sul comodino la bottiglia di vino consumata la sera prima. Bevo un sorso poi mi avvicino con gli occhi a quel corpo che entra ed esce dalla vagina allentata.

"Cristo santo mamma! Ma cos'è?"

"Non lo so Dante. Sta lì da quindici anni. Prima era più piccolo, non mi ha mai fatto male. Ci sono giorni in cui non si vede e non mi provoca dolore, riesco ad andare in bagno tranquillamente. Poi di sera, quando resto seduta per più tempo, sento come se qualcosa cominciasse a crescere proprio lì. Si dilata lentamente, viene fuori e comincia a riempirmi".

"Fa schifo mamma. Sembra un muscolo".

"È per questo che non riesco più ad andare con gli uomini. A Bergamo, la scorsa settimana, ho dovuto far finta di avere la febbre. Siamo stati nel parcheggio del motel per tutto il pomeriggio, lui cercava di toccarmi ma io gli bloccavo le mani. Non potevo fargli vedere cosa abitava dentro di me".

Dopo aver fatto colazione chiamo in agenzia e chiedo di spostare il turno di lavoro, se non c'è copertura per il piantone alla Fiat me ne occuperò io più tardi in modo da guadagnare un po' di straordinario, gli dico. "Un turno dalle dieci a mezzanotte potrebbe andar bene", la donna del centralino risponde con un timido ok poi mette giù. Mia madre intanto è ancora aggrappata al pigiama, mi tira dalla manica e non parla, cerca delle risposte nei miei gesti rallentati dal sonno ma non so come rassicurarla.

In macchina passa tutto il tempo a guardare la pianura coperta di neve, le cascine con gli animali tenuti in stalle sempre più nuove e attrezzate. Ogni tanto scruta le donne davanti alle vetrine dei negozi – non ci sono molti negozi a Chiari – si tocca il ventre quando accelero in curva e capisco che seduta in quella posizione le fa male il pezzo di carne. Le dico di girarsi o di stendersi ma lei vuole guardare fuori dal finestrino, ripassare a memoria i paesaggi e le campagne. Lungo la strada delle fabbriche si gira verso di me guardandomi con occhi strani, come a volermi ricordare che lì c'è un futuro, che il mio lavoro non è sorvegliare e dormire in macchina la notte ma avere uno stipendio fisso e duraturo, vivere in mezzo alle persone e sognare; respirare a pieni polmoni lo stile di vita della provincia e attraversare ogni latitudine del profondo nord, avere dei soldi in banca e comprarmi una casa. Pensa a una serie di immagini nuove per la mia vita o forse teme per la sua. Dopo qualche chilometro allarga le gambe spingendo il busto in avanti.

"Quand'è che ti sposi?"

"Perché me lo chiedi proprio ora?"

"Non lo so. È solo che non ne abbiamo mai parlato".

"Mi sposerò presto, se riuscirò a mettere a posto alcune cose. Non ne parlo perché non è sicuro al cento per cento. C'è una persona che mi piace molto, una brava ragazza. Voglio fartela conoscere".

"E poi? Troverai un lavoro in fabbrica? Dove andrete a vivere?"

"Non mi serve un lavoro in fabbrica. Il mio va benissimo, mi piace".

"Ti piace stare da solo tutto il giorno?"

"Mi piace di più guidare".

Lo studio medico si trova al quinto piano di un palazzo in vetro a forma di matita capovolta, una costruzione di nuova concezione alla periferia di Brescia. Dalla finestra in corridoio scorgo un enorme cinema multisala alle spalle della pompa di benzina e un negozio di fiori vicino al ristorante cinese al piano terra del palazzo di fronte. Se ruoto lo sguardo verso l'autostrada riesco a vedere persino la torre del termovalorizzatore, è di un blu che tende al viola. Da lontano sembra una navicella pronta a decollare.

La sala d'attesa è una stanza di tre metri per tre, con le mura bianche e una litografia di Kandinsky nascosta per metà da un attaccapanni. Dopo di noi entrano due signore sulla quarantina, le loro voci rimbombano all'interno della stanza e più raccontano delle loro storie più ci teniamo in disparte. Da noi in provincia non si parla volentieri con gli estranei; forse il segreto della nostra fierezza nasce proprio dal fatto che non conosciamo altro che le nostre disgrazie. Si vive tanto più tranquilli quanto meno sappiamo degli altri. Il racconto delle due donne continua a fare da colonna sonora alla nostra attesa. Le loro voci adesso sono più basse. Passano dai problemi lavorativi dei figli ai prezzi troppo alti dei ristoranti in centro; a seguire le rate del mutuo a tasso variabile e i regali di Natale ancora da ultimare.

Intanto una ragazza entra tenendosi l'addome. Suda, ha la pelle pallida e una smorfia di dolore che le disegna il viso. Mi guarda per tutto il tempo, mi chiede se la poltrona di fianco è libera e io rispondo di no; ce ne sono altre di poltrone vuote ma non vuole sedersi in disparte. La sua presenza aumenta la mia ansia e mi mette a disagio. Non ho il coraggio di restare solo con una ragazza in uno spazio troppo angusto. Le mani tremano, il sangue si raccoglie fra le gambe così mi alzo e vado verso il balcone. Fisso ancora un po' l'astronave viola in attesa di decollo, poi la porta si apre e mia madre torna a vivere con un sorriso meno spento di prima. "Si tratta di un prolasso della vescica. Con una piccola operazione si metterà tutto in ordine", dice.

"Non è straordinario?", mi chiede in ascensore.

"Cosa mamma, che non si tratta di niente di grave?"

"No. Che la mia vescica è così grande. Capisci piccolo mio? Quel pezzo di carne che si vede spuntare è la vescica. Non ci posso credere".

"Siamo degli esseri davvero strani".

In autostrada mia madre parla dell'operazione e della voglia di tornare di nuovo giovane e pura. Ha bisogno di soldi per una crema antirughe e un programma da installare sul pc per usare il microfono quando è in chat. Il dottore le ha proposto di tenersi in contatto via webcam, quando l'ha detto le stava tastando i seni, lo ha sentito molto eccitato. Mentre parla la sua testa si piega in avanti, la gioia per il pericolo scampato si traduce in un sonno quieto. Le auto, nel traffico, cominciano ad attaccarsi come tanti mattoncini colorati, costringendo il tempo a diventare attesa. Gli argini di neve ai bordi della strada ci scortano per l'intero viaggio, il bianco pulito aiuta a rilassarmi e a diluire la tensione generata dalla vescica di mia madre. Accompagno lei al centro commerciale e mi dirigo verso le fabbriche di Erbusco. A pochi campi di terreno dall'uscita autostradale si trova l'azienda casearia a cui sono stato assegnato per una scorta valori. Il furgone blindato si muove nel parcheggio di catrame con lentezza, i vigilantes in servizio appartengono alla mia stessa agenzia ma non abbiamo mai parlato, loro mi salutano col sorriso e io rispondo con un colpo di clacson. Non mi fido dei colleghi di lavoro, come d'abitudine resto seduto in auto con in mano la pistola. In meno di mezz'ora il lavoro è fatto e posso cambiare destinazione.

L'intero pomeriggio è un continuo andare e venire fra le campagne. Dai capannoni industriali ai bancomat delle casse di credito cooperativo, dai frantoi allo sportello della farmacia comunale. Dopo la fabbrica di materassi nei pressi di Cizzago passo alla cantina dei vini Torresi, nella campagna che si distende verso il lago, e da lì ritorno al bar della stazione di servizio per mangiare un boccone. Le auto sono nascoste da piccoli monti di ghiaccio, i pioppi e gli abeti diventano sempre più alti, man mano che la neve si posa. Il buio della sera si attacca alle spalle senza che io me ne accorga. Nell'aria ora c'è odore di cenere e di legna bruciata. I camini sui tetti delle villette a schiera colorano il cielo livido di chiazze grigio chiaro, mentre i neon nelle cucine degli appartamenti lentamente scompaiono dietro le persiane chiuse. Le storie della provincia prendono a ritirarsi. Chiudono le banche e i negozi, le insegne dei bar si spengono offuscate dai batuffoli di neve fresca. Io stesso mi preparo a questa sorta di mutazione quotidiana; fra poco sarò solo un corpo che si scalda, una bocca che mastica amarezza e ingoia cibo. Resterà solo il gelo sulle mani e il desiderio di ritornare in strada, sotto la neve.

Fuori da Blockbuster cominciano ad arrivare i primi clienti. L'uomo con la carrozzina è in anticipo rispetto al solito, sua moglie lo ha lasciato solo. I suoi gesti stasera appaiono appesantiti; le spalle sono ancora più curve e le mani si muovono a rilento nei guanti a causa del ghiaccio. Si ferma davanti al distributore automatico, infila il dvd nella fessura buia e si rituffa tra la neve. Lo seguo con gli occhi fino a che la carrozzina non scompare dietro l'angolo. Le ruote hanno lasciato sul marciapiede il loro binario morto, è l'unica testimonianza di vita a quest'ora della sera. Il ghiaccio ha coperto i tetti delle auto e il catrame delle strade e non so per quanto riuscirò a resistere, non ho più sensibilità alle dita dei piedi e sento le ossa del petto bruciare.

Resto seduto in auto fino alle ventidue, poi decido di anticipare di venti minuti la mia ultima commissione. Si tratta di una ricognizione al deposito di materiali edili. Per fare prima decido di passare dalla vecchia stazione di Rovato. L'auto procede lenta fra la neve, attraverso un lungo tratto di strada che passa sotto la tangenziale senza indicazioni né lampioni, incrocio solo la tabella in ferro che indica il nuovo campo da rugby. La pianura immobile sembra inanimata, poi però qualcosa prende vita al di là del canale, in fondo al viale che conduce ai silos abbandonati. Fino a qualche anno fa lì c'era un canile, i latrati di notte si univano ai lamenti inascoltati degli slavi. Tra la nebbia e i fiocchi di neve densa noto i fari di un camion nero. C'è della gente che si muove intorno. Mi avvicino non avendo bene in mente cosa fare. Due uomini armati di pistola compaiono dal buio, le teste – coperte dai cappucci scuri – guardano intorno, scattose come lingue di lucertola. La paura si raccoglie nelle mani ferme sullo sterzo. Dopo aver costeggiato il canale giro in una strada sterrata che introduce in un terreno secco. Fermo la macchina, spengo i fanali e lascio il motore acceso. Non ci sono case né luci nei paraggi, solo gli scheletri di edifici in costruzione e i resti fatiscenti della stazione ferroviaria dalla parte opposta del viale. Uno degli uomini armati apre il portellone del camion, poi si scopre il capo togliendosi il cappuccio. Due auto avanzano nella neve a forte velocità, l'uomo si sposta dal camion fermandosi – in piedi – al centro della strada. La sua testa rasata brilla colpita dai fari delle auto che rallentano per non investirlo, con la pistola indica loro un punto preciso dove fermarsi. Dalla prima Mercedes escono tre persone armate, quattro dalla seconda.

Scendo dalla macchina e cammino per una decina di metri protetto dal canneto. I muscoli delle gambe si contraggono per lo sforzo, ma quando riconosco la sagoma di Amir le fitte dalle gambe passano al petto e da lì arrivano alle tempie. Il mio corpo è imprigionato nella paura. Amir cammina avanti e indietro agitando le braccia. Ha una pistola. Chiama a sé due uomini del gruppo e si dirige sul retro del camion. Dopo aver bloccato le ante del portellone tira via una bara facendola scivolare su di una pedana inclinata. Due persone raccolgono da terra alcuni sacchi. Amir apre la bara e la sistema di lato nella neve, il viola della tappezzeria è la sola nota di colore. I fari del camion illuminano la scena, quando Amir si avvicina per comunicare nuove disposizioni mantiene il braccio sugli occhi per non rimanere accecato. Altri due uomini del gruppo prendono delle buste dai sacchi e le svuotano in parte in certe borse in parte nella bara aperta. Si tratta di soldi.

Amir intanto tira via altre bare dal retro del camion. Resto a guardarli senza prendere una decisione, non c'è nessuno oltre i binari della stazione a cui lanciare un messaggio, ma soprattutto non c'è modo che io possa trovare un coraggio simile e diventare uomo proprio stanotte. La sola cosa che posso fare è andare via cercando di non far rumore. La neve mossa dal vento ha ricoperto i segni delle ruote sulla strada e non so più come orientarmi. Sono costretto ad accendere i fanali, il piede sull'acceleratore pesa come una trave. Chiudo lo sportello e raccolgo aria nei polmoni, il rumore del motore sembra essersi decuplicato proprio per mettermi nei guai. Il ronfo rauco dell'Alfa attira l'attenzione di Amir e del resto del gruppo. Due colpi di pistola si fanno spazio nel silenzio della notte ma la distanza tra di noi aumenta nonostante le pessime condizioni dell'asfalto. La macchina scivola a causa del ghiaccio, i pistoni traducono la paura che sale dai piedi in sbandate incontrollabili. Appena immetto l'auto nel viale principale spengo i fari e accelero più che posso. Il solo modo per uscirne indenne è raggiungere in fretta la tangenziale e da lì dileguarmi nella notte.

Pochi minuti dopo attraverso la strada delle fabbriche. Ho una pistola stretta nella mano e un segreto tutto da decifrare. Penso a Samira. Penso a quando la rivedrò e prego affinché suo padre possa morire presto.

La sveglia sul comodino segna le cinque e dodici minuti. Non riesco a dormire. I fari del camion di Amir continuano a entrare e uscire dalla finestra. Rannicchiato sotto le coperte mi copro le orecchie con le mani in modo da bloccare l'eco ancora viva dei colpi di pistola. Il cuore batte come un martello al di sotto del pigiama sudato. Mi sento accerchiato e in pericolo, se provo a non pensare a ciò che ho visto finisco col tormentarmi ancora di più. Ad ogni modo voglio liberare la mente dalle ansie e dalle supposizioni, quando accendo la lampada è come se una parte della mia razionalità si riattivasse di colpo. Elaboro una prima teoria di salvezza basata sulla *distanza*. È impossibile che Amir abbia potuto riconoscere la mia faccia nel punto in cui mi trovavo. La neve, il buio e il canneto hanno contribuito a offuscare la mia presenza, tanto da renderla indecifrabile.

Per un attimo il cuore sembra rallentare. Mi asciugo la fronte con il bordo delle lenzuola, respiro a pieni polmoni e decido di seguire ancora un po' i moti della mia ragione. La seconda teoria che elaboro, invece, si basa sul *destino*. Sin da subito, però, mi accorgo che non si tratta solamente di uno schema di pensiero quanto di un vero e proprio modello esistenziale, un'attitudine acquisita nel tempo che affonda le sue radici in paure antiche.

Io, mia madre e mio padre eravamo in vacanza in Calabria; il terrazzo della mansarda che avevamo preso in affitto dava su un lungo viale abbellito da rose rosse e ortensie. Mio padre, dopo pranzo, mi ordinava di restare in camera, chiudeva a chiave la porta e scendeva in strada con addosso solo la canottiera e il costume nero. Io sapevo come spiarlo. Uscivo dal balcone e salivo sul tetto; nascosto dal comignolo, mi sedevo sulle tegole ad aspettare che i bambini arrivassero. Il più grande era il figlio del proprietario, aveva i capelli neri e abitava sotto di noi, non superava i dieci anni. Con lui giocava spesso una ragazzina con le trecce lunghe, abitava nel campeggio rom vicino ai resti del mattatoio incompiuto di Cetraro. In piedi i due ragazzini arrivavano giusto all'ombelico di mio padre. Il Vecchio si chinava sulle loro teste per parlare, accarezzava i loro capelli e mentre si guardava intorno circospetto li accompagnava lentamente verso la pineta. Come esca usava dei gelati che mia madre comprava al negozio vicino al mare. Sapeva a cosa servivano, di pomeriggio – infatti – lei dormiva per non vedere. Quei giochi però finivano sempre con lui che spingeva i volti dei bambini vicino al suo stomaco gonfio e sudato. A guardarli sembrava li stesse coccolando con affetto; un attimo dopo però il suo costume nero finiva sulle caviglie e le teste dei due ragazzini sprofondavano all'inferno. Dal tetto riuscivo a sentire la puzza di marcio dei suoi peli, i calli delle dita quando strusciavano la pelle. Osservavo non solo con gli occhi, proprio come è capitato ieri sera con Amir e la sua banda. E più scavo nella mia memoria più mi accorgo che spesso mi sono ritrovato a osservare la vita piuttosto che viverla.

Dopo pranzo mia madre resta sul divano a controllare che la vescica non si ingrossi più del dovuto. Cerca, con degli esercizi di ginnastica, di contrarre il più possibile i muscoli della vagina così da non permettere al pezzo di carne di fuoriuscire. Dopo aver indossato la divisa per il turno di pomeriggio vado via. Lei resta immobile, seduta davanti al pc, a seguire gli esercizi del dottore via webcam come in preda a un incantesimo.

Chiari è paralizzata da una crosta di grigiore che in inverno non va mai via. Il torpore che paralizza le strade della città, l'assenza di avvenimenti particolari e l'abitudine a vivere ognuno nel suo piccolo orto la rende ancora più triste e silenziosa di quello che è.

La piazza del municipio è vuota a ogni ora del giorno e della notte, non ci sono negozi né alimentari, non ci sono vetrine né auto parcheggiate. Tutto è pieno di ordine e di rigore, i vecchi nei circoli lungo il canale giocano a carte e bevono vino senza raccontarsi né dei figli né delle loro paure, né se in passato hanno mai pensato di scappare, di viaggiare o di uccidere la propria moglie. Gli immigrati invece non girano per il centro. Percorrendo la tangenziale che costeggia le fabbriche tendo lo sguardo oltre le barriere di neve che si sono compattate nella notte. Ce ne sono alcuni che sistemano dei teli in un campo, altri che aspettano il furgone che li riporti a casa; c'è una terra di nessuno in cui non si incontra la vita vera. Gli albanesi occupano gli spiazzali e i capannoni ormai in disuso, gli arabi invece affollano le rosticcerie e i bar, giocano ai video poker e bevono birra, gli slavi guidano avanti e indietro i loro camioncini bianchi sporchi di cemento. È un ricovero la nostra provincia, un luogo senza padrone.

Al bar della stazione di servizio metto fine al mio viaggio in solitaria. Renato mi versa da bere e mi chiede come va, mi chiede se ho saputo di un incidente avvenuto nella notte lungo la strada delle fabbriche. Un camion ha ucciso due ragazzi della nettezza urbana che stavano spalando la neve dai cassonetti per recuperare l'immondizia. E mentre cerca di ricostruire i fatti dalla porta entra Simone, il mio vecchio compagno di scuola. Ha finito da poco il suo turno in fabbrica, mi saluta con un sorriso che non è cordiale né allegro. Ordina una birra e si unisce al racconto che Renato sta portando avanti; aggiunge altri dettagli, dice che si tratta di un camion nero ma le testimonianze sono poco attendibili. Amir ha un camion nero con le strisce gialle ed era lì ieri sera, in quella zona. Ingoio più birra che posso fino a sentir schiumare lo stomaco, Simone ha ancora delle cose da dire ma io non lo ascolto più, penso a Samira e al nostro futuro. I particolari ad ogni modo collimano, gli orari son quelli e poi non mi sorprende il fatto che Amir abbia potuto investire due ragazzi e fuggire, allontanarsi senza il minimo dolore.

Un gruppo di marocchini entra portando tra i tavoli sacche di vento gelido. In strada continua a cadere la neve mentre nel bar l'aria pulita sembra consumarsi fino a spegnersi del tutto. L'alcol comincia ad andare in circolo, le voci dei clienti si abbassano e perdono di intensità. Sono come stordito. Galleggio in un mondo di bolle, in una parte della mia mente si colorano paure e incubi. È come se vivessi due vite nello stesso momento, come se fossi lì fuori, immerso nella neve a parlare con persone senza volto. E più tengo gli occhi chiusi più lo spazio bianco aumenta e mi sovrasta, come quando da giovane smettevo di prendere le mie medicine e cominciavo a crearmi un altro mondo nella testa. Vedevo cose che non esistevano.

Nel parcheggio del cimitero le auto si fermano per far scendere le persone più anziane. Il corteo è breve, non più di venti macchine. Sono in attesa delle salme e per andare via prima, dopo la tumulazione, si sistemano nelle griglie vicino all'uscita. Si tratta di genitori, di conoscenti, gente comune incapace di offrire un conforto sincero. Nessuno piange, i volti più provati si ammassano in silenzio verso l'entrata, di fianco ai ragazzi della banda. Aspetto un po' prima di scendere, seduto al volante della mia Alfa compio un paio di giri nel parcheggio cercando di scorgere prima Samira poi qualche pezzo di pelle della ragazzina con il flauto argentato. È l'unica della banda a non indossare il cappello. La neve cade lenta sulla sua fronte liscia, si posa con cura sulle spalle. Avrà al massimo tredici anni. È seduta sulla panchina di ferro, sotto gli abeti. Non indossa calze, dal pantalone nero sbucano gli orli dei calzini bianchi. Mi avvicino tenendo le mani incollate allo sterzo. Il pensiero della sua pelle nuda, chiara e profumata di talco, la sensazione di calore sprigionata dai suoi occhi persi nel vuoto, tutto il suo mondo mi appartiene. Sento di non riuscire a controllare l'eccitazione. Poi il resto della banda si mette in fila e lei corre al suo posto, uscendo dal mio campo visivo.

Il carro funebre compie un giro largo, evita la piccola folla dirigendosi all'entrata della sala mortuaria. Il lettore dvd, sul sedile di fianco, è spento. I ragazzi della banda musicale ora sono organizzati in file da quattro, seguono il gruppo dei familiari che urlano e si disperano. La ragazzina senza cappello cammina in prima fila e gonfia le guance, si sposta i capelli dagli occhi senza mai perdere di vista il suo compito. Scendo dall'auto e mi unisco alla folla, disposto a mischiare il mio dolore al loro; cammino di fianco a una coppia di anziani che parlano sottovoce. Il freddo della notte ha perso la sua intensità, il cielo stamattina è di un azzurro beffardo, limpido e profondo come la mia pena. I raggi del sole brillano in diverse zone del cimitero, sui papaveri secchi dei terreni intorno e sui marmi delle lapidi, sul ferro grezzo delle panchine e sulla carta lucida dei mazzi di fiori, persino sulle maniglie d'ottone delle bare bianche. Adesso la musica è più forte, i ragazzi della banda spingono più aria che possono nei loro strumenti. La folla si è ingrossata. Le auto continuano ad arrivare, nessuno conosceva quei ragazzi lasciati morti sulla neve ma in tanti hanno riconosciuto il dolore di una perdita improvvisa, la cattiveria di un uomo capace di uccidere nel silenzio e di fuggire via con le proprie colpe. Un anziano con le stampelle si avvicina chiedendomi se lo prenderemo, se la polizia ha saputo qualcosa. "Non sono un poliziotto", rispondo, "e poi mi faccio gli affari miei, come tutti. Sono solo un vigilantes", gli dico, i suoi occhi brillano mentre il viso si trasforma in una smorfia di chi non ha riposto bene le proprie speranze.

Samira mi ha dato appuntamento sul retro del camper alle undici. I due tipi con la barba sono ancora lì, fermi, poggiati alla loro auto piena di terra. Non si muovono se non per recuperare qualche birra dalla busta appesa allo specchietto, o per sussurrare frasi incomprensibili alle signore che passano strette nei cappotti scuri. Fuori dal camper ci sono gruppi di persone che aspettano di poter comprare i fiori. La neve comincia a sciogliersi e l'erba a spandere il suo tanfo di umido. Raggiungo le ultime file della banda e con decisione mi faccio largo, al cimitero nessuno si lamenta per uno spintone. Le facce degli inservienti sono liete e abituate al dolore, salutano tutti per deformazione. La ragazza con il flauto ora è ferma davanti a me, la madre di uno dei ragazzi morti è svenuta bloccando l'entrata. La folla pertanto è costretta a fermarsi, le persone si addossano per far passare gli uomini della Croce rossa. Ora sento il suo profumo, le sfioro le natiche dure e appoggio il ventre alla curva della sua schiena esile; i capelli liberi nell'aria odorano di camomilla. Resto un po' ad annusarle la pelle, con le mani cerco di toccarle i fianchi, poi una donna alla mia destra mi guarda con disprezzo biascicando parole poco piacevoli e così mi allontano verso la zona delle cappelle, lì dove il muro di cinta è più basso. Mi tuffo nel fango e comincio a correre in modo da sbucare sul retro del camper. Samira è affacciata alla finestra del bagno, con le mani sporche mi saluta e sorride, il sole brilla intorno alle sue labbra. Avanzo tra le pozzanghere e la neve affondando nella terra molle. Sento l'aria fredda scuotermi i polmoni e le gambe iniziare a contrarsi.

Samira apre la porta che dà sul campo di papaveri con la scusa di dover svuotare i catini pieni di acqua sporca; due scarafaggi escono nella neve.

"Signor Dante, come sta? Pensavo non venisse più, sono stata tutta la mattina a spiare dalla finestra. Non abbiamo molto tempo, gli amici di mio padre mi controllano come soldati. Li ha visti?"

"Certo, ma perché stanno qui tutta la mattina? Non lavorano?"

"Mio padre dice che aiutano lui. A volte vengono a casa di pomeriggio, si chiudono nella stalla e parlano un sacco di tempo".

"Dimmi di te tesoro. Come stai? Pensavo di averti perso, sono andato alla cascina diverse notti per vederti ma non ho trovato nessuno, non ho visto nemmeno il camion di tuo padre. Dove ti hanno portata?"

"Signor Dante lei è in pericolo, e sono in pericolo anche io. Da quando Adil ha detto a mio padre di lei la mia vita è diventata ancora più difficile. Ha promesso di uccidermi se continuavo a vederla, infatti ci ha obbligato a dormire da alcuni amici che vivono vicino al lago".

"Ma adesso sei tornata. Possiamo vederci?"

"Mio padre ci ha riportati qui stanotte. Ha detto che restava fuori per un po', ha delle cose urgenti da sistemare. Ho sentito che parlava con Imad e diceva che doveva fuggire. Ora sono sotto il controllo di Adil, è lui che deve dirmi cosa posso fare. Non so se riusciamo a vederci stanotte. Lo sa cosa vuole mio fratello da me, io non posso farlo".

"Risolveremo tutto", l'accarezzo e le asciugo le lacrime. Mi chino su di lei, la bacio e la tocco, stringo forte il suo velo e poi le labbra.

"Ho troppa paura, signor Dante. Ora devo andare, la penso sempre!"

"All'una, passo a prenderti all'una tesoro".

Nel parcheggio non ci sono più uomini ma solo ghiaccio e auto ferme. Ci sono io, con gli anfibi coperti di fango, io che respiro a fatica sprigionando nuvole di fumo che si disperdono al sole. Ho corso nei campi per evitare gli sguardi dei visitatori e fuggire le minacce incomprensibili dei due arabi con la barba lunga; le braccia di Imad sono ancora puntate contro la mia faccia. A volte dimentico i miei quarantasei anni e la pancia gonfia, metto da parte persino la dignità pur di non sentirmi in pericolo, in trappola come un topo. Il cuore pompa litri di sangue e il petto continua a dilatarsi, lo stringo per cercare di arrestarne la corsa. I due carcerieri intanto urlano contro di me, ridono e bevono birra, Imad lancia bottiglie vuote che cadono nel fango. Ora il sole è ancora più alto, i suoi raggi più caldi e dritti. Pulisco i miei anfibi con la neve fresca. In silenzio, osservo le mani diventare rosse e bruciare.

Sono immerso nella vasca da due ore. Il pelo dell'acqua è liscio e fermo, non ci sono più bolle di schiuma. La pelle sulle dita dei piedi è rugosa, la sento piegarsi mentre scivolo sulla parete curva per capire se sono ancora vivo, se sono sveglio. Mia madre si è seduta al pc dopo aver pranzato e non si è più mossa, nemmeno per lavare i piatti. Sono due giorni che non la sento esercitarsi per il suo prolasso. Chissà che fine farà quel pezzo di carne. Mi ha rivolto la parola solo per chiedermi dei soldi, dice che le spese per il Vecchio aumenteranno all'inizio di gennaio e che da sola non riesce a pagare tutto. Ha continuato a parlare per ore di affitto, di cibo e di condominio, sfogliava le pagine web dei siti di make-up e non aveva tempo nemmeno per capire se realmente ero lì, se stavo ascoltando e se quel lamento riusciva a donarmi qualcosa di utile. La sua disattenzione non smette di agire e di decidere per lei, di scuotere le nostre vite come una faglia, un terremoto continuo sotto i piedi, giù nel pavimento, sotto questa vasca.

Mi chiedo cosa penserebbe Samira, dove potrebbe volare la sua mente piena di fantasia. La immagino immobile, seduta in un letto di ospedale o forse di una clinica privata, in cui le visite non sono permesse durante il pomeriggio. Lei è sola ormai, anziana, i nostri figli distratti e distanti; io che non le sono più vicino da anni, che ho fatto gli stessi sbagli di mio padre e che ho distrutto la nostra casa come mia madre distrugge la nostra, sempre, ogni giorno in maniera impercettibile. Vorrei dirle che non andrà a finire così, che io non sono come mio padre e che nessuno l'abbandonerà. Io non lo farò di certo. La voce di mia madre intanto arriva dal salone, si insinua sotto la porta portandosi dietro tutte le armonie dei mondi in cui si perdono i suoi strambi pensieri. Io non sarò come lei. Lo dico a Samira e lo dico a me stesso, lo ripeto mentre non smetto di pensare a come potrei essere fra vent'anni, all'età di mia madre, a come dovrò affrontare la vita per riuscire a non distruggere i nostri sogni. Non lascerò mio figlio da solo in bagno e non gli chiederò di darmi dei soldi; gli farò da guida e starò con lui ogni giorno, mi informerò sui suoi progetti e andremo insieme al bar, non per bere. Sarò con lui nei giorni di festa e chiederò a Samira di non alzare la voce se qualcosa dovesse andare male. Mi dico: "Dedicherò ogni giorno della mia vita a Samira, alla nostra casa e a tutti gli oggetti contenuti in essa".

Quando mia madre entra per dirmi che è tardi io me ne sto con gli occhi chiusi, le mani incrociate sul petto e una bottiglia di vino vuota in bilico sul bordo della vasca. L'acqua è scura, il grasso spurgato dalla pelle delimita perfettamente il perimetro rettangolare e si unisce allo sporco che mia madre ha accumulato per anni. Alle sei della sera comincia la festa dell'Avis, noi – come ogni anno – ci siamo impegnati a servire i pasti e le bibite. Non so nemmeno io perché ci vado. Tutto è iniziato quando avevo quindici anni. Mia madre parlava spesso con il prete e, proprio da una loro conversazione, venne fuori che forse il volontariato poteva lenire le sue ferite, purificare il suo animo e in maniera miracolosa cancellare parte dei suoi peccati. Da anni si dice che siano stati amanti.

Sul pianerottolo incrociamo i nostri vicini. Sono due, marito e moglie. Niente figli e niente feste chiassose, mai un litigio la domenica mattina. Quando sono nato erano già qui, ma conosciamo appena i loro nomi. Io mi fermo a fissarli negli occhi, fuori dalla porta, il signor Gianni accenna un sorriso e con le buste della spesa in mano spinge sua moglie a entrare, più che altro vuole tenere noi fuori dalla sua vita. Non siamo mai andati a casa loro e loro non sono mai venuti da noi; quando ci incontriamo lungo le scale ci basta un saluto, il signor Gianni solleva il berretto e tira dritto. E io mi chiedo: dove vanno a finire le loro vite? Dove si incontrano le strade dei nostri vicini? Chi sono le persone che ci vivono di fianco? Perché non ci siamo mai parlati? Mia madre mi tocca il gomito, lo solleva piano cercando di farmi capire che è inutile continuare a fissarli e che non si ricava niente dalla vita degli altri. Mi trascina verso le scale ripetendomi la sua lezione: non serve conoscersi e non ha senso darsi una mano, essere gentili la mattina di Natale e bussare alla porta per scambiarsi gli auguri. Non è mai successo. Tutto nasce dal rigore. Niente viene spinto fuori dal destino; ci siamo noi e le vite che ci ostiniamo a tenere fra le mani, a considerare nostre. Gianni non saprà mai cosa penso di lui né di sua moglie, non sapremo mai cosa succede al di là del muro, in quell'appartamento esattamente uguale al nostro. Ho pensato più di una volta alla loro scomparsa improvvisa. Di notte, quando torno da lavoro, a volte poggio l'orecchio contro la loro porta per sentirli respirare. Cosa c'è che non va in noi? Cosa si trascina dietro il loro silenzio? Perché non ci aiutano a capire meglio come siamo fatti?

In strada le macchine sono poche. Il centro di Chiari è stato chiuso al traffico, un manipolo di vigili urbani indica ai pedoni il tragitto da fare per arrivare in parrocchia. Per evitare strade buie passo lungo il canale, i pioppi sono chini sugli argini e le pozze di fango brillano colpite dai fari dei camion in viaggio verso il confine. Vicino al campo da tennis, fuori dalle baracche, dei giovani rom preparano il fuoco. Una piccola brace fuma al centro dell'accampamento, nei pressi di quelli che una volta erano gli spogliatoi. I muri sono inzuppati di scritte mentre le Bmw dai vetri scuri si mischiano alle ombre. Mia madre cambia posizione due volte, tiene la mano premuta sul ventre per controllare la vescica. Quando arriviamo la parrocchia è piena di gente, saluto don Flavio e alcune signore che indossano i camici con il logo dell'Avis. Il cortile è zeppo di tavole di legno e di panche, piatti di carta e fette di pane. Alle feste da noi in provincia le donne arrivano sempre con i capelli freschi di parrucchiere, le più anziane indossano vistose collane d'oro e orecchini dalle forme irregolari, camminano tra i tavoli scortate dai ricordi di una vita. Alcune si fanno accompagnare dai nipotini, cercano di tramandare la loro rettitudine e di spiegare che sarà così anche per loro da grandi; le mogli indosseranno il camice e serviranno col sorriso stampato sulle guance, la loro vita non uscirà mai dal paese, nessun viaggio oltre le colline della Franciacorta. Alle otto don Flavio dichiara aperto il banchetto. Prima di tagliare il nastro rosso che separa il buffet dalla folla si limita a ringraziare a voce alta tutti coloro che hanno partecipato. Non fa i nomi di nessuno ma il volto di mia madre si illumina lo stesso, come se quel "grazie a tutti" fosse solo per lei, per il suo impegno e per la sua levatura morale.

La cena è stata veloce, poco prima delle otto è già tutto terminato. Le botti di vino sono quasi vuote e nell'angolo delle bibite solo le bottiglie di acqua e quelle di Coca-Cola sono ancora piene. I più anziani stanno decidendo dove preparare i tavoli per il ramino, le donne hanno scelto di giocare a tombola e così c'è voluto poco tempo per capire il modo in cui proseguirà la serata. Io ho ancora il grembiule stretto intorno alla pancia, mentre pulisco la griglia per l'arrosto noto – seduta vicino al portone – la sagoma di Alice. Ha una mano in tasca e con l'altra fuma, una sciarpa nera le scende sul seno. La sua solitudine si riverbera in ogni gesto o posa. Scorre la rubrica del cellulare come a voler estrarre a sorte un numero a cui affidare i propri lamenti. Un ragazzino la colpisce alle caviglie con un pallone, Alice sorride, spinge via il pallone con gli stivali a punta poi beve un bicchiere di vino tutto d'un fiato. Non strizza nemmeno gli occhi, la naturalezza del suo calcio mi ha stupito. Le faccio segno da lontano alzando entrambe le mani, intorno a me c'è solo puzza di fumo e carne, di detersivo che cola sulla griglia. Il grembiule si è allentato, la parte che copre la pancia rigonfia è sporca di sangue, di origano e olio. Alice impiega quasi un minuto per mettersi in piedi e tornare dritta. Le ossa delle caviglie sono instabili. Ondeggia lentamente, nei suoi occhi trema un bagliore noto. È ubriaca da far schifo. Dopo qualche passo perde il controllo, viene avanti poggiandosi ai tavoli di plastica; è più sola di tutte le donne sole del mondo. Man mano che si avvicina il suo sorriso si espande, le sue gambe però sembrano non procedere in avanti. Il vino ha appesantito il suo corpo di trenta chili. Le nubi scure intanto si mischiano alla nebbia, i lampi colorano i tetti delle case verso la zona delle fabbriche, sopra la sua testa. Gli anziani urlano gioiosi, con le loro facce striate di rosso salutano i tuoni alzando i bicchieri al cielo. Non parlano tra di loro né si raccontano niente, sono felici di dimenticare ognuno la propria storia. Mia madre, poco più in là, truccata come una madonna pop, raccoglie le tovaglie di carta ammassandole in un enorme pallone. Rovescia il vino rimasto sulla neve fresca e si avvia con don Flavio verso la sagrestia.

"Come stai vecchio porco?", mi chiede Alice.

"Hai bevuto?", rispondo cercando di non essere troppo drammatico.

"Ho bevuto il giusto. Dovrei avere il tuo stomaco per poter bere di più. Bella festa vero? Tutti vecchi e soli, tutti ex-operai con la pensione al sicuro. E tu? Che ci fai qui? Sei vecchio anche tu, Dante?"

"Io vengo ogni anno, accompagno mia madre. Mi sono ubriacato anche io come te, e forse mi sarei ubriacato anche stasera se ti avessi visto prima. Ho bevuto solo due bicchieri di rosso e cotto quasi cento salsicce".

"Bevilo con me un bicchiere, amico mio. Come ai vecchi tempi".

"Un solo bicchiere!", le dico con fermezza. "Rosso o bianco?"

"Per me fa lo stesso, l'importante è smettere di pensare", si avvicina con in mano un bicchiere di carta vuoto. Ha la pelle fredda e il trucco sotto gli occhi smosso dalle lacrime. Il poncho di lana che l'avvolge puzza di umido e i capelli le si attorcigliano sul viso coprendo le gote spigolose. Poggia la testa sul mio petto grasso in attesa di una carezza, o di un bacio.

"A cosa brindiamo amico mio?"

"Alla guarigione".

"Tua o mia?", di colpo scende con la mano sulla mia patta gonfia.

"A quella di tutti. Di mia madre, di mio padre e alla mia. Brindiamo alla guarigione di tuo marito e alla tua anche, soprattutto a quella di Amir".

"Chi è Amir?"

"È un uomo crudele. Ora ti racconto".

Comincio dalla notte in cui hanno perso la vita i due giovani operai della nettezza urbana. Le dico che forse è stato lui a ucciderli e che se riesco a trovare solo una prova della sua colpevolezza lo farò marcire in galera. In piedi, mentre parlo, la scaldo e la stringo, la sua testa diventa sempre più piccola e fredda. Le racconto la storia di Samira e di Amir a bassa voce, le do piccoli baci sull'orecchio gelido. Le spiego che non la vedo da settimane e che il padre non la lascia sola nemmeno al mattino, al cimitero. "È una storia triste Dante, molto triste", aggiunge chiudendo gli occhi, mentre il suo peso aumenta. Poi comincia a piovere, il cielo scuro sembra precipitare da un momento all'altro. Io parlo e Alice beve, fa bere me e dice che conosce già questa storia e che farei meglio a dimenticarmi di Samira e del nostro matrimonio; secondo lei non vale la pena amare in questo modo. Forse è l'amore la vera malattia, la ricerca continua d'affetto e l'ossessione di non aver qualcuno di fianco con cui dividere le proprie paure. Si deve guarire dall'amore, ripete, bisogna vivere da soli. Anche suo marito ha dovuto accettare questo modo di pensare, lo bisbiglia ficcando la bocca nel bicchiere sporco e poi sul mio collo sudato. "È da solo, a casa. Sta morendo e io sono qui con te", mi dice mentre la pioggia non smette di cadere.

Il temporale in pochi minuti sommerge l'intero giardino, allaga l'entrata della parrocchia e riempie di fango la sagrestia. Siamo rimasti soli, io e Alice, ammutoliti sotto un gazebo di plastica dura. Stretti in un abbraccio disperato osserviamo gli anziani correre via, con le giacche tenute in alto sulle teste laccate delle loro mogli. Mia madre è dentro con don Flavio, il pallone di carte che ha lasciato sul bidone dell'immondizia comincia a sgretolarsi. Guardarlo mi ricorda della sua superficialità, delle disattenzioni e della sua umanità fragile e senza radici. La pioggia invade i miei anfibi e le caviglie di Alice, i bicchieri e i piatti di plastica galleggiano intorno come barche alla deriva e si incagliano nel fango. La neve dei giorni precedenti ormai si è sciolta del tutto. Alice comincia a piangere, si muove su di me e con la mano cerca di entrarmi nelle mutande. Si sente sola, dice che a me può chiedere un piacere. "A te, caro Dante, affiderei anche la mia anima", ripete sperando di provocarmi un'erezione. La pioggia continua a bagnarci la schiena.

"Io amo Samira, lo sai. E poi non ci riesco con le donne adulte".

"Provaci almeno, fallo per me".

"Ho freddo Alice. Dai, andiamo a casa!", la bacio e lei si zittisce.

Aspettiamo seduti in macchina, la pioggia aumenta sempre di più mentre si consumano le cose da dirci. Le campane della parrocchia suonano, sono le nove di sera. Alice tira su col naso e guarda in direzione della chiesa. Anch'io osservo l'entrata della chiesa, aspetto che mia madre esca per accompagnarla a casa. I vetri continuano ad appannarsi fino a cancellare la strada e la melma che sale dalle fogne. Per evitare di parlare ci attacchiamo a una bottiglia di vino bevendone ciò che ne resta, poi – con le mani strette – ci fermiamo in silenzio a fissare i lampi nel cielo scuro.

In strada sono ancora evidenti i segni del temporale abbattutosi nella notte. I marciapiedi sono coperti da strisce di terra e sterpaglie, la puzza di alghe umide sale dai canali mischiandosi al tanfo dell'asfalto che lentamente va asciugandosi. Dopo aver accompagnato Alice a casa sono stato sveglio fino alle quattro del mattino, non riuscivo a dormire così ne ho approfittato per pulire gli anfibi. Ho un solo paio di anfibi e lo uso sia per lavorare che per uscire, è un buon modo per risparmiare, quello di comprare poche scarpe. Dopo averli lavati con un panno bagnato li ho cosparsi di cromatina nera poi di grasso. Sono stato a guardarli tutta la notte, lucidi e immobili sul marmo della finestra. Quando i camion della nettezza urbana si fermavano in strada la luce gialla delle sirene li colpiva facendoli brillare.

Il mio turno di lavoro è iniziato presto. Dopo un piantonamento 7.00-9.00 al centro di produzione caseario di Rovato mi sono spostato verso il lago per una scorta valori che mi ha portato via poco più di un'ora. La banca dell'oro si trova in una strada di campagna circondata da pini e latifoglie. Non ci sono molte case in zona, il verde acceso dei campi perde d'intensità man mano che si sale verso la collina, lì dove i vitigni si arrampicano alle pendici del colle e lo sguardo si perde tra i reticoli dei viticci. Ho guidato per chilometri immerso in una quiete straniante. Poi dalla centrale mi hanno chiamato per assegnarmi *questa* consegna di medicinali a domicilio: due scatole da dieci flaconi di bicarbonato di sodio liquido. Nel volgere di pochi minuti mi ritrovo fra le mani la speranza di una bambina operata al colon, appunto l'indirizzo sul post-it giallo e lo attacco al cruscotto della macchina. Sono questi i momenti in cui riesco maggiormente a sorridere e a ripensare al passato con meno dolore; mi convinco che ci sono storie più tristi della mia e quasi mi rilasso. Il motore dell'auto gracchia a basso regime tra le lande dormienti della Franciacorta, quando arrivo a destinazione non penso ad altro che ad Alice e a suo marito Alberto. Ho voglia di vederla e di starle vicino, di bere ancora un goccio insieme. La casa è una villetta a tre piani con un enorme cancello bianco, dal viale d'ingresso si vedono le automobili che sostano nei parcheggi del supermercato vicino. La madre della bambina mi accoglie con i guanti alle mani, una mascherina sulla bocca e un cappotto color cammello. Non ha più di trent'anni. Cerca di sorridere e non vuole essere compatita perché sua figlia sta male, si gira verso di me dopo aver sistemato le scatole in due buste, mi saluta ed entra in casa. Dalle tende ricamate filtra la luce tremula del televisore; in giardino profumano i limoni. Le bici, sporche di terra, giacciono sotto un telo. Prima di ripartire aspetto che si chiuda il cancello automatico, è tutto ciò che posso fare per lei.

Al citofono una voce straniera mi ripete che Alice non è in casa. È a scuola per lo spettacolo natalizio, mi dice che posso trovarla dopo l'una. Così mi reco a piedi fino al bar all'angolo, bevo una birra e due cognac. Seduta al bancone una coppia di immigrati beve birra e con le mani affonda nella ciotola delle arachidi. Non usano il cucchiaino, fanno sempre quello che vogliono. Escono in strada e io li seguo stringendo la pistola nella mano, il cuoio lucido degli anfibi scricchiola sull'asfalto. Cammino fino alla piazza del municipio di Rovato, arrivato nei pressi della chiesa mi sorprende il rintocco delle campane. È mezzogiorno. Con il bavero del giaccone di servizio mi copro una porzione di viso e aspetto che il vento cali. Chiedo a una commessa che sta spazzando fuori dal negozio perché ci sono quelle persone a terra, cosa fanno tutti quegli uomini inginocchiati sui tappeti. "È la seconda preghiera del venerdì. Sono musulmani, faranno questo per l'intera giornata. Non li ha mai visti pregare? È uno schifo, non abbiamo nemmeno il posto per le auto.

Ogni venerdì si ripete la stessa storia, se fosse per me", dice spazzando un mucchio di foglie secche dall'entrata, "li caccerei via tutti a calci nel culo".

Nascondo ancora un po' la mia faccia nel bavero, in fondo penso le stesse cose, tutti da noi avrebbero reagito così. Non siamo capaci di avere pietà né siamo disposti a capire. Non ci interessa quasi niente, tanto meno le persone. Mi sposto all'entrata del bar continuando a osservare quell'onda curva di uomini che batte la testa sull'asfalto. Riconosco Adil, inginocchiato di fianco a un vecchio con la barba bianca; ci sono altre facce che ho visto al bar di Renato. Sono tutti scalzi, un uomo con una fasciatura al piede non ha nemmeno i calzini, la sua pelle scura e nuda frigge nel gelo del mattino. Sullo sfondo un uomo con la barba lunga recita alcuni versi ad alta voce, solleva in aria un libro e lo bacia, china anche lui la testa fino a batterla sul leggio. Intanto un figlio e una madre corrono dalla strada per unirsi alla folla. Sul lato destro della piazza ci sono dei tappeti sistemati in colonne, la madre ordina al figlio di recuperarne un paio, gli fa cenno col capo e lui obbedisce, ora anche loro possono inginocchiarsi e pregare. In piazza non c'è spazio per muoversi, i sampietrini del lastricato sono sommersi da ginocchia e tappeti. Le donne che escono dal supermercato sollevano in aria le buste così da non urtare le teste dei devoti. Le campane smettono di suonare e le anziane affacciate alle finestre cessano di inveire contro gli immigrati per farsi il segno della croce. Alcune donne lo ripetono più volte, come a voler legittimare la loro superiorità, come se questa piazza, questo paese e queste pietre, tutto ciò che fa parte di questo luogo spettasse a loro e a nessun altro. Alcune invocano Gesù Cristo con fermezza, poi richiudono i battenti, convinte che non ci sarà mai spazio per tutti.

Quando le voci della folla si placano ne approfitto per andare via. La pistola è ancora stretta nella mano, quasi un segno premonitore. Adil si gira incrociando il mio sguardo e resta in piedi, è il più piccolo della fila. Sistemo il giubbotto sulla pancia gonfia, stringo i lacci degli anfibi e resto dritto, di fronte a una massa sconfinata che pian piano si disgrega. Adil strattona un uomo con una cicatrice sul viso e fa segno verso di me. L'uomo strattona altre persone e il gesto si ripete infettando vari corpi, si propaga di spalla in spalla come un virus. Una piccola banda di devoti si schiera davanti ai miei occhi, con le braccia in aria, i denti d'oro che spruzzano saliva e gli occhi indemoniati. Ognuno di loro urla qualcosa di cui non riesco ad afferrare il senso; la mano che stringe la pistola trema. Penso a Samira e al suo dolore, alla pelle color miele e alla paura che deve affrontare ogni giorno con quel padre, con questi padri. Penso al nostro amore che non può vivere se non a rischio della vita. Chi ha bisogno di questa lotta? È la domanda che tengo per me, la ripeto a denti stretti e la estrapolo dai discorsi che Samira mi ha fatto nel camper, sotto le coperte logore, dopo aver fatto l'amore le prime volte. Non ho mai creduto che potesse conoscere il mondo così bene.

Adil per manifestarmi il suo odio mi lancia contro dei sassi, alcuni dietro di lui ridono e altri lo incitano, il vecchio con la tunica bianca lo rassicura con il palmo della mano sulla testa. Intanto le finestre in alto sono state sbarrate, le commesse dei negozi spiano da dietro i manichini cercando la giusta distanza. Un uomo con un pitbull al guinzaglio dice che sono degli animali poi si allontana aumentando il passo. Non c'è più niente da salvare, penso. Non c'è nessuna decisione da prendere, qualsiasi azione non avrebbe senso ora. Le facce dei devoti sono ormai macchie indistinte, giro le spalle e mi incammino, stringo il manico della pistola fino ad arrivare in macchina e fino a che il ricordo amaro di Adil non si disperde nella solita rassegnazione. Avvio il motore e mi dirigo a casa di Alice, con lei avrò modo di parlare e di capire, forse mi spiegherà chi sono davvero questi uomini. Per distrarmi accendo il lettore dvd. Jackie Brown cammina in aeroporto col suo vestito blu; i titoli di testa si sovrappongono alle immagini e non ci sono dialoghi, solo Bobby Womack che canta *Across 110th Street.*

Arrivo al centro di Chiari poco dopo l'una. Ho ancora nella mente le urla dei musulmani durante la preghiera, la loro ostilità sputata via dalle labbra. Parcheggio l'auto nei pressi dell'ospedale e cammino fino in piazza. Le strade sono affollate, urto corpi di donna infreddoliti e mani screpolate dal vento che reggono pesanti buste; respiro il profumo delle verdure e la brina dolce dei frutti esposti nei vicoli composti. A quest'ora Chiari sembra destarsi dal torpore, uomini e donne manifestano in strada il proprio diritto alla solitudine. C'è gente che parla nei bar, uomini in giacca fermi davanti alle tazzine di caffè con le borse di pelle macchiate di pioggia. Qualche metro più avanti, dove l'isola pedonale incrocia la statale, prende vita un altro mondo, con altre facce. Le insegne dei phone center scintillano nella luce grigia del primo pomeriggio. Gli arabi hanno comprato un intero piano di un palazzo per farci macellerie e locali per la vendita del kebab. Gli albanesi continuano quel mondo arricchendolo con birre e auto ammaccate, alcuni indossano panni sporchi di calce e ora sono in pausa pranzo; altri urlano compiaciuti dietro le spalle delle donne. Il mondo a quest'ora del giorno si ritrova per le strade della mia provincia: il Nord Africa, i Balcani, le facce spigolose della steppa, passeggiando si può viaggiare per chilometri e non sentirsi mai a casa. Camminando verso la zona dell'ospedale ritrovo i tetti antichi dei palazzi baronali, cancelli dalle luci lampeggianti e barriere di ligustri ormai spogli mischiati a reticoli di rampicanti. Ritorna un mondo meno ostile e conosciuto; è di nuovo la mia provincia, l'Italia che riprende in mano le redini della sua corsa verso la disgregazione. Eppure niente di questi posti mi conquista né mi somiglia per davvero. Capisco che la mia vita in fondo non è sistemata nel luogo giusto. Sono stato consegnato alla provincia e al freddo della campagna nel profondo nord. Vivo in un luogo che non ha una sua identità né un colore preciso; una piccola città fatta di nebbia e silenzi, di macchine costose e negozi a volte troppo affollati ma spesso vuoti. Una città dai sapori diversi e dalle storie taciute, ed è anche la città in cui Samira mi è stata portata via, dove la mia vita sopravvive da sempre come un bocciolo sotto una serra di ricordi.

Fuori dal liceo le auto sono parcheggiate a spina di pesce. I volti degli studenti sbucano dalle finestre ansiosi di lasciare quelle stanze e di capire cosa farne di una giovinezza indefinita. Hanno fretta di stabilire come uniformarsi alle loro famiglie chiuse e silenti. Il traffico è regolato da una coppia di vigili urbani in impermeabile blu scuro; la pioggia diventa sempre più insistente e le auto in transito vanno fermate in anticipo per garantire un comodo attraversamento pedonale agli studenti. Guardo in alto in cerca di Alice. Le mura dell'edificio cadono a pezzi, i bordi delle finestre sono scheggiati e alcuni vetri dipinti con vernice nera si abbinano perfettamente ai pannelli delle imposte bruciati dal fuoco. Alice sbuca alla fine di un lungo cordone di ragazzini, cammina con la borsa stretta tra le costole e il braccio. In mezzo alla folla risaltano i suoi stivali alti alle ginocchia e la sciarpa di seta nera. Una coppia di ragazzine con delle ali dorate piantate nella schiena la saluta con affetto, Alice alza la mano in cui stringe la biro e comincia a correre. La sua Punto bianca è stata bloccata da entrambi i lati, seduta al volante suona il clacson due volte e la vedo persino battere i pugni sul parabrezza. Mi avvicino coprendomi gli occhi col cappello della divisa, Alice apre lo sportello chiedendomi di far spostare il suv alle sue spalle; pensa io sia uno dei vigili urbani. L'uomo col cappotto color senape fa segno di aspettare, sua figlia è dietro di lui, indossa una tunica rosa e uno scialle di lana azzurra. Il suo corpo da pastorella è appesantito da uno zaino di tela e da un'ingombrante impalcatura costruita intorno alle gambe. Porta delle scarpe ortopediche e si muove lenta, a scatti, abbellita da un sorriso tenero.

In macchina Alice tiene lo sguardo fisso sulla strada e la mano destra ferma sulla mia coscia. Restiamo in silenzio per un po', una porzione di tempo in cui siamo solo io e lei al mondo, unici abitanti di una città troppo piccola e sconosciuta, un microcosmo pieno di paure per noi e per chi ci impedisce di vivere la nostra vita. Prima di ritornare muta Alice mi spiega che è stata una mattinata di duro lavoro a causa dello spettacolo teatrale. Ha organizzato tutto da sola in meno di un mese, dice tenendosi la mano sulla fronte e gli occhi chiusi. I ragazzi delle terze classi hanno messo in scena un testo scritto da lei, una storia bizzarra in cui Babbo Natale incontra diversi filosofi di diverse epoche per affidare loro nuovi strumenti di conoscenza in cambio dei vecchi. Dopo qualche minuto capisce che l'argomento per me è troppo difficile e sposta l'attenzione di nuovo sull'asfalto bagnato.

Alla stazione di servizio i camion sono più del solito. Dalla strada si notano le divise fluorescenti degli operai attraverso i vetri, seduti ai tavoli del bar aspettano che la pioggia smetta di cadere. Il volume della radio non è alto, tanto che i bicchieri e le posate battute sui piatti sovrastano la voce dello speaker impegnato a dare informazioni sul traffico. Alice sceglie il tavolo di fianco alla porta del bagno, dice che lì nessuno ci darà fastidio. Di fronte a noi alcuni immigrati hanno tolto le scarpe e poggiato le borse sporche di terra sulle piastrelle lucide. Sono uomini stanchi, giovani dalla pelle indurita. Alice ordina Martini, la sua mano destra ora è poggiata sul mio braccio sinistro in alto verso il gomito, quasi come se toccandomi le dita avesse potuto compromettere di più la sua fragilità.

"Mio marito sta morendo".

"Cavolo. Ti dispiace?"

"Che razza di domanda mi fai Dante? Certo che mi dispiace! Non lo abbiamo imparato insieme che gli alcolisti sono più volubili degli altri malati anche se spesso non riescono a distinguere bene la realtà dall'immaginazione?"

"Volevo dire che forse è un sollievo per lui. Non so cosa penserei io al tuo posto, credo che vedere la persona che ti sta vicino consumarsi giorno dopo giorno non è il modo migliore per guardare al futuro".

"Pensi che sia bello il futuro?"

"Non lo so. Quando bevo non penso a niente, ma ora ho qualcosa in cui credere. Sto cercando di farmi forza e di riuscire a venir fuori dai problemi del passato, voglio abituarmi a questi luoghi".

"Cos'è che ti fa essere così ottimista?", mi chiede, poi allontana la mano dal mio braccio, è delusa dal mio ottimismo ma più di tutto ha bisogno di bere un secondo Martini.

"Samira. Ecco cosa mi farà cambiare, il matrimonio. Anche se non la vedo da un po'. Ti ho raccontato di suo padre? Del fatto che forse ha ucciso i due ragazzi trovati morti lungo la strada delle fabbriche?"

"Più di una volta Dante, racconti sempre le stesse cose".

"Mi devi aiutare. Ho bisogno di rivedere Samira e di toccarla, devo proteggerla. Anche io ho bisogno di sentirmi utile!"

"Sapessi io quanto ho bisogno di un uomo", beve d'un fiato il resto del Martini. Ne ordina altri quattro, due per me e due per lei, poi ripone la mano destra sul mio avambraccio, la sua stretta adesso è più intensa. Restiamo a parlare fino alle quattro del pomeriggio. Il cellulare di Alice squilla più volte ma lei non risponde, dice che con i soldi può comprare la pazienza di Helena – la badante di suo marito –, dice che una volta tanto si possono anche infrangere le regole e venir meno ai patti. Mi racconta delle foto che le ha portato da Kiev, della casa di legno senza tubature per l'acqua. Poi dal tavolo ci spostiamo al bancone, i suoi stivali e i miei anfibi lucidi barcollano sulle piastrelle.

Il bar si è svuotato, Renato pulisce i bicchieri e si gratta la testa, capisce che forse non è la giornata buona per le confidenze. Io e Alice siamo due fantasmi bisognosi d'affetto, di una guida e di alcol. Dice che offre lui due bicchierini di cognac se abbassiamo la voce. Alice mi chiede cosa mi preoccupa di più: se il padre di Samira, se la differenza di età, se il fatto di non vederla e infine mi chiede se ho paura di finire male. Vuole sapere se sono più codardo o più infantile, questo lo capisco, ma poi mi passa la mano sul viso e tutte le preoccupazioni si sgonfiano. Le dico che mi fa paura il fanatismo di quegli uomini e le loro barbe ispide, i loro rituali e la forza che hanno di portare avanti idee così poco credibili. Mi fanno paura le vecchie che vanno in chiesa e fingono di non vederli, imprecando a denti stretti. Mi fa paura non avere il coraggio di comunicare e di parlare, di accettare l'idea che mio padre non è stato l'unico male. Arrivano i due cognac.

Le chiedo da dove parte tutta questa storia e se davvero la religione è così importante per loro. Perché un cristiano e un musulmano non possono sposarsi? Alice beve metà del suo cognac e strizza gli occhi. Mi prende per mano cominciando a parlare di guerre lontane, sepolte sotto anni di storia dimenticata. Cita nomi che non conosco, teorie di cui non ho mai sentito parlare. L'alcol che le scalda le viscere sembra aver propagato le fiamme fin nell'esofago e ancora più su, verso la lingua che non smette di telegrafare dettagli. Mi racconta secoli di lotte, date e numeri, parla di testi sacri e di profeti, di terre sante e di martiri. Io penso che forse è meglio non sapere tante cose, l'animo stretto nel petto di un uomo può aiutare meglio di tanti libri accatastati nel cervello. Alice chiude gli occhi e comincia a sorridere, mi stringe il braccio dicendomi "dimentica tutto ciò che ho detto!", mi poggia la testa sulla spalla e io sento il profumo grasso dei suoi capelli. Usciti dal bar camminiamo tenendoci per mano, il cielo è un'enorme bolla di gas a cui si attaccano i nostri sospiri di vapore.

Al ritorno facciamo lo stesso tragitto, la strada sembra sprofondata sotto il livello della pianura intorno. La Punto bianca ondeggia come in un mare in burrasca. La testa è piena di mille pensieri e di strane facce, di Amir, di Samira e delle loro incomprensioni. A ogni sterzata improvvisa mi appare davanti agli occhi l'immagine di una stanza vuota e di me che sto seduto al centro; Alice è in una stanza simile dello stesso colore ed è seduta su di una sedia uguale alla mia. Prima di scendere la stringo a me tirandola dal bavero del cappotto, la bacio con tutta la disperazione del mondo. La mia lingua stordita, salata e acida si unisce alla sua. Vago nella sua bocca amara per un tempo che mi appare interminabile. Mantengo gli occhi chiusi e continuo a spostarmi fino a trovare riparo in un buco nel suo molare. È questo, forse, il luogo dove Alice conserva il suo *sapere*.

Arrivo a casa con gli occhi ancora gonfi, la gola sporca di saliva stantia e lo stomaco che brucia. Entro in cucina e mia madre mi accoglie con un sorriso di cui avevo dimenticato l'esistenza. Mi chiede di sedermi, di aspettare con calma il mio turno e di lavarmi i denti. Ha le mani imbrattate di uova e farina, sul tavolo campeggiano ciotole sporche di cioccolato, vassoi pieni di zucchero a velo e nocciole triturate. L'aria è gradevole, profuma di dolce e vanillina; sul pavimento alcuni pezzi di pasta frolla disegnano la via che mia madre ha percorso dal forno fino al tavolo. Indossa dei guanti di lattice e la cuffia, un rossetto rosso ciliegia e un grembiule rosa pastello. Fuori riprende a cadere la neve, i marciapiedi sono sommersi dal bianco e i camion spargi sale cominciano la loro corsa fra le strade di Chiari. Le chiedo come mai non è al pc, perché ha abbandonato le sue abitudini per dedicarsi alla cucina e ai dolci, se ci sono delle ricorrenze in arrivo che ho rimosso. Le chiedo come mai è felice ma non sa rispondermi. "Aspetta e vedrai!", dice. Sistema della pasta frolla su un tagliere in legno, ci sparge sopra dello zucchero a velo e la mette via insieme alle altre palline. Dal bagno la sento fischiare, apre e chiude il forno e lava gli attrezzi ogni volta che li usa. La osservo dallo specchio posto sopra il lavandino. Mi viene da pensare a Samira e a sua madre seduta in carrozzina, a tutte le volte in cui Samira l'ha vista preparare dei dolci, le sere in cui le ha insegnato a mischiare la farina con il latte e lo zucchero. Immagino le loro mani unite nella pasta ancora fresca. Costruisco a modo mio una felicità di cui non ho mai sentito parlare se non attraverso dei ricordi fuggevoli, racconti che Samira mi ha concesso senza troppi particolari. Penso alla nostra famiglia e ai figli che verranno, a me – da vecchio – che siedo al tavolo mentre insegno a mio figlio più piccolo come si setaccia il cacao.

Mia madre ha persino pulito la vasca, l'alone di grasso sui bordi è quasi svanito. Non ci sono più capelli sul divano e i poggiatesta sporchi di grasso e forfora sono stati lavati e messi ad asciugare. Ha pure dato da mangiare ai pesciolini rossi. Tuttavia non riesco a capire come le persone riescano a dimenticare tutto questo; come può una madre diventare talmente precisa e premurosa, svegliarsi una mattina e diventare quasi una parte di me dopo anni di assenza. Torno dal bagno e continuo a fissarla, ripenso a tutti i giorni che abbiamo perso, ai silenzi e alle colpe di entrambi. Si avvicina con in mano un cucchiaio pieno di cioccolato fuso e mi chiede di assaggiare. Chiudo gli occhi e non parlo. Mia madre aspetta un gesto o una parola in grado di salvarla ma non arriva, in silenzio ritorna al tavolo.

Prima di uscire le prometto di saldare i conti del Vecchio entro un paio di giorni, il tempo di incassare lo stipendio. La saluto con un bacio sulla fronte e lei mi offre tra le mani una busta di biscotti caldi. In macchina la sistemo sul sedile di fianco al lettore dvd. In strada non c'è nessuno, i tavoli nei bar sono vuoti e le insegne dei negozi coperte di neve, i semafori agli incroci lampeggiano ininterrottamente per segnalare il pericolo costante dovuto al ghiaccio. Attraverso il campo di grano prima di sbucare lungo la strada delle fabbriche. Le luci all'interno dei capannoni industriali sono accese, le ciminiere riempiono le nubi di un grigio più scuro e denso, le finestre delle case sono già chiuse e sbarrate dalle persiane. Alla stazione di servizio alcuni immigrati si scaldano con un fuoco appiccato in un bidone di ferro, girano intorno seguendo la punta delle fiamme che il vento muove in ogni direzione. Sono le creature del buio, compaiono sempre sul far della sera. Il tramonto qui al nord è una sorta di linea di confine, un trapasso silenzioso che conduce a una vita diversa a cui non apparteniamo.

Dopo un piantonamento 18.00-20.00 fuori dal centro commerciale ritorno alla stazione di servizio, nel bar c'è solo una coppia di rumeni che cerca di vendere collane d'oro. Sono un uomo e una donna, lei indossa degli scaldamuscoli verdi al di sopra dei jeans e ha un piercing al labbro. Non parla italiano, "Prende oro?", mi dice e dalla tasca del giubbotto Agip – sporco di olio – tira fuori una spilla con un medaglione deforme. "Prende oro signore?", ripete, poi il suo compagno le confida qualcosa all'orecchio, Renato li accompagna all'uscita e io resto solo con il mio bicchiere di cognac. I due rumeni si fermano davanti al bidone fumante, mi alzo e li seguo nel parcheggio. In macchina prendo la busta di biscotti ancora caldi e gliela offro, la donna allunga il braccio ma il compagno la ferma. "Hai soldi per questo?", mi chiede con in mano un bracciale d'oro bianco.

"Ho solo biscotti se volete".

"Niente mangiare, vogliamo soldi".

In macchina raggiungo il piazzale fuori da Blockbuster, è il mio ultimo piantonamento prima della fine del turno. C'è ancora gente al negozio, la neve costringe le persone in casa e non c'è molto da fare qui in provincia. Chi non frequenta i club privé di Brescia deve accontentarsi di noleggiare un film o sceglierne qualcuno da guardare in tv. Passano due donne, una ha i capelli scuri, poi nient'altro. Aspetto la chiusura seduto in macchina, mi tengono compagnia i biscotti di mia madre e Mister Pink. Il film è arrivato al punto in cui Mister Pink non vuole sapere il vero nome di Mister White perché non si fida: per lui la rapina in banca è stata una trappola. Mi chiedo perché anche nei film – come nella vita – tutti perdono la fiducia nell'*altro*. Penso a tutto questo quando dall'angolo della strada spunta la mia amante dai capelli dorati. È sola e in anticipo, ha in mano la solita busta blu in cui ondeggiano i dvd presi a noleggio. L'insegna gialla le colora il piumino bianco facendole brillare ancor di più i capelli. Mi guardo alle spalle e non vedo nessuno, non ci sono auto nel parcheggio e le finestre delle case di fronte sono chiuse. Scendo dall'auto e mi avvicino alla siepe, cammino nella neve più veloce che posso in modo che lei non possa accorgersi di me. Quando le sono vicino comincio a tremare, il vento e il giubbotto di servizio coprono i fremiti che mi scuotono dentro. La mia giovane amante svuota la busta di dvd nella fessura poi si gira verso di me chiedendomi un accendino. La sua bocca è carnosa, perfetta, gli occhi sono azzurri come il cielo estivo. Il vento le sposta i capelli sul viso, indossa dei jeans da cui non riesco a vedere nessun lembo di pelle. La guardo dritta negli occhi mentre la spingo con le spalle al muro facendole sentire il peso del mio stomaco gonfio. "Cosa vuoi, lasciami andare!", grida, poi cerca di scappare. Le prendo la testa fra le mani e annuso il suo collo che sa di latte, le accarezzo i seni e le natiche senza parlare. Il sangue fluisce tra le gambe e sento che potrei perdere il controllo, la traccia del lettore dvd salta in avanti rompendo il silenzio. Dallo sportello aperto vien fuori *Stuck in the Middle With You* degli Stealers Wheel, si tratta della scena in cui Mister Blonde taglia l'orecchio al poliziotto. Il volume del lettore è altissimo, gli altoparlanti crepitano; qualcuno potrebbe affacciarsi al balcone. Le dico sottovoce che andrà tutto bene e che non voglio farle del male, poi mi precipito verso l'auto. Dopo aver chiuso lo sportello mi giro per controllare se la mia giovane amante è ancora lì.

L'insegna di Blockbuster brilla in mezzo alla neve e a un silenzio che ora mi fa più paura. La luce dei lampioni si perde nel buio della campagna, non ci sono cani per strada né immigrati. Ci sono io, tremante, in piedi fuori dalla macchina. Osservo la neve che si accumula sulle spalle e la strada buia che punta verso nord, lontano da qui.

Lungo la strada delle fabbriche la neve si raccoglie in fretta e sono costretto a rallentare. Samira abita dietro i campi di grano. Da questo punto della strada è impossibile vedere la sua cascina coperta dalle ciminiere del cementificio. Mi ha inviato un sms in cui mi dice che ha voglia di incontrarmi, che forse andrà in Marocco dai nonni per qualche mese. Suo padre tornerà domani da Lione, pertanto è l'ultima notte che passerà da sola. Mi invita a fare in fretta, si sente in trappola ed è triste, "Il mio piccolo corpo ha tanto amore da darti", scrive. Davanti alla stalla non ci sono auto né carcerieri.

Fuori dalla cascina l'aria è gelida, respiro con la bocca chiusa e dal naso vedo il vapore fuoriuscire e perdersi nel vento. Assam abbaia dalla cuccia, non ci sono altri rumori, sbatte la catena sulle pareti della cuccia in legno alle quali Samira ha inchiodato una coperta. Assam cerca di bucarla col muso poi la morde con forza. Chiamo Samira al cellulare, due volte; mi avvicino al balcone per farmi vedere ma non esce. Aspetto un po' prima di bussare alla porta, la lampadina appesa alla tettoia della stalla non funziona. Ho spento i fari dell'auto per nascondere al fratello la mia presenza. Il buio stanotte è più profondo che mai. Assam continua ad abbaiare e poco dopo una luce in corridoio si accende. Il cellulare di Samira continua a suonare ma è troppo tardi ormai quando mi risponde. Adil apre la porta, sua madre è seduta sulla carrozzina davanti a lui, un plaid a quadri le copre le gambe. I fiocchi di neve si attaccano ai capelli arruffati di Adil e sul velo nero che avvolge il viso obliquo di Shana. La madre di

Samira osserva e non parla, Adil invece mi fa segno di andare via, spinge la carrozzina verso il corridoio e con le mani libere si accarezza le braccia per scaldarsi. Samira sbuca alle sue spalle con una busta piena di coperte, all'interno ci sono anche un pacco di cracker e due lattine di aranciata. Adil si aggrappa al cappotto di Samira poi le afferra i capelli facendola inciampare, dice che racconterà tutto a suo padre quando tornerà, che Allah non avrà pietà di lei, poi con il pollice della mano destra mima il gesto della lama che fende il collo, digrigna i denti come un cane rabbioso. La sgozzeranno, questo è il messaggio. Sua madre urla ma dalla bocca vengono fuori solamente dei guaiti indistinti. Samira chiude la porta e si tuffa tra le mie braccia, il freddo si frappone fra le nostre mani che al buio fanno fatica a ritrovarsi. In macchina guido con la sua testa poggiata sulle gambe. Non avverto l'odore della sua pelle, non sento più abbaiare Assam, esiste solo il respiro grosso della pianura.

Le luci delle lapidi stanotte sono spente, il cimitero è illuminato da alcuni neon di emergenza. Dal camper non si vedono altro che strisce opache di bianco illuminare la nebbia che copre gli abeti. Il fuoco nel braciere si sta consumando e la cucina è piena di fumo e scarafaggi nascosti nelle crepe del pavimento. Il tempo che abbiamo trascorso lontano da qui manifesta i suoi segni con forza; la polvere sale dal materasso quando ci stendiamo a letto, l'ossidazione dalle finestre si è propagata come metastasi fino alle tubature del lavabo e ci sono ragnatele in ogni angolo. Alla puzza di fumo che arriva dal braciere si somma poco dopo quella delle lenzuola sporche e umide. Samira si muove sotto le coperte come un cucciolo che vuole giocare, la sua anima candida è in cerca di calore e protezione. Facciamo l'amore senza parlare, forse non siamo più abituati. La mia pancia piena di peli si spiaggia sul suo ventre sottile come una balena su un piccolo pezzo di riva. Il mio sesso escoriato entra a fatica dentro di lei e più spingo più avverto i muscoli delle braccia tendersi e far male. È la prima volta che riesco a percepire il calore umido della sua intimità, le passo la mano sui seni appiattiti e sfioro la vagina mutilata: la sua bocca né si chiude né si apre.

"Adesso mi senti tesoro?"

"No, signor Dante. Non sento niente".

"E se faccio così?", penetro dentro di lei con più forza. Le sue gambe si contraggono ma non emette gemiti né sbuffi. È come se io non esistessi.

"Così sento un po' di dolore ma non molto".

"Guarirai tesoro?"

"Non è importante signor Dante. Sono cresciuta con questo corpo, con queste labbra tagliate e senza la possibilità di provare piacere. È stata mia nonna egiziana a volerlo. Da piccola vivevo con lei in un villaggio nel sud dell'Egitto, lì le donne non sono libere di scegliere".

"Ti hanno fatto molto male?"

"Non mi ricordo, avevo sei anni. Preferirei non parlarne signor Dante, non è quello che mi serve. Per me ci sono cose più belle a cui pensare. Ora mi basta l'amore, creare una famiglia e crescere dei figli liberi, scappare via da mio padre e avere dei sogni come le persone normali".

Ascolto i racconti di Samira poggiando la testa sul cuscino umido, le nostre mani sono unite, la sua testa affonda sul mio petto grasso. Potrei trascorrere così il resto dei miei giorni, riappropriarmi in una sola notte della giovinezza, del coraggio e di tutta la forza che la vita mi ha nascosto. Mi avvicino al suo viso stanco, gli occhi al di sotto delle palpebre tremano quel tanto che basta a simulare un sonno bugiardo. In lontananza echeggiano i rintocchi delle campane. È mezzanotte.

"Buon Natale, tesoro", le sussurro baciandole la fronte.

"Per me non è Natale", risponde senza aprire gli occhi.

Mi sveglio a causa dei rumori che arrivano dal parcheggio. Accendo la luce e mi dirigo in bagno per osservare dalla finestra. Sono le tre del mattino, fuori impazza una tempesta di neve e pioggia. Il cancello all'entrata del cimitero cigola mosso dal vento, le raffiche scuotono i pali della luce tanto che i neon d'emergenza si spengono lasciandoci al buio. Il braciere emana gli ultimi bagliori di fianco al letto. Sposto gli anfibi messi ad asciugare sul lavabo quando sento Samira urlare. Dalla finestra che affaccia sul retro del camper avvisto due potenti fari illuminare il campo di papaveri. Esco dal bagno e corro a prendere la pistola nascosta sotto il cuscino del letto. Dico a Samira che andrà tutto bene, la stringo a me e le bacio la testa. Poco dopo qualcuno bussa alla porta, due pugni sferrati con rabbia.

Il motore del camion è acceso, il vento permette appena di sentirlo. Samira nasconde la testa sotto le coperte e trema, sfioro le sue gambe per rassicurarla e le ripeto che niente è perduto. Non l'abbandonerò in questo letto molle dalle lenzuola consumate. La sento tremare ancora un po', le sue ginocchia vanno a scatti, come colpite da una scossa elettrica. Mi riempie la mano di urina. La paura che sento fuoriuscire dalle dita ha qualcosa di innaturale. Cerco di alzarmi senza far rumore, Amir butta giù la porta e sono costretto a risedermi a letto, sotto le coperte. La sua sagoma è dritta davanti a me, immobile, illuminata alle spalle dalla luce gialla del camion. Non è solo, dietro di lui due prostitute con i tacchi a spillo ridono sollevando in aria delle bottiglie di liquore. Le loro facce si perdono nella tormenta, a turno si piegano in avanti per sputare whisky tra il ghiaccio. Il camper si riempie di aria fredda, la neve entra di traverso passando dalle gambe aperte di Amir. Nella mano destra stringe un machete dalla lama lucida.

"Dov'è mia figlia?"

"Tua figlia è al sicuro, resta con me".

"Allah decide, non tu. Allah vuole che mia figlia torna a casa con suo padre. Io faccio quello che Allah vuole", dice alzando il machete.

"Samira vuole restare qui. Vai via!", Amir compie dei passi in avanti e il suo viso comincia a delinearsi nella penombra.

“Lasciala andare o ti taglio la gola”.

“Lei non finirà come i due ragazzi che hai ucciso giù alle fabbriche”.

“Non parlare, infedele, Allah non ti vuole in casa mia!”

Samira si è ritirata come una chiocciola, i suoi piedi bagnati di urina non li sento più tremare. Il suo corpo è ripiegato in qualche angolo del letto e non si muove, simula una morte apparente. Amir grida ad alta voce alcune frasi che somigliano a una cantilena; i fari del camion rischiarano gli schizzi di saliva mentre cadono sul linoleum bagnato. Io resto in silenzio, con la mano sinistra cerco di raggiungere Samira in fuga sotto le coperte. Amir avanza lentamente, sento le corazze degli scarafaggi in fuga spaccarsi sotto i suoi scarponi dalla punta in ferro. Poi la prostituta dai capelli biondi lo raggiunge alle spalle tirandolo da un braccio. “Noi scopare!”, dice. Amir le tira i capelli fino a farla inginocchiare, con un calcio alla schiena la spinge nella neve.

Non posso aspettare oltre, tiro fuori la pistola nascosta sotto le lenzuola e la punto con decisione verso la testa di Amir. Mi alzo dal letto in modo da aumentare non solo la consapevolezza della mia minaccia ma anche lo squilibrio di grandezze fra i nostri corpi. La mia ombra smisurata invade il camper come un fiume in piena. Resto in piedi, nudo. La pancia gonfia nasconde le mie gambe e il resto del pavimento. Amir mantiene gli occhi fissi sulla pistola e non muove la mascella, la lama argentata del suo machete rimane sospesa a mezz’aria come un ramo senza più foglie.

PARTE SECONDA

il tè della domenica

Era il giorno di Ferragosto del 1974, il cielo brillava di un azzurro intenso. Dal balcone osservavo le balle di fieno rotolare nei campi in mezzo a due ali di contadini sbracciati. Avevo passato lì tutta l'estate, seduto sulla sdraio ad aspettare il ritorno di mia madre. Il Vecchio lavorava di notte al mercato ortofrutticolo e quando rientrava la sua prima preoccupazione era quella di recuperare il sonno perduto. Io potevo restare seduto in balcone o leggere i fumetti che lui stesso riusciva a raccattare. Si trattava di fumetti logori e sporchi, alcuni erano macchiati di inchiostro e con dei nomi di ragazzini leggibili sulla copertina. Le scritte a penna indicavano anche le classi che i proprietari dei fumetti frequentavano o avevano frequentato durante quel periodo. Non gli chiesi mai da dove provenisse quella roba.

Quel pomeriggio d'agosto avevo dodici anni. Mio padre era tornato ubriaco dal turno di notte al mercato. Dopo aver lasciato le scarpe sporche al centro del salone mi disse che dovevo rimanere seduto fino al suo risveglio. Poggiò sul tavolo una busta contenente due episodi di *Tex Willer* e alla spalliera della sedia appese la borsa di tela con i resti del pranzo. La pelle sul suo viso era scottata dal sole, all'altezza delle scapole invece i segni lasciati dalla canottiera erano bianchi come il latte. A volte nel rivederlo provavo pena. La fronte screpolata e le mani sporche di terra lo rendevano fin troppo santo. Ma era una sensazione che andava via presto, mi bastava incrociare per un attimo il suo sguardo per rendermi conto di quanto la sua folle rabbia lo tenesse lontano da qualsiasi tipo di umanità. Mia madre non c'era mai; lavorava come infermiera all'ospedale civile di Chiari, assisteva i dottori durante le visite in corsia. Da poco aveva cominciato anche una seconda attività, due giorni a settimana andava alla ricerca di clienti per un'azienda di Seriate impegnata nella produzione e distribuzione di prodotti di bellezza. Il suo compito era quello di vendere il maggior numero possibile di rossetti e smalti. Tuttavia per me non esisteva nessun secondo lavoro, la sua era solo una fuga silenziosa dal nostro inferno domestico.

Quel giorno di Ferragosto, prima di addormentarsi sulle coperte pulite, mio padre mi chiamò per farsi togliere i jeans. Era disteso a occhi chiusi e ruttava, sul comodino c'era un bicchiere di vino bevuto per metà e una cintura di cuoio nera attorcigliata come un serpente velenoso. Non riuscì ad alzare la testa nemmeno per darmi gli ordini; il sudore gli colava lungo i peli della pancia, mi indicò il bicchiere e le sigarette sul comodino.

"Non te ne andare, maledetto", disse bloccandomi dal gomito.

"Devo aprire un'altra bottiglia?", chiesi.

"Ora sfilami le mutande, ho caldo", bevve altro vino sporcandosi il viso, una striscia viola finì sul copriletto di filo beige. Poi mi strinse i polsi.

"Devo abbassarle di più?", chiesi.

"Dammi la mano e chiudi gli occhi. Papà ha bisogno del tuo aiuto per dormire. Piegala, così, accarezzami lentamente. Sei proprio bravo cazzo, sei davvero bravo piccolo maledetto", tenne la mia mano sul suo sesso molle per un paio di minuti. Quando era sbronzo non riusciva ad avere un'erezione. Io chiudevo gli occhi e giravo la testa verso la porta per non guardare. Sentivo le verruche del suo sesso sfregarmi il palmo e i peli liberare un odore acre. Avevo paura di infettarmi e perdere all'improvviso l'uso delle dita, di cominciare a sanguinare. Quando il suo respiro diventò pesante andai via, mi rinchiusi in bagno e ci rimasi per qualche ora. Mi sedevo nella vasca con la testa sulle ginocchia, per nascondermi usavo l'accappatoio. Mia madre non sapeva niente di tutto questo, almeno io non ne avevo mai parlato con lei. A volte di notte bagnavo il letto e al mattino dovevo subire non solo i suoi rimproveri ma una serie infinita di domande. Mi chiedeva perché non ero in grado di alzarmi e andare a pisciare in bagno, come facevo a resistere immerso in quella puzza. Poi notava i robot imballati e il bersaglio giallo e nero delle freccette senza nessun buco. "Quando ti deciderai a usare questi giocattoli Dante?", mi chiedeva, mentre infilava la canottiera negli slip per non farmi sentire freddo. "Ci sono decine di giocattoli ancora nuovi; sei un ragazzino strano tu. Non sai apprezzare quello che tuo padre fa per te!", poi mi dava una manata sulle natiche forse per manifestare la sua buona fede. Io però sapevo che lei conosceva i vizi del marito. Quando mi accompagnava a scuola al mattino restava in silenzio fin davanti al portone, non mi dava baci sulla guancia né mi stringeva con amore: mi apriva lo sportello e andava via.

Alle quattro del pomeriggio venne a chiamarmi in balcone, il sudore gli scendeva sulla fronte ustionata e da sotto le ascelle. Aveva i piedi gonfi e una fetta d'anguria in una mano. Io ero ancora seduto.

"Hai finito di guardare le balle di fieno?"

"Oggi ce ne sono tante, vedi quella laggiù? L'hanno trasportata con un trattore perché era troppo grande. Ora la fanno scendere con le corde".

"Chi se ne frega di come scaricano le balle quei balordi. Vestiti, ti porto al lago. Ti va di festeggiare Ferragosto col tuo vecchio? Sul tavolo ci sono dei tramezzini, mettili in uno zaino con una bottiglia d'acqua. E prendi pure una bottiglia di vino, in frigo".

Mio padre possedeva una spider Alfa Romeo rosso fuoco, interni in pelle e cappotta di tela color catrame. In macchina, per non farlo arrabbiare, dovevo stare con i piedi fermi e in nessun modo potevo toccare l'alzacristalli né le manopole per l'aria fredda. Mi concedeva di sollevare lo schienale, ma solo dopo avergli chiesto il permesso. Erano passati dodici anni da quando l'aveva comprata e ancora non aveva staccato il cellophane dai sedili. Mi ripeteva sempre che bisognava prendersi cura delle cose; io lo guardavo e speravo che prima o poi includesse anche me nei suoi pensieri, almeno come oggetto. Mi sarei accontentato delle sue cure anche solo per un giorno.

Per arrivare al lago il Vecchio attraversò il centro di Chiari, le macchine erano poche e non esisteva ancora l'isola pedonale. Guidava lento tra i vicoli lastricati. Il motore della Duetto brontolava a basso regime, a volte accelerava per far sgranchire i pistoni e la gente si girava a guardare con aria divertita. Fuori dai negozi le persone erano cordiali, a ogni angolo mucchi di gente con le buste in mano, parlavano di pesca e di calcio; i vecchi stavano intere giornate a leggere i quotidiani fuori dal barbiere e a calarsi i cappelli quando le signore passavano di là. Non c'erano immigrati, gli stranieri si vedevano solo in tv, di sera, o nei telegiornali. Il profumo della frutta era intenso e più ci si allontanava verso la campagna aperta, lontano dai palazzi del centro, più quell'odore genuino di agrumi e voci liete ti seguiva. Il vento sulla faccia profumava di spensieratezza, avvertivi la vita intorno.

Lungo la strada delle fabbriche incrociammo alcuni camion blu pieni di frutta, mio padre suonò a lungo il clacson restando con la mano tesa verso il cielo – fuori dalla cappotta – come se fosse felice, felice di andarsene in giro con suo figlio a non far niente. L'aria che entrava da ogni parte ci faceva lacrimare entrambi e con gli occhi lucidi arrivammo al lago che il sole era ancora alto e potente. Aveva preso in prestito una barca da un suo collega di lavoro. Il piccolo molo di legno era pieno di turisti, i gestori dei bar avevano recintato i tavolini con delle piante color ciclamino in modo da tenere ben separati i clienti. I camerieri, con le camicie a righe bianche e blu e il papillon di seta azzurro, non si fermavano un attimo; c'era chi parlava tedesco e chi conosceva l'inglese, i più svegli comunicavano a gesti e sorridevano senza sforzo. Le turiste venute dal nord lasciavano le borse appese alle spalliere delle poltrone in vimini e si allontanavano per guardare i loro mariti nuotare tra le onde basse. Alcune accompagnavano i cani lungo le aiuole per farli giocare un po' prima di riportarli sotto al tavolo a riposare.

Mio padre disse di non muovermi, "resta in piedi vicino al jukebox fino a quando non torno". Avevo sulle spalle lo zaino con dentro i tramezzini e cominciava a pesare. Non sapevo se potevo sedermi ai tavoli. Rimasi in un angolo a osservare le donne arrivate dalla Germania e dall'Austria mentre bevevano Martini bianco con ghiaccio; fissavo i loro cappelli color paglia mentre in strada scorrazzavano gruppi di motociclisti con al collo dei foulard a scacchi. Quando il Vecchio tornò non era solo, alle spalle lo seguiva un giovane con una tuta verde e un fischietto appeso al collo. Lavorava per il consorzio che gestiva il lago; ci fece segno di seguirlo fino al molo, poco distante dai tavolini del bar. Erano le cinque del pomeriggio, le famiglie venute dalla provincia si organizzavano in gruppi lungo i giardini, sedevano su tovaglie a quadri rosse e bianche. Il giovane del consorzio ci regalò una specie di guida cartacea con tutti i nomi dei pesci che si potevano pescare e alcune ricette a base di polenta tipiche del posto. Mio padre ribadì che l'amico a cui aveva chiesto in prestito la barca era fuori in vacanza e che al suo ritorno lo avrebbe accompagnato al lago per mostrargli tutti i documenti, quasi come se si stesse giustificando di qualcosa. "Mi dispiace, ma non posso affidarvi un'imbarcazione se non avete un permesso scritto", disse il ragazzo dalla tuta verde. Poi mio padre gli strinse fra le mani due banconote da cinquemila lire, il ragazzo sciolse le funi e la barca si mosse lievemente.

"Poggia lo zaino sulla panca e non muoverti", disse.

"Sai guidare la barca?"

"Quest'affare non si guida, imbecille. Siediti, ti mostro una cosa".

La barca era una piccola scialuppa colorata di bianco e marrone con tre panche di legno, una delle quali era occupata da mio padre. Me ne stavo in disparte dal lato opposto, seduto con le mani sulle ginocchia, a guardare i bambini che a riva sorridevano felici. Il juke-box modello *Prestige* diffondeva una canzone dei Beatles ma sia io che mio padre ne ascoltammo solo l'inizio. In meno di un minuto ci ritrovammo lontano dalle facce gioiose dei turisti, soli, al centro del lago. I suoi bicipiti erano gonfi per via dello sforzo e anche le vene sulla fronte e sul petto si erano ingrossate. Io mi facevo distrarre dai remi che fendevano l'acqua e dalla puzza densa delle alghe; seguivo le silhouette delle tinche che passavano come missili sotto il pelo azzurro delle onde. Volevo chiedere al Vecchio se i pesci avevano paura delle barche ma non feci in tempo, lui aveva già scelto al posto mio.

"Vieni qui", mi disse, mentre si toglieva la canottiera.

"Dove?", chiesi, immaginando di trovare un modo per fuggire.

"Qui da me, maledetto. Vieni a togliermi le mutande. Ho caldo".

"Vuoi dormire?"

"Le domande le faccio io. Voglio mostrarti una cosa. Siamo venuti fin qui per prendere il sole, credi? Muoviti!"

"Così va bene?", chiesi, sfilandogli le mutande dalle caviglie.

"Sei bravo ragazzo, sei proprio bravo per Dio".

Avevo sognato per un attimo di poter vivere una giornata felice, diversa dalle solite. Purtroppo il Vecchio mi aveva ingannato con la storia del lago e del Ferragosto insieme. Se ne stava disteso nella barca con il sesso duro, la sua pancia bianca rifletteva i raggi del sole come una scocca di vetro. Tenne per un po' la mia mano sulla punta screpolata fino a che una barca a vela – con uno stemma nobiliare e una scritta blu – si allontanò verso le coste verdi di Montisola lasciandoci di nuovo soli. La barca ondeggiava lenta, i remi fermi – in padouk – sembravano la prosecuzione delle sue braccia arrossate. A occhi chiusi non riuscivo più ad avvertire l'odore delle alghe; il mio cervello si era spento e i sensi avevano smesso di funzionare. Mio padre disse che quello era un giorno speciale e che sarei diventato uomo. Prima mi strinse il collo poi mi fece stendere in avanti. Sulla panca, al centro della scialuppa, c'era una confezione di pomata che stava lì da quando eravamo partiti. Pensavo gli servisse per le scottature. Mi tappò la bocca e mi disse di non parlarne con nessuno, lo faceva solo per me. Prese il tubo di pomata e ne spalmò una striscia sulle mie natiche, vicino al buco. Prima ci infilò un dito, poco per volta; lo mandava avanti e indietro come un trenino elettrico. Non lo sentivo ridere, forse non era divertente nemmeno per lui. Respirava a fatica e diceva di volermi bene e che ero un bravo ragazzo. Poco dopo tolse il dito e il dolore aumentò.

Il suo sesso curvo spingeva e devastava, per ogni centimetro di carne conquistato la mia giovinezza arretrava senza avere il coraggio di arrendersi. Non riuscivo a respirare tanto era intenso il dolore. Avvertivo il sangue colarmi dalle gambe ma non avevo la forza per guardare. Quella specie di sabotatore aveva manomesso degli ingranaggi nel mio corpo; cercavo di tapparmi le orecchie per paura di un'esplosione o di un bagliore improvviso. Il bruciore si diffondeva sulla schiena e nelle gambe come un maremoto senza onde né sabbia, i danni e la distruzione erano ingenti e invisibili al tempo stesso. Provai a distrarmi cercando con gli occhi un gesto di pietà lungo la riva o un segnale di compassione in caduta dal cielo. Tutto era fermo. Diedi uno sguardo alla rivista di pesci e un luccio persico mi parlò in una lingua sconosciuta. Forse mi aveva salutato, ma io ero già altrove.

Quando entrai in casa mia madre era seduta in salotto in mezzo ad alcuni cataloghi di trucchi e altri prodotti di bellezza. Mi salutò con un sorriso debole e non si alzò per capire se fossi vivo o morto, se respiravo o avevo le ossa al loro posto. Io camminavo a testa bassa ed ero convinto che il mio dolore fosse evidente. "Vai a lavarti le mani che la cena è pronta", disse, e fu in quel momento che ritornai a esistere e a ricordarmi del cibo e di tanti altri piccoli fenomeni di cui era fatta la mia vita. Il Vecchio le si avvicinò coperto di sudore e con i sandali sporchi; aveva addosso – sui calzini bianchi e sull'orlo dei bermuda – alcune gocce di sangue. Si muoveva lento, le sfiorò i capelli e le baciò la fronte, era di nuovo un santo. Le parlava sottovoce a un centimetro dal viso e con la lingua cercava di tirar via dai denti il grasso del prosciutto mangiato a pranzo. Squittiva come un topo di fogna.

Dalla cucina arrivava un odore di salsicce di manzo (quando entravo in bagno ero obbligato a lasciare la porta aperta). Mia madre si alzò per andare a controllarne la cottura, prima di recarsi in cucina si fermò al tavolo dove si era seduto mio padre per aiutarlo a spogliarsi. Come tutte le sere, dopo aver poggiato la maglia sudata al bracciolo della poltrona, gli porgeva fra le mani sporche il barattolo di crema idratante. Ne spalmava un po' sul viso e sulle braccia cotte dal sole poi restava circa dieci minuti immobile, con le braccia lungo i fianchi e uno stuzzicadenti bloccato fra le labbra. Uscito dal bagno andai a sedermi a tavola, l'afa rendeva l'aria irrespirabile. In estate, inoltre, il canale che tagliava i campi dietro il nostro edificio non solo emanava uno strano fetore ma era anche un ricovero per gli insetti, sia di giorno che di notte. Usavamo dei fornelli elettrici per tenerli lontani ma le mosche, le api e le zanzare entravano lo stesso passando al di sotto delle tende di lino.

Il volume della tv era alto, mia madre poggiò la teglia al centro del tavolo lasciando il coperchio spostato di qualche centimetro. "Sono ancora calde, non togliete il coperchio altrimenti va via il sapore", disse, poi aspettò che il vapore uscisse lentamente prima di servirci le porzioni. Mio padre teneva gli occhi fissi sul televisore; quel giorno, al lago, il vecchio mi aveva preso per la prima volta. Adesso era il momento del suo telefilm preferito, si chiamava Le strade di San Francisco. La sigla era piuttosto divertente, iniziava con una chitarra che faceva un rumore decisamente strano, c'erano anche delle trombe insieme ad altri strumenti a fiato. Come d'abitudine mio padre alzò di più il volume del televisore e prima di cominciare a mangiare riempì due bicchieri di vino, entrambi per sé. Quella sera però non c'era più musica dentro di me, nessuna melodia. Rimasi ad ascoltare solo la sigla del telefilm prima di calare la testa nel piatto. Mia madre cercava di capire cosa c'era che non andasse ma non aveva il coraggio di chiedermelo, di superare le barriere che il Vecchio sapeva erigere solo con lo sguardo.

"Mangia tesoro; ti son sempre piaciute le salsicce di manzo".

"Lascialo perdere, mangia quando ha fame".

"Vuoi che le tagli io, Dante?", mi chiese, poi guardò il marito, temeva di aver detto troppo. Cercò di alzarsi ma lui la bloccò.

"Ho detto che mangerà quando avrà fame. Non muoverti", si asciugò le labbra sporche di olio e ricominciò a bere. Un bicchiere poi un altro, di fila.

Il volume della tv divenne sempre più acuto e insopportabile. La mia mente non era più in grado di selezionare le percezioni né di modularle. La lama del coltello non fendeva la crosta del pane ma la squarciava, tutto era ingigantito e fuori dai binari. Lo sfregare dei piatti sbattuti mi stordiva, mascelle e mandibole non masticavano cibo ma trituravano erba secca come lame di una falciatrice. Io abbassavo di più la testa nel piatto per cancellare dal campo visivo le mani di mio padre. Ero finalmente nel mio bosco colorato. Ma ci restai per poco, mia madre si allontanò verso il lavabo e io capii che sarebbe toccato a me. Mio padre era già in piedi con gli occhi rossi.

"Alzati, maledetto".

"Preparo il caffè tesoro?", chiese mia madre senza voltarsi. Sapeva di non poter intervenire, sapeva anche che ormai conoscevo la sua colpa.

"Tu chiudi la porta e non uscire", le ordinò. La chiave girò nella toppa.

"Con te non ho ancora finito", mi disse mentre mi alzavo.

Nel ripostiglio c'era puzza di stivali sudati e detersivo; la luce entrava a fatica dalla finestra coperta in parte dagli scaffali in ferro. L'afa all'interno sembrava ingrossarsi al buio. Io non avevo paura, sentivo salire dai campi le voci dei ragazzini del vicinato. Simone calciava un pallone urlando a voce alta i cognomi dei suoi calciatori preferiti. Il figlio della postina lo rincorreva e c'erano altre voci che incitavano Simone ad aumentare il passo. La palla poi finì in rete, dalla finestra arrivò il rumore sordo del bidone che Ivan aveva rubato al nonno per utilizzarlo come palo della porta.

Mio padre si scagliò su di me come un avvoltoio accecato dalla fame. Cercò di farmi male, mi strinse sporcandomi di saliva e con le unghie mi graffiò il collo e la schiena. Ma io ero volato via ad ali spiegate, in un campo di calcio che sapeva di fieno e margherite. Con i pugni stretti corsi verso Simone, corsi fino a non sentire più le gambe né il cuore battere nel petto. La sua maglia numero sette era sporca di terra e il suo sorriso scolpito nel tramonto. "Non avere paura", disse, " non sei solo adesso!" Corremmo per ore nella luce rossa della sera, la sua mano affusolata mi guidò nei sogni della campagna aperta e mi tenne compagnia per tutta la notte.

L'inizio della scuola coincise con un nuovo capitolo della mia vita. Era stata *quella* la mia estate diversa, il momento in cui mi ero allontanato così tanto da me stesso che non sapevo più in che modo far ritorno né quando avrei potuto riappropriarmi della mia adolescenza. La Seconda B si trovava al terzo piano di un edificio a pianta quadrata, nel centro di Chiari. Di fronte c'erano i bagni, dove spesso mi rinchiudevo a pensare, e alla fine del corridoio si trovava la sala delle riunioni che Ivan – il figlio della postina – controllava da lontano per capire quando i nostri compagni dovevano smettere di far casino durante il cambio dei professori. Io passavo molto tempo alla finestra, osservavo i viandanti con i loro sandali di cuoio e le donne dalle chiome gonfie dirette chissà dove; fissavo le madri fuori dai negozi impegnate a dare un senso a quelle ore acerbe del mattino in cui sembrava non accadere nulla. L'aria profumava di erba pulita e di fiori, la provincia era ancora un luogo sicuro in grado di generare qualche forma di benessere. Non c'erano poveri né stranieri tra i banchi, la vita scorreva nel verso giusto.

A quel mondo fuori dai vetri se ne univa un altro più intimo. Vicino alla finestra che stava alla mia sinistra mi teneva compagnia un angelo di carta, aveva i capelli gialli e le ali bloccate dallo scotch trasparente. Mi parlava del suo piccolo universo di beatitudine e miracoli; voleva portarmi con lui, a volte sembrava quasi che ridesse. Durante la ricreazione mi avvicinavo e con la mano gli accarezzavo prima il viso, colorato con un rosa acceso, poi le ali. Lui, come me, non poteva liberarsi ma insieme riuscivamo a passare il tempo, fino a che l'insegnante entrava dalla porta e Simone correva dal banco per venirmi a chiamare e riconsegnarmi alla realtà. Le ragazzine ridevano liete, i maschietti invece mi tiravano pezzi di matite sulla testa.

Le mattine in classe correvano via sempre uguali. Al mio confidente di carta raccontavo ciò che mi succedeva a casa, quando restavo solo con mio padre e anche di sera, a volte, quando beveva troppo e mia madre chiudeva la porta della cucina alzando il volume della tv. Durante i miei racconti il rosa sul suo viso cambiava d'intensità, Simone invece sosteneva di vederlo sempre identico, sempre pallido. Un giorno pensai di liberargli le ali, tolsi via lo scotch e glielo attaccai sulle spalle, dove la tonalità leggera del blu straripava oltre la linea delle clavicole. Ricordo quella giornata perché alla prima ora c'era stata l'insegnante di scienze: occhiali color oro e foulard marrone aperto su di una giacca bianco sporco. Simone aveva le mani sotto al banco, mi mostrava le figurine dei calciatori pensando di scambiarne qualcuna; non sopportava gli scudetti, così te ne offriva due in cambio di una riserva. Poi cominciò la lezione, al centro della cattedra l'insegnante aveva sistemato una riproduzione in scala 1:2 del corpo umano. Si vedevano tutti gli organi vitali, i muscoli e le ossa. Aveva un addome trasparente che fungeva da coperchio, quando l'insegnante lo tirava via il fegato cominciava a rotolare e poi il pancreas e lo stomaco. C'era bisogno di qualcuno di noi che tenesse fermi quegli organi finti.

"Oggi parliamo della riproduzione", disse l'insegnante.

"Guarda Dante, guarda dove tocca la maestra", sussurrò Simone.

"Chi di voi sa dirmi cosa sono gli organi genitali e a cosa servono?"

Simone continuò a ridere, tremava con le ginocchia e non smetteva di battere le mani sulla bocca. Sapeva che quelle erano cose da grandi e che forse era presto per capirne bene i meccanismi. Io continuai a non guardare. Avevo i miei fogli e i miei mostri; disegnavo enormi pipistrelli e dinosauri con volti di uomini baffuti, barche di legno piene di sangue e bambini senza testa. Il mio amico di carta era lì, sospeso, mi osservava dolente. Solo lui, come me, conosceva l'amarezza e l'inquietudine che un corpo umano era in grado di provocare. Poi l'insegnante tirò via l'addome trasparente e il fegato rotolò giù per primo. Lo seguirono il pancreas e lo stomaco.

Alla fine il sabato arrivava sempre. Per quanto mi sforzassi di eliminarle dalla mente e di non pensarci, le paure del sabato pomeriggio cominciavano ad assalirmi non appena mettevo piede fuori dalla scuola. I miei compagni correvano sulle piastrelle polverose del corridoio, felici di poter abbracciare il padre o la madre che aspettavano in strada, fuori dalle auto. L'autobus con la scritta nera teneva il portellone aperto e il motore acceso; percorreva tutta la campagna intorno a Chiari fino al ponte autostradale di Rovato. Era un servizio offerto dal Comune per tutti coloro che abitavano lontano da scuola o che non avevano la possibilità di essere accompagnati a casa dai genitori. Io rinunciavo volentieri al servizio di scuolabus, i minuti che passavo in strada mi servivano per pensare, per addomesticare in parte le paure e per allontanare il panico. Prima di incamminarmi verso casa mi sedevo qualche minuto sulla panchina di marmo a guardare i ragazzini che salivano urlanti sul retro del bus giallo; alcuni spingevano, altri non si staccavano dai vetri nemmeno dopo essersi seduti, con la lingua fuori dai denti e gli occhi gioiosi continuavano a tenersi per mano. Ivan e Simone mi facevano segno di salire, tenevano un posto occupato per me fino a quando qualcuno non chiedeva loro di togliere lo zaino. Così l'autobus partiva e io – senza degnarli di uno sguardo – mi avviavo a testa bassa verso casa.

Quel sabato di aprile mia madre aveva preparato una fettina di fegato alla veneziana con insalata di patate. Tolsi via il cellophane dai piatti e andai a sedermi sul divano. Vedevo mio padre ovunque: negli specchi e in mezzo al corridoio, scorgevo il profilo del suo stomaco gonfio tra le fessure delle porte semi aperte e per non pensarci mi occupavo della tv guardando i cartoni animati. Non avevo molto tempo a disposizione prima che tornasse dal mercato; sulle ginocchia poggiavo lo straccio grande con cui mia madre asciugava i piatti così da non far cadere le briciole sul pavimento. Mi alzavo solo per bere. Era il primo sabato di aprile, il telefono squillò alle tre del pomeriggio. Di solito mia madre chiamava dall'ospedale per avvisarmi che tornava tardi a causa dei suoi prodotti di bellezza. Quando organizzava le riunioni dimostrative restava in giro fino a sera ma non chiamava mai prima delle sei. Stavo leggendo un *Alan Ford* quando seppi della morte di zia Elvira, la sorella di mio padre. Sentivo la voce di una persona adulta dall'altra parte della cornetta ma non riuscivo a parlare. In piedi di fianco al telefono cominciai a tremare; tenni gli occhi fissi sul disco dei numeri per un tempo indefinito, la voce continuò a ripetere, "Pronto! Dante sei tu? Mi senti? Zia Elvira è morta!", ma io non dissi una parola.

Erano le vacanze di Natale del 1970, su in Valtellina. In montagna mi ero nascosto dietro un enorme pino ad ascoltare i discorsi di mia madre con zia Elvira. Entrambe piangevano coprendosi il viso con le mani. Io non provavo pietà per loro né ero triste, mi limitavo a memorizzare alcune frasi dei loro racconti intanto che Andrea e Lia finivano di spazzare la neve dallo slittino. Mia zia parlava di suo figlio Andrea e di mio padre, mia madre si teneva la mano sulla bocca mentre zia Elvira continuava a ripetere che suo fratello aveva abusato del figlio più di una volta, nel fienile. Andrea lo aveva scritto in un diario che custodiva nell'armadio e lei lo aveva letto per caso. Io sapevo solo che Andrea si pisciava sotto di notte e aveva paura del buio. Lo consideravo solo un bambino impaurito e introverso come me, quando ci vedevamo durante le feste cercavo di parlarci ma lui era cattivo con tutti. Mio padre sosteneva che lì in Valtellina i bambini crescevano male, "Questo succede quando i padri abbandonano i figli", diceva, "i maschi finiscono a bere e le femmine a fare le puttane!" Ma poi non andammo più in Valtellina e a tavola non si poté più nominare Andrea né la sua famiglia. Zia Elvira si ammalò di cuore qualche anno dopo.

Sulla rubrica accanto al telefono c'era segnato il numero dell'ospedale. Mio padre non voleva che usassi il telefono nemmeno per le questioni urgenti. Diceva che bisognava aspettare lui, che le infermiere erano pettegole e che un bambino doveva tenersi lontano dal mondo degli adulti. Non sapevo cosa fare e con chi parlare; erano passate le tre del pomeriggio e lui stava per rientrare, nascosi i fumetti nella panca del salone e mi infilai a letto. Non sopportavo la casa vuota, il silenzio che si riempiva di rumori sinistri e gli echi attutiti appena dal ronzio del frigo. Ero alla continua ricerca di un rifugio, di un buco da dove poter fuggire e spiare mio padre imbalsamato al centro del salone, agitato dalla rabbia a causa della mia scomparsa. Spesso immaginavo di volare via con una scopa di legno o scavare lunghi tunnel sotto la vasca da bagno; sognavo mio padre nel mezzo di un incendio con le mura della casa annerite dal fumo e i parati accartocciarsi e spurgare vernice e cenere. Inventai mille destini durante i miei sabati pomeriggio ma nessuno mi fu utile, non successe mai niente di definitivo. Quel sabato di aprile, dopo aver saputo della morte di mia zia, restai a letto a occhi chiusi. Mio padre sarebbe tornato ubriaco e io ne avrei pagato le conseguenze.

Quando sentii girare la chiave nella toppa tutta la mia ansia si frantumò. Provai a trattenere la vescica a gambe strette, ma non ci riuscii. Cominciai a bagnarmi dapprima poco alla volta poi un unico flusso ininterrotto finì per riempire il letto. La porta della camera si aprì e un profumo delicato di rose mi colpì alle narici.

"Tesoro, sei qui?", disse mia madre. I suoi tacchi a spillo avanzavano verso di me senza fretta. La puzza di urina era forte, avevo stretto la testa fra le ginocchia bagnate e ora la sentivo persino sulle labbra. Sollevò le coperte e io vidi le sue unghie smaltate poi gli stivali. Era tornata in anticipo.

"Dante, cosa fai a letto?"

"Credevo fosse papà", dissi.

"Vieni qui, abbracciami".

"Non posso mamma".

"Dio mio, lo hai fatto di nuovo? Esci da quello schifo, porca troia puzzi da morire. Alzati, tira via le coperte".

"Di solito lui torna a quest'ora", dissi, lei fece finta di non capire. Si piegò in avanti per sfilare le lenzuola strette intorno al materasso.

"Va tutto bene piccolo, ci sono io ora", mi prese in braccio e mi baciò.

"Zia Elvira è morta".

"Tutti dobbiamo morire tesoro, non devi essere triste. Dai, vieni con me, prepariamo la vasca. Ti va di fare un bagno caldo?", con la mano sporca di urina mi accarezzò i capelli e dopo la fronte; mi osservava come un chimico osserva dei batteri al microscopio.

"Non mi lasciare solo", le dissi, ma la voce troppo debole restò in aria giusto il tempo di un respiro. Mia madre era già di là, in camera da letto, la sentivo aprire e chiudere i cassetti del mobile in legno scuro dove teneva gli asciugamani. Quando tornò aveva due accappatoi puliti in mano e un piccolo asciugamani rosa stretto fra i denti. Mi spogliò con cura; sentivo finalmente le sue mani soffici e preoccupate, tirava su col naso come se stesse piangendo. Io cercavo di non pensarci, non volevo rattristarla più di quanto non lo fosse già. Provavo a immaginare mio padre mentre di notte la stringeva a letto, le accarezzava i capelli e le parlava di me con orgoglio. Aspettai in piedi, con lei alle spalle, che la vasca si riempisse di acqua calda. Doveva esserci un modo per recuperare parte della serenità andata persa. Magari potevo convincermi che si trattava solo di un incubo e che tutto nasceva dalla mia fantasia; magari bastava immergersi in acqua e tutto sarebbe sparito. Mio padre, le sue unghie sul collo e il sudore acido, il buio del ripostiglio e il rombo fiero della Duetto alle tre del pomeriggio: ogni cosa sarebbe scomparsa se solo avessi chiuso gli occhi.

La vasca era colma di acqua tiepida. Le grate che sbarravano la finestra del bagno non mi permettevano di vedere fuori; così, per distrarmi, facevo due passi in corridoio sperando di trovare qualche faccia amica. I medici erano molto severi e non consentivano a nessun paziente di infrangere le regole. Dovevo aspettare che il bagnoschiuma risalisse dal fondo della vasca e poi avviare il cronometro posto di fianco alla canna della doccia. A dire il vero non potevo nemmeno camminare in corridoio a piedi scalzi né togliermi la cuffia dalla testa. C'erano un sacco di regole da rispettare e io cercavo di fare del mio meglio, anche se il tempo che dovevo passare da solo in bagno mi metteva agitazione. L'infermiera diceva che l'immersione non poteva andare oltre i sei minuti e che l'acqua non doveva essere calda né emanare troppo vapore per via della pressione bassa che mi ritrovavo. Terminati i sei minuti dovevo asciugarmi, infilarmi le pantofole sterilizzate e attendere seduto il ritorno del personale paramedico. Il display luminoso cominciò il suo conto alla rovescia, lasciai l'accappatoio sul lettino rigido ed entrai in acqua.

Il Centro Riabilitativo Omega era stato consigliato a mia madre da una sua collega infermiera, una donna di Cizzago che aveva fatto curare lì suo marito: un alcolista con problemi di droga a cui il tribunale di Brescia aveva tolto la potestà sui figli. L'edificio era stato costruito nel 1985, un albergo di quattro piani situato alle pendici delle Alpi. Restò in attività per qualche anno poi gli stessi proprietari, una famiglia di imprenditori agricoli del Trentino, decisero di farne un centro per recupero di tossicodipendenti e alcolisti. Immerso in un silenzio straniante, circondato dalla neve e dai pascoli, la clinica Omega appariva come l'ultima frontiera dell'universo. I giorni si ripetevano tutti allo stesso modo. Al mattino pregavo, passavo ore a stringere il rosario fra le mani e a domandarmi cosa poteva esserci in futuro e cosa mi aspettava dietro quelle montagne. Cercavo di capire cosa legasse la mia vita a quella di coloro che, come me, lottavano con tutte le forze per riprendere in mano il proprio destino. Continuamente le ansie, e soprattutto la paura di non farcela, mi assalivano, tornavano a farmi visita tutte le volte che restavo solo. Avevo trent'anni e un fegato che funzionava piuttosto male, sapevo di non poter continuare a bere e allo stesso tempo evitare di affrontare i miei fantasmi. Facevo il massimo per dimostrare ai dottori e a me stesso che la volontà di tornare a vivere stava prendendo il posto della rassegnazione. Ci provavo, parlavo tutti i giorni con Luana (l'infermiera del piano terra che si occupava della gestione del primo gruppo). Adoravo il suo sorriso, amavo la forza e la dedizione che infondeva nel lavoro; mi calmava il tono soave della sua voce e gli occhi che non smettevano di ardere quando ci si raccontava. Era un transessuale con alle spalle i miei stessi problemi. Non mi ha mai rivelato la sua età né da dove venisse, adorava la pizza e ascoltava musica napoletana. In fondo per lei ero solo un paziente in più, un numero, un altro disperato da sopportare.

Quando entrò in bagno Luana fece subito cenno di alzarmi. Sorrise, le sue labbra lucide si mossero piano. Era quieta come una Madonna.

"Allora Dante, ci siamo?"

"Un attimo Luana, ho perso le pantofole. Per caso riesci a vederle?"

"Proprio non ce la fai a metterti in riga!", sbuffò poi cominciò a girare intorno alla vasca. "Guarda dove sono finite", con la mano indicò la panca di legno chiaro dove poggiavamo i vestiti puliti. Si inginocchiò per recuperarle e mi fermai a osservarla, sentivo che poteva guarirmi solo sfiorandomi.

“Grazie mille”, le dissi.

“Dobbiamo andare, fra poco comincia la terapia”, si sistemò il camice all’altezza del seno e si avviò in corridoio.

“Aspetta, volevo chiederti una cosa”.

“Dimmi pure”, rientrò in bagno solo con la testa.

“Quando posso ricominciare a fare sport? Quelli del secondo gruppo son tre giorni che vanno in palestra. Ho visto che hanno sistemato il campo da basket nei capannoni in fondo al viale”.

“Il problema, Dante, è che adesso non sei in condizione di sopportare particolari sforzi atletici, anche per via dell’alimentazione controllata a cui sei sottoposto. In questa fase della cura stiamo cercando di rimettere in sesto il tuo organismo. La dieta serve per regolarizzare le funzioni poi passeremo a un primo ciclo di vitamine per cominciare a rinforzarlo. Da oggi inizia il trattamento di espulsione delle tossine con l’aiuto della sauna. È un processo che prevede più stadi, so che non è facile ma devi sopportarlo”.

“Spero che servirà a qualcosa”, le dissi, poi indossai l’accappatoio mentre Luana era già via, circondata da altri uomini. Eravamo tutti in fila per un miracolo, molti rinunciavano persino a parlare. Alfio sorrise strizzando un occhio, la sua barba bianca mi rassicurava più di ogni cosa.

La corsia che portava alle saune era bianca e pulita, c’erano dei neon in alto ma durante il giorno restavano spenti. Luana camminava spedita, con la sua cartellina plastificata poggiata sui seni finti, noi seguivamo le curve del suo camice sottile divisi in file di due. Di solito non parlavamo durante gli spostamenti all’interno della clinica; era utile soprattutto a noi dare l’idea di essere diventati responsabili e attenti, tacitamente cercavamo di rinnovare la nostra immagine. Prima di firmare le carte per il ricovero mia madre mi aveva detto di nutrire grande fiducia in me. “È bene tenere la bocca chiusa e non parlare a sproposito; fai finta di concentrarti sullo sforzo che sta per arrivare, segui alla lettera i consigli dei dottori e non avrai nessun problema. Io lo so come vanno certe cose", mi aveva detto, peccato che non avevo avuto scelta per decidere se seguire o meno i suoi consigli, ancora una volta ero stato costretto a obbedire. Ad ogni modo era stato più facile del previsto socializzare con gli altri pazienti, i problemi venivano condivisi e ognuno metteva a disposizione degli altri la propria storia. Eravamo più uniti di quanto si possa immaginare. C'era molta più umanità all'interno della clinica che fuori nelle strade, i corridoi disinfettati raccontavano più storie dei vicoli di Chiari e dei bar dove per anni mi ero ubriacato da solo come un cane. La provincia, da noi al nord, aveva subito in silenzio i cambiamenti radicali di una nazione senza più identità e senza futuro. Non erano stati solo i luoghi e gli interessi a mutare; più di tutto erano cambiati gli uomini e i loro rapporti, le professioni per cui avevano sacrificato una vita intera e i nuovi *occupanti* che arrivavano da ogni parte del mondo per sovvertire i nostri sistemi sociali e religiosi. Per anni avevo assistito inerme a un declino talmente pericoloso che solo una robusta dipendenza dall'alcol avrebbe potuto rassicurarmi mantenendomi al sicuro e distante da un certo tipo di destino senza direzione.

Fra le stanze della clinica Omega avevo ritrovato il sapore degli abbracci sinceri e il profumo delle mani vissute, quelle che sanno stringerti; avevo intorno tanta umanità che nemmeno mi ricordavo di essere stato rinchiuso lì a causa di un problema così orribile. Gli specialisti dei corsi pomeridiani ripetevano ogni volta che l'alcolismo era una vera e propria malattia, che dovevamo essere curati e capiti e che ci voleva tanta forza per venirne fuori. Per me erano quelli i giorni migliori, da quando ero nato. Riuscivo a ritrovare me stesso nelle storie degli altri degenti, comprendevo il loro disagio e loro accettavano i miei silenzi: nessuno mi chiedeva mai di essere migliore o diverso. Eravamo uniti e speciali, cavalli lanciati a folle velocità verso una vita nuova. Le storie dei nostri genitori e le nostre preoccupazioni, gli anni bui e i dolori, tutto sembrava non esserci mai stato. Una partita a carte e un sorriso prima di dormire bastavano per vivere altre mille ore senza pene.

La sauna era un cubo di legno e vetro. All'interno la luce arancione era diffusa da piccole lampadine a basso voltaggio. I volti dei pazienti venivano coperti per metà dalle ombre; nascosti negli angoli più bui le facce dei miei compagni apparivano vissute e sincere, sudavano per ritornare a essere accettate. Eravamo davvero una bella squadra, gente che aveva delle cose da dire. Il giorno della sauna era il sabato; era anche l'unico giorno stabilito per ricevere le visite e tutti, all'interno del cubo di legno, cercavano di darsi un tono sistemandosi i capelli sudati. Ripetevano a denti stretti il discorso da fare alla moglie o al padre, ai fratelli che aspettavano nella sala d'attesa. Accanto a me si era seduto un vecchio dalle braccia tatuate, era rimasto in silenzio per tutto il tempo e non sembrava avesse voglia di parlare. Rino, un uomo a cui la moglie aveva sottratto i figli con la forza, stava parlando di come poteva essere strano uscire da lì con i jeans nuovi e lo sguardo vivo, i polsini della camicia di nuovo stirati e le scarpe ben saldate alle gambe non più tremanti. Sperava di rivedere sua figlia, chiedeva a noi come poteva rintracciare la moglie e dove bisognava recarsi per avere notizie dei suoi cari. Rino non aveva mai pianto e non lo fece nemmeno quel giorno, trattenne l'emozione finché il vecchio dalle braccia tatuate si alzò dalla panca. Aveva due enormi cicatrici sulla schiena.

"Verranno a cercarti loro, non aver paura!", restò con gli occhi chiusi poi si passò la mano sul viso pieno di sudore. Con la lingua sistemò la dentiera.

"Chissà!", disse Rino, i suoi occhi erano già lucidi.

"Le persone sono troppo fragili per poter resistere alle emozioni e alla curiosità; persino all'odio non riescono a resistere. Quale che sia l'idea dei tuoi figli maturata in questi anni, verranno a comunicartela. Sia per dirti addio o bentornato o per dirti maledetto, saranno lì fuori quando uscirai e solo allora potrai sapere la verità", il vecchio allargò le braccia e guardò in alto, il suo sguardo urtò il tetto di legno e ricadde.

"Grazie mille, grazie davvero", disse Rino, tornò a sedersi in lacrime e io fui il primo ad abbracciarlo, a donargli un po' del mio sudore caldo. Poco per volta arrivarono tutti. Non avevo mai visto niente di così bello.

"Dai ragazzi, stasera c'è la partita. Basta lacrime, va a finire che devo piangere anche io e non ne ho voglia", disse Alfio sorridendo, la sua voce era roca e mai fuori posto. Fin dal primo giorno era stato una guida per me e per tutti i giovani che si erano ritrovati lì per disintossicarsi anima e corpo. Poco dopo Rino si alzò dalla panca e abbracciò Alfio senza dire una parola.

Fuori dalla sauna mi asciugai il sudore e indossai l'accappatoio, Alfio e il resto del gruppo parlavano ancora di calcio. Lentamente recuperai l'udito e l'olfatto, la vista si rimise in sesto e sentii le gambe riprendere forza e accompagnarmi davanti agli spogliatoi. Prima di entrare feci un giro nel reparto, camminai fino alla vetrata che affacciava sulle cime innevate delle montagne. Osservai gli alberi del viale, i lampioni dalle luci ocra e i medici del turno di sera che arrivavano coperti dai cappotti pieni di neve. Al bar della sala d'attesa non c'era folla, gli inservienti presero da terra le buste dell'immondizia e si avviarono all'uscita. Fuori dalla vetrata, sul lato destro del giardino, c'era un piccolo casotto di legno e pietra viva all'interno del quale si vedeva una luce. Pochi minuti dopo due donne uscirono reggendo in braccio dei cartoni di pasta e un bidone di latte. Seguii i loro passi mentre si avvicinavano, si sarebbero occupate loro della nostra cena.

La domenica mattina ci alzavamo presto, il piccolo campanile della cappella privata annunciava l'inizio della messa alle sette e mezza. Appena sveglio Alfio raddrizzava la schiena sollevando le braccia; restava seduto qualche minuto sul bordo del letto poi veniva a spostarmi le coperte per darmi il buongiorno. Era un anno che stavamo insieme nella stessa camera, dalle prime luci dell'alba fino al calare della notte io e Alfio non ci separavamo mai. Dopo aver tagliato la barba e messo in ordine i vestiti apriva la finestra, respirava l'aria pulita che scendeva dalle Alpi e tossiva, stringeva il fianco destro e ogni tanto sputava sangue. Quando capitò la prima volta restai in silenzio finché lui non parlò per rassicurarmi, "Non mi resta molto tempo, Dante. Questa maledetta cirrosi mi sta consumando", disse, poi venne da me e mi abbracciò, restò sul mio letto e cominciò a raccontarmi la sua storia.

Era cresciuto in un istituto dalle parti di Como, fino ai diciotto anni aveva dormito in una camerata di otto letti al primo piano di un edificio pubblico che dopo la guerra era stato trasformato in orfanotrofio. Le case intorno erano basse, i muri che circondavano le abitazioni erano coperti di erba e manifesti di propaganda in cui si annunciava l'apertura di nuovi comitati elettorali. Passava i pomeriggi in un bar pieno di manovali dove la cameriera dalle grandi tette, quando non c'era il proprietario, gli regalava dei cicchetti di grappa. A volte dormiva per strada pur di non ritornare in istituto, aveva persino rubato un portafogli alla fermata dell'autobus ma non si era mai sentito un delinquente;

diceva che bisognava capirle da soli le cose, si doveva andare avanti con i sensi di colpa per crescere in fretta. All'inizio del viale che conduceva all'orfanotrofio c'era una macelleria con i muri scheggiati e la carne avvizzita appesa a enormi ganci di ferro. Era una sorta di ritrovo per i vecchi del vicinato, all'interno infatti c'erano tre tavoli dove potevano giocare a carte e ritardare il ritorno nelle case vuote. Quando il padrone cominciò a vendere il vino nelle botti, Alfio aveva passato i sedici anni e con i primi peli sul viso riusciva a spacciarsi per maggiorenne e comprare bicchieri di vino per tutta la camerata. Il resto della compagnia aspettava nel parcheggio di fianco al municipio; c'era una strada sterrata che introduceva in un campo di cereali, il sentiero finiva nei pressi dello steccato dove felci e funghi crescevano senza sforzo. Il cartello PROPRIETÀ PRIVATA era stato abbattuto diverse volte e giaceva in un cespuglio dove Alfio spesso andava a pisciare prima di ricominciare a bere. Non circolavano auto né c'erano spettacoli al vecchio teatro distrutto durante la guerra; era un mondo dai toni sbiaditi, la gente se la passava male e chi non riusciva ad andare avanti non si preoccupava più di tanto. Non era il periodo delle depressioni e delle ansie, il fatto di essere sopravvissuti alle bombe bastava a riempire gli animi e gli stomaci. "Essere vivi era tutto!", disse. Mi raccontò che un suo amico aveva trovato una radio all'interno di un capannone oltre il fiume, la utilizzavano per giocare alla guerra quando erano ubriachi. Alcuni della sua compagnia parlavano bene il tedesco pertanto ricoprivano sempre i ruoli da ufficiali, lui invece era quello che veniva fatto prigioniero.

I suoi racconti mi tenevano in vita come un respiratore. Era evidente come il dolore e la paura non avevano risparmiato nessuno, come la mia storia poco felice di certo non era unica. Smettevo di ascoltarlo solo quando cominciava a tossire; allora mi alzavo e gli tenevo ferme le spalle, se gli usciva sangue dalla bocca lo ripulivo con l'asciugamani e terminavamo lì. Non ha mai raccontato di donne.

Quella domenica, il giorno dopo il primo ciclo di saune, non andammo a messa. La camera era piena di polvere e carte, restammo tutta la mattina in stanza per cercare di mettere in ordine prima del controllo delle undici. A pranzo venne a sedersi con noi Rino insieme ad altri due ragazzi siciliani; l'uomo con le braccia tatuate girò a lungo con il vassoio in mano prima di trovare un posto lontano da tutti, in fondo alla sala. Io scelsi riso in bianco, pollo alla griglia e verdure lesse. Alfio cambiò il pollo alla griglia con prosciutto cotto e patate scaldate. A tavola ti accorgevi di quante fossero le persone rinchiuse nella clinica Omega. Giovani, donne, anziani, tutti lottavano contro gli stessi mali. La sala da pranzo era un cumulo di facce e tute consumate, si parlava a bassa voce cercando di non pensare al passato e alle terapie, agli psicologi e all'alcol. Gli infermieri giravano per i corridoi sorridendo con giustezza, trascinavano gli zoccoli sulle piastrelle stringendo le mani dietro la schiena. Luana terminò di servire i pasti e cominciò a ispezionare i tavoli alla ricerca dei vassoi vuoti; Rino mi sfiorò il gomito per avvisarmi che stava arrivando ed era chiaro ormai quanto io fossi incantato dai suoi occhi. Continuammo a bere latte e acqua gassata fino a che Luana si avvicinò con dei fogli in mano.

"Allora, chi manca del primo gruppo?"

"Siamo tutti qui Luana, chi vuoi che salti il pranzo?", disse Alfio, alcuni di noi risero, altri trattennero le labbra girandosi di lato, soprattutto gli ultimi arrivati avevano difficoltà a lasciarsi andare.

"Dunque, ascoltatemi. Alle quattro dovete riunirvi nella sala ricreativa giù in fondo", indicò col braccio un punto imprecisato oltre la porta battente.

"Tutti insieme?", chiese Rino.

"Sì, tutto il primo gruppo. Durante la pausa per il tè vi saranno date le istruzioni per l'inizio di una nuova terapia di gruppo. Non portate giornali né riviste né cruciverba o altro. Sui tavoli in fondo ci sono dei taccuini e delle penne, prendetene uno a testa e portate tutto con voi, vi serviranno dopo per l'esercitazione", finì di parlare e scomparve fra i tavoli di plastica dura.

Il primo della fila era un ragazzo obeso che dormiva nella camera di fianco alla mia, prese il taccuino e la penna e li infilò nella tasca larga della tuta. Ricordo che io e Alfio restammo a letto per più di un'ora, a piedi scalzi e con i taccuini fra le mani. I nostri sguardi si incrociavano senza trovare risposte adeguate. Avevamo fretta di capire. Alla tv i culi delle ballerine di *Domenica In* andavano su e giù dal palco, ma Alfio non sembrava interessato. Prese il tagliaunghie dal cassetto e cominciò a modellare gli spigoli ingialliti delle unghie dei piedi. Erano così dure, a causa di un fungo, che quando ne tagliava un pezzo il botto echeggiava nella stanza come un colpo di martello. Poco dopo le ballerine di *Domenica In* avevano riempito per intero lo schermo della tv, così Alfio – con le dita dei piedi sanguinanti – si alzò e spostò il volume al massimo invitandomi a ballare con lui. La luce rossa dell'adunata cominciò a pulsare nel momento in cui eravamo più stretti. "Dobbiamo andare mi sa", gli dissi, lui mi baciò la guancia e uscì fuori.

La sala ricreativa aveva le mura colorate di azzurro e i tavoli per gli scacchi. C'erano delle poltrone in vimini e dei cassetti di ferro attaccati alle pareti con all'interno alcuni giochi di società. Al centro della stanza una scrivania con tre sedie di pelle nera. Luana aveva messo in ordine i fogli di carta e una cartella contenente le relazioni mediche di tutti i pazienti del primo gruppo. Eravamo seduti in circolo a bere il solito tè quando arrivò il dottore.

"Buongiorno ragazzi".

"Buongiorno", le nostre voci si mischiarono.

"Oggi cominciamo il Programma Trs. Immagino nessuno di voi ne abbia mai sentito parlare. Le persone giù in fondo? Conoscete il Trs?", indicò Rino e il suo compagno di stanza che avevano alzato il braccio.

"No dottore, non abbiamo capito il nome del programma. G, r, s?"

"Il programma si chiama Trs. T come Torino, Trs. È una sigla che abbiamo importato dall'inglese. Vuol dire *training routines*, sono esercizi che aiutano a ristabilire il contatto con gli altri e con l'ambiente. È una specie di gioco di ruolo, una terapia molto usata negli Stati Uniti".

"Quanto dura?", chiese il ragazzo ciccione.

"Piano con le domande, d'altronde è così semplice che sarà meglio darci alla pratica più che alle spiegazioni. Allora, siccome è bene che ci siano più coppie di lavoro ho portato qui anche i ragazzi del terzo gruppo", la porta si aprì e cominciarono a entrare le facce del piano superiore. Camminavano in fila uno dietro l'altro; erano storie che si sommavano alle nostre, disagi a cui non eravamo abituati ma che accettammo subito di buon grado.

"Scegliete un compagno e trovate un posto dove poter parlare".

"Possiamo scegliere chi vogliamo?", chiese Alfio.

"Meglio se mischiate i due gruppi, meno cose sapete uno dell'altro e più possibilità ci sono di accelerare il processo di apprendimento".

Approfittai di un momento di silenzio per staccarmi dal gruppo e dare un'occhiata in giro. Si trattava di avviare una nuova conoscenza, per me la cosa peggiore che potesse capitare; eppure mi dava forza la certezza di trovarmi in un luogo sicuro in mezzo a persone vere, reali e con delle cose da dire. Stavo per avvicinarmi a un uomo brizzolato seduto all'angolo della sala quando una voce di donna mi sorprese alle spalle.

"Mi scusi, lei è da solo?", disse toccandomi la spalla destra. Mi girai e trovai di fronte un'esile donna dagli occhi vispi e gli zigomi spigolosi.

"A dire il vero sì; non ho ancora scelto", risposi.

"Piacere, mi chiamo Alice. Pensavo che potevamo sederci insieme e parlare un po'. So che non è bello perché siamo obbligati ma... abbiamo deciso noi di venire qui a curarci, giusto?", Alice sorrise, io ero rimasto stupito dalla sua leggerezza e non riuscivo a parlare. Era passato un anno dal mio arrivo alla clinica Omega e non avevo mai visto il suo volto, non avevo sfiorato i suoi capelli puliti nemmeno in mensa. La nostra conoscenza coincise con un particolare momento della vita; ci incontrammo che eravamo entrambi persi e impauriti, fu quella condizione di estrema rassegnazione che ci aiutò a venire fuori dai problemi. Mi fissava con degli occhi che non avevano nulla a che fare con una donna alcolizzata: erano azzurri, lucidi e giusti. In mano reggeva una tazza di tè caldo, sembrava capitata lì per caso.

"Io sono Dante, piacere mio", le strinsi la mano e la portai a sedere nei pressi del balcone che affacciava sul laghetto di trote. Era ben fatta, mani curate e pelle liscia, i capelli mossi si agitavano lungo le spalle come batuffoli di cotone. Era il tipo di donna che toglieva il fiato, che azzerava i desideri e che non mi faceva pensare al sesso o all'amore ma che ricordava mia madre, a cui avevo sacrificato tutta la mia giovinezza.

"Non mi racconti niente Dante? Vuoi che cominci io?", mi chiese.

"Forse sì, meglio se inizi tu".

Parlammo per quasi un'ora. Man mano che il dottore ci spiegava come dovevamo procedere io e Alice cercavamo di confidarci quanti più segreti e dolori. Alternavamo gli esercizi riabilitativi a lunghe parabole di vita ormai dimenticata. Fu lei a volermi trascinare nel suo passato, nelle inquietudini che fin da ragazzina le avevano reso la vita un inferno. Beveva da quando aveva quindici anni, era finita all'ospedale per tre volte e due volte per coma etilico. Non sapeva spiegarmi il perché, non aveva subito violenze né aveva sofferto particolari perdite. Semplicemente non aveva trovato la forza per opporsi a un demone così subdolo come il *vizio*. Si era sposata che aveva già superato la quarantina e da Viterbo si era trasferita nel profondo nord per seguire suo marito. Insegnava filosofia al liceo scientifico di Chiari (meno di tre chilometri da casa mia). Non aveva amici, non ne aveva più da quando si era trasferita. L'alcol le teneva compagnia durante il giorno e ancor di più la sera, quando suo marito cominciava a lamentarsi per i dolori al ventre. Era stato operato di cancro un mese prima del suo arrivo, mi disse. Smettere con l'alcol era l'unico modo che aveva per stargli vicino.

La mia storia fu breve, le raccontai di mio padre e di quel giorno al lago quando abusò di me per la prima volta. Alice cominciò a piangere e io non ebbi il coraggio di continuare. Decidemmo insieme di passare agli esercizi di concentrazione con gli oggetti e da lì andammo avanti fino al termine della seduta. La sera stessa organizzammo un piccolo incontro con Alfio e Rino; Alice portò in camera la videocassetta di *Pulp Fiction*. "Me l'hanno regalata i ragazzi a scuola!", ci disse. Alfio spense il neon e Alice venne a sedersi sul mio letto. L'aria era tiepida, i suoi piedi cercavano le mie mani sotto le coperte.

Mia madre era rientrata in casa alle sette del mattino; avevo trascorso tutta la notte davanti alla tv a bere latte e a masturbarmi vedendo le ragazzine nude delle chat line a pagamento in onda su un canale satellitare di Hong Kong. Quando apparve nella penombra aveva in mano un mazzo di rose rosse e un pacco regalo a cui era stato attaccato un biglietto colorato; sistemò il borsone al centro del salone e aprì le finestre per far entrare aria pulita. Era la vigilia di Natale. Avevo appoggiato la divisa sul tavolo del salone e gli anfibi nella vasca da bagno in attesa di essere puliti. Sul tappeto giacevano i resti della mozzarella ormai secchi come ossi, il cartone della pizza era finito sotto il carrello della tv, mentre il telefono schiacciato dal cuscino emetteva un segnale sincopato. Forse avevo telefonato ad Alice, a lei non piaceva andare a letto presto e addormentarsi con i rumori tristi dei respiratori a cui era attaccato suo marito. Mi diceva sempre, "Non mettere giù amico mio; non voglio sentirli, non mi piace la loro compagnia". Forse avevo telefonato al bar di Renato o a una delle chat line di Hong Kong. Mia madre doveva chiamare l'uomo delle rose rosse per dirgli di essere arrivata a casa e che tutto andava bene – suo figlio di quarantasei anni era sano e salvo e la casa era in ordine – e che non vedeva l'ora di capire cosa c'era in quella piccola scatola colorata. Prima di telefonare mi raccontò che era un veterinario di Cernusco, aveva trentadue anni e una moglie bellissima. Mi mostrò una foto di lui con i cani, al mare, ma ancora la mia vista non riusciva a mettere a fuoco nessun oggetto. Rimasi sul divano fino alle nove. Aprivo gli occhi ma non vedevo niente, non capivo se dormivo o se stavo sognando e avevo l'impressione di sentire Samira camminare nella stanza, avvertivo l'odore della sua pelle. Allora non conoscevo il suo nome, da qualche settimana mi fermavo nel parcheggio del cimitero per osservarla; passavo diverse ore in macchina durante il lavoro e ogni volta che potevo mi precipitavo lì in attesa che Samira uscisse dal camper. Quella mattina rimescolai di continuo ricordi e sensazioni ma non avevo più forza per masturbarmi. Avevo prosciugato tutte le energie durante la notte e adesso mi sentivo svuotato e debole; mia madre aveva aperto anche il balcone e l'aria gelida di dicembre non aiutava di certo a stare fermi. Non riuscivo a concentrarmi, tremavo e sentivo la pelle del prepuzio ritirarsi come un fazzoletto di carta che prima prende fuoco poi si addomestica da sé diventando cenere.

Quando uscii dal bagno mia madre disse che la colazione era pronta da un po' e che le serviva un passaggio al centro commerciale. Aveva ordinato alcune creme al bio retinolo per un contorno occhi più idratato e liscio. Mi parlava dalla cucina, per convincermi mi fissava negli occhi mentre con la mano destra versava il latte nella scodella. Sentivo sul maglione ancora uno strano odore di pelle grassa e forfora; ero rimasto disteso sul copridivano ingiallito per tutta la notte e non riuscivo a liberarmi da quel tanfo troppo familiare. Con le unghie smaltate di rosso e l'ombretto color ciliegia intorno agli occhi mia madre mi appariva come una strega dai denti storti, sorrideva senza convinzione e ciò le dava un'aria malinconica, irreale. Batteva le dita sul tavolo della cucina e sollevava la punta destra della scarpa lucida; poi cominciava a sparecchiare buttando la tovaglia a terra, era il suo modo per comunicarmi fretta. Poco dopo indossò il cappotto marrone e si avviò alla porta, io stavo ancora ingoiando l'ultimo boccone di cornflakes al miele.

Durante il tragitto in macchina mia madre giocò a fare il morto. Teneva gli occhi bassi e raramente guardava fuori dal finestrino, rigirava in mano un fazzoletto di cotone rosa e respirava a bocca chiusa. Passammo dalla strada delle fabbriche, la neve ai bordi della carreggiata era sporca di fango e il cielo coperto di nubi scure. Sembrava notte ma erano le dieci del mattino. Le luci all'interno dei capannoni industriali raccontavano di un'altra vita e di altre preoccupazioni. Le auto nei parcheggi, immobili durante la notte, erano coperte di neve e per ognuna di esse c'era stata una donna sola a letto, con i figli nella stanza di fronte a litigare per tenere il lume acceso. Ognuna delle auto in quei parcheggi simboleggiava un silenzio che da anni si annidava nei letti di madri sole, donne ingrigite a cui solo la tv tendeva la mano. Da noi al nord si amava tanto il lavoro che si poteva fare a meno della passione.

Le ciminiere riempivano il tetto di nebbia con colonne di fumo sempre più nere, era quello il risultato di una giornata di sforzi; in quel fumo scuro dall'odore ostile si condensavano migliaia di vite di operai valorosi, uomini in grado di sopportare la stanchezza e il distacco dalle proprie famiglie senza mai lamentarsi. "Quand'è che cambierai lavoro Dante? Non ti ci vedo proprio con questa divisa a girare per le campagne. Ci sono tante fabbriche qui da noi, potresti fare delle domande anche a Brescia o a Bergamo, almeno avresti uno stipendio decente senza dover fare su e giù di notte con la neve. Non ti piacerebbe lavorare in fabbrica come i tuoi amici?", parlò senza mai voltarsi dalla mia parte. Guidai fino alla rampa del parcheggio con la radio che strepitava ad alto volume, non avevo voglia di discutere con mia madre ed ero piuttosto seccato dalla folla che aspettava fuori dai negozi del centro commerciale. Ero rimasto pulito da quando avevo lasciato la clinica Omega; da tredici anni non toccavo un goccio d'alcol ma erano mesi che toccavo le ragazzine per strada. Mi capitava nei negozi e nei cinema, era come una maledizione a cui non riuscivo a porre rimedio. Non ho mai fatto del male a nessuno, anche perché non riuscivo a spingermi più in là di una carezza o di una mano sul culo. Strusciavo le natiche delle ragazzine, mi piaceva la pelle che fuoriusciva dai jeans. Ne parlai in seguito con Alice e mi consigliò di evitare i luoghi affollati. Disse che ero buono e avevo un cuore grande, per lei non avrei avuto la forza né la cattiveria per far del male a un acaro.

Lasciai mia madre fuori dall'erboristeria e scesi al piano terra, le scale mobili nella zona dei bar erano piene di ragazze, bambine sporche di gelato e madri distratte alla ricerca delle patte gonfie dei giovanotti *ingellati*. Nei pressi del cinema, i responsabili dell'animazione avevano montato una struttura di plastica dura fatta di scivoli e palline colorate; c'erano le molle per saltare e un piccolo campo da pallavolo con i bordi e la rete di spugna gialla. Andai a sedermi su una panchina poco distante. Ero impegnato a torturare i lacci degli anfibi quando una ragazzina in carne abbandonò il campo di pallavolo per andare in bagno. La sua pelle era chiara, splendeva sotto i colpi dei neon. Indossava dei jeans larghi e un maglione nero, le sue trecce rosse colavano sulle spalle agghindate da elastici lilla. Mi alzai e la seguii lungo il corridoio, la porta della toilette era chiusa. Aspettai qualche minuto prima di entrare, i tavoli dei bar erano lontani e nessuno poteva vedermi. Due donne con i carrelli pieni di buste oltrepassarono l'uscita d'emergenza lasciandomi solo. Avevo diversi pensieri che mi offuscavano la mente e non ero in grado di scegliere, non sapevo bene cosa fare. Volevo stringerla e leccarle la pelle, magari con le mani accarezzarle i seni. Ho sempre detestato quei momenti in cui dovevo decidere cosa fare e come agire. Sapevo di dover fare in fretta, di lì a poco avrei cominciato a odiarmi e a sentire le arterie pompare troppo sangue. Le mani iniziavano a sudare e il cuore sembrava staccarsi al di sotto dello sterno, avevo un'erezione che non riuscivo a controllare e un dolore fortissimo vicino alle tempie. Andai fuori nel parcheggio e mi tuffai nell'aria gelida del mattino; c'era vento e un denso odore di legna bruciata, di camini che scaldavano le case al di là della strada. Raccolsi aria nei polmoni.

Nei bagni delle donne non c'era nessuno, quando rientrai, un'anziana signora mi chiese dove si trovasse la libreria e io puntai il dito verso l'alto, oltre le scale mobili. La ragazzina con le trecce rosse ora sorrideva insieme al resto della comitiva; sembrava diversa e inconsapevole, la osservavo mentre abbracciava un ragazzino più basso di lei. Beata spensieratezza, pensai. Avrei voluto bere e dimenticare, ubriacarmi fino a svenire.

Davanti al cinema mia madre si guardava intorno sfiorandosi il mento con la mano libera. Quando mi avvicinai sapeva già cosa dirmi, sistemò le buste una accanto all'altra e cominciò a parlare a voce bassa. Ci avviammo all'uscita ognuno con i propri segreti.

"Andiamo? Cos'hai combinato, sembri stravolto".

"Non è niente mamma, mi gira solo un po' la testa".

"Hai la faccia tutta sudata. Vuoi che chiami un dottore?"

"Certo che no. Sto bene, davvero. Tu invece?"

"Ho comprato un pigiama nuovo per tuo padre, vorrei fargli visita. Ho preso anche una borsa per scaldare il letto e un paio di pantofole di pelle, le altre erano bucate già un anno fa. Non guardarmi così, è tuo padre".

"Lo so, come potrei dimenticarlo".

"Ormai è andato, la malattia lo ha ridotto uno straccio. Almeno che sia pulito quando si mette a letto; non penso di chiederti troppo, non andiamo mai da lui. Domani è Natale e non voglio trascorrerlo con i rimorsi".

"Perché mi fai questo?", le chiesi mentre avviavo il motore.

"Ti servirà Dante, ti servirà per crescere meglio", disse. La sua voce calò d'intensità fino a sparire; restarono in vita solo le labbra che si muovevano impercettibili, sporche di rossetto. Accelerai con forza, il rombo della mia Alfa s'ingrossò di colpo prima di disperdersi fra le campagne.

Viaggiammo quasi per un'ora prima di arrivare a casa, ognuno stretto nel proprio silenzio e con le proprie paure. Non c'era niente davanti agli occhi, solo auto e famiglie alla ricerca di *cose* da comprare, asfalto nero e strisce bianche che si mischiavano alla neve. Non era rimasto più nessuno nelle case, ai semafori le macchine dai vetri appannati si addossavano come formiche. Tutto il calore del Natale era compresso all'interno di quelle auto alla ricerca di felicità a buon mercato, non esistevano che uomini e donne infreddoliti e mani che si accompagnavano nelle pianure. Alcuni si diressero a nord, imboccarono veloci le corsie autostradali prima di unirsi al traffico. Nessuno poteva fermarli. Erano appena le undici e quaranta di un mattino invernale, un mattino troppo quieto per credere alle favole.

Le vie del centro erano affollate, gli alberi addobbati con decorazioni e luci di ogni colore. C'erano madri e figli che si tenevano per mano e coppie di giovani nascosti dalle sciarpe, c'erano nuvole di vapore caldo che uscivano dalle bocche degli spacciatori adagiati tra le ombre congelate di Piazza Arnaldo. L'aria condizionata che usciva dal cruscotto attenuava appena il freddo. Mia madre soffiava sulle mani senza perdere di vista la strada, mi indicava la direzione da prendere poi tornava a soffiare. Brescia era una città sconosciuta. Le strade e le piazze, le facce dei neri fuori dalla stazione, gli albanesi davanti ai bar e i rumeni fermi ai semafori, niente di ciò che vedevo mi rassicurava. Guidavo seguendo le istruzioni incerte di mia madre e non sentivo il bisogno di saperne di più. La casa di riposo si trovava alle spalle del castello, come riferimento dovevo considerare l'insegna blu e arancione di un phone center pieno di ubriachi e donne dell'est. Davanti al cancello con i leoni in pietra due ragazzine rom reggevano un bicchiere di plastica, l'addetto alla sorveglianza le teneva d'occhio in piedi, fuori dal gabbiotto.

I corridoi del secondo piano puzzavano di urina e brodo vegetale. Fuori dalle porte alcuni anziani deambulavano con i carrelli girevoli, altri invece si abbandonavano all'inerzia della sedia a rotelle. Un uomo con una vestaglia aperta si reggeva al muro trascinandosi le gambe. Li osservavo con paura. Passavo davanti alle camere con le porte aperte, mi affacciavo sperando di trovare mio padre e così mettermi al riparo da quegli spettri vaganti. Guardavo i volti pallidi di quei fantasmi sdentati, li fissavo mentre si mangiavano rabbiosi le gengive; forse era solo un'abitudine, magari non avevano altro modo per sciacquarsi la bocca. Mio padre era uno di loro. La sua camera era l'ultima in fondo al corridoio, la puzza che ne veniva fuori era la stessa. I pochi capelli schiacciati sulla fronte e i gesti lenti sembravano star lì a rappresentare gli ultimi segnali di una vita senza più nessuna funzione. Gli occhi erano persi nel vuoto e le gengive spoglie spuntavano lisce come marmo grezzo. Se ne stava seduto sul letto a mormorare parole incomprensibili, dondolava avanti e indietro col busto e batteva veloce le palpebre. Teneva le mani ferme sulle ginocchia, la finestra sembrava sigillata da anni e non affacciava da nessuna parte.

"Parlaci, digli qualcosa!", sussurrò mia madre. Poggiò le buste sul letto e sospirò come se avesse portato a termine il compito più difficile.

"Cosa dovrei dirgli? Vuoi che lo ringrazi?"

"Il dottore dice che ci sente, gli fa bene ascoltare le nostre voci".

Era come se il rimorso l'avesse bloccato in quella posizione da sempre, la bocca stretta in una striscia irregolare e gli occhi disarticolati. Forse stava pensando a tutto ciò che aveva fatto in passato, alla violenza che mi aveva regalato. Forse cercava di capire perché lo avevamo portato lì. Magari ci odiava, ci credeva uguali a lui. Il dottore entrò dalla porta poggiandomi una mano sulla spalla. "La malattia sta progredendo, mi spiace doverlo ripetere ma non credo riuscirà a resistere a lungo", parlava con una voce dal tono equilibrato; non c'era enfasi nel suo responso, camminò fino al letto e con una pila gli illuminò prima un occhio poi l'altro. "I riflessi non sono mai stati così lenti; noi comunque stiamo facendo del nostro meglio. Vi dico però di parlargli e accarezzarlo, son gesti che per loro contano molto", poi firmò un foglio che sistemò in una cartella appesa al letto e ci salutò.

Andai a sedermi di fronte e l'osservai. Aveva le mani violacee, le vene ingrossate e diverse croste sulle dita. I calzini anneriti si reggevano a stento sulle ossa deboli. L'aria passava a fatica dalla trachea, quando respirava la pelle si deformava in una buca grinzosa. Mia madre nemmeno lo sfiorava, scartò il pigiama nuovo e lo rinchiuse nell'armadio arrugginito; buttò via le pantofole sporche di cibo e con la spugna che fuoriusciva dai lati. Prima di andare lo abbracciò ma non riuscì a baciarlo; lo trattenne quel tanto per bloccare il suo dondolio che subito si rimise in moto quando lo lasciò. Mia madre smise di turarsi il naso solo una volta uscita in corridoio.

Così restammo soli per qualche minuto. Non si girò mai verso di me, continuò a biascicare i suoi mormorii che evaporarono nella stanza umida senza lasciare traccia. Non riuscivo a parlare né a toccarlo, immaginavo che un giorno l'avrei rivisto in un luogo meno triste e in quel luogo magari avrei potuto riabbracciarlo. Prima di raggiungere mia madre in corridoio cambiai le lenzuola, svuotai i cestini pieni di carte e lavai il tavolo. Nel bagno rimisi in ordine i tappeti, smacchiai la tazza sporca di urina e tornai in camera per cambiare il canale della tv. Rete 4 passava un film sul Natale. Dopo avergli sistemato il pigiama controllai di nuovo che la finestra fosse chiusa, respirai un'ultima volta quell'odore di morte e scappai via.

Un giovane dai guanti bianchi ci accompagnò al tavolo, spostò la sedia di mia madre e portò con sé i cappotti di entrambi.

"Buon Natale!", disse. Era bello come un divo del cinema.

"Buon Natale a lei!", rispose mia madre. Io restai muto.

Il cameriere dalle scarpe lucide piegò la testa in avanti quel tanto che bastava a simulare un inchino meccanico poi si allontanò, lei continuò a fissarlo fino a che la sua sagoma non scomparve dietro le pieghe vellutate della tenda. C'erano altre coppie sedute dietro di noi lungo la vetrata che affacciava sul lago; i tavoli della nostra fila erano tutti apparecchiati per due, rispetto a quelli al centro della sala c'erano meno candele rosse e un solo pungitopo a dividere le posate. L'aria era calda all'interno del ristorante, molte donne indossavano abiti senza maniche, altre non avevano né calze né altro sotto la gonna. Intere famiglie erano arroccate attorno ai tavoli tondi che il personale aveva apparecchiato con tovaglie ricamate e segnaposti a forma di coniglio; ed erano proprio quelle le persone più invadenti e curiose. Parlavano a voce alta e continuamente si guardavano alle spalle, avevano bisogno di capire se davvero potevano essere invidiati, se gli altri clienti si occupavano di loro o se fissavano le loro mogli dai capelli laccati. Avevano paura di non essere niente, di restare invisibili.

Mia madre leggeva il menù e ogni tanto dava un piccolo colpo di mano ai boccoli che le scendevano sulle spalle, prima a sinistra poi a destra. Aveva comprato un abito nuovo per l'occasione e quando se ne ricordava puntava gli occhi verso le gambe per capire se il merletto poggiava sul ginocchio nel modo giusto. Per evitare ogni possibile dialogo si inventava delle cose da fare: sistemava l'orlo della scollatura poi tornava a guardare il menù, apriva e chiudeva la giacca, si occupava di tutto tranne che di me.

"Non parli?", le chiesi.

"Ho appena finito di leggere il menù", disse.

"Allora, che ne pensi? C'è qualcosa che non ti piace?"

"Per me è uguale, si tratta solo di far passare queste due ore".

Accesi le candele che mia madre aveva spento con un sospiro d'attesa, versai l'acqua nei bicchieri e aspettai inutilmente che riprendesse a parlare.

Quando andai al lago la prima volta avevo cinque anni. Era una sera di fine estate, c'erano delle enormi tavolate che occupavano la strada fuori dai bar e diverse squadre di ragazzi in bermuda che portavano in giro piatti di carta pieni di polenta fumante. Era la festa del santo patrono, le luminarie a forma di spighe di grano illuminavano il cielo nero di luci gialle e rosse. Mio padre e mia madre si tenevano per mano e ridevano, io mi allontanavo di qualche metro per arrivare prima in posti che nemmeno conoscevo. Ero curioso di sapere e scoprire, cercavo le code dei cani sotto le panchine occupate. Ero vivo e avevo forza, mi bastava stancarmi e perdere ogni briciolo di energia, sedermi sulle ginocchia di mio padre e sentire la sua mano sulla testa. Non avevo bisogno d'altro. Quella sera mangiai per la prima volta le vongole e bevvi un goccio di vino bianco senza strizzare gli occhi. Mia madre amava raccontare quella inutile storia; quando ci si vedeva durante le feste a casa dei parenti veniva sempre il momento delle vongole e del vino bianco, di me che a soli cinque anni riuscivo a sopportare l'amaro bruciore dell'alcol. Ma poi svanirono gli zii e i parenti, sparirono le feste e i momenti lieti e non ci fu più spazio per i ricordi e anche la mia inutile storia della sera di San Vigilio andò perduta, restò intrappolata dentro di me insieme a tutto il resto.

Fuori dalla vetrata le onde del lago si agitavano, il vento freddo ne scuoteva le creste aprendole alla neve che cadeva obliqua. In mezzo allo specchio d'acqua grigia rivedevo mio padre; era lì, con le braccia nude e le vene gonfie. Eravamo in due, la barca ondeggiava e il ricordo del suo respiro diventava sempre più presente; le sue mani e il suo sudore acido erano ancora in circolo nella mia memoria. Mi sentivo ancora disteso in quella barca di legno, intrappolato in un passato di cui non riuscivo a liberarmi.

"Ti piacciono i tortelli di brasato o prendi il risotto con scamorza?", chiese mia madre, strappandomi per un attimo a quelle immagini che la memoria si ostinava a conservare in bianco e nero. Le fiamme deboli delle candele oscillavano mentre alcune gocce di cera cadevano sulla tovaglia rossa.

"Non lo so mamma, penso di scegliere il risotto".

"Anche io prendo il risotto, purché arrivi in fretta".

Dopo il risotto ordinammo la tinca al forno con polenta e verdure cotte a vapore e un filetto di manzo al sesamo. Il tiramisù lo servirono in piatti di cioccolata dura ma né io né mia madre trovammo in quei piatti così insoliti un motivo per dialogare. Prima dello spumante si alzò per andare in bagno, i tavoli cominciavano a svuotarsi e l'adone dai guanti bianchi camminava fra le sedie portando in giro cappotti e sciarpe di lana. La gioia per il Natale era stata compattata in carte e stoviglie sporche, i sorrisi e le urla di poche ore prima si erano dissipati tra bottiglie di vino vuote e calici di spumante. Non si parlava, le coppie guardavano il lago fuori dalla vetrata e distrattamente si sfioravano le mani, si davano calore nel momento in cui si accorgevano di non essere soli o di avere qualcuno di fronte, un amante o una moglie. Le donne si attardavano parlando di vestiti. Dal fondo della sala un ubriaco si alzò in piedi urlando buon Natale ma ricadde sulla poltrona senza bere un solo goccio di spumante. Fuori calò subito la sera, le strisce arancioni tra la nebbia erano di un sole già in viaggio. Le famiglie si apprestavano a tornare nelle loro case ordinate, con le persiane chiuse e le piastrelle lucide. I vecchi dalle gote arrossate tenevano a fatica gli occhi aperti; con le mani rallentate dalla stanchezza cercavano di afferrare le braccia dei nipoti, che ancora avevano forza nelle gambe e un focolaio di allegria nel cuore che solo una catastrofe o un improvviso black out avrebbero potuto cancellare. La gente di provincia, da noi al nord, non restava molto tempo a tavola; aveva bisogno di ritornare a casa e ritrovare quella pace che solo l'indifferenza e una lunga storia di silenzi riuscivano a spiegare. Un uomo sfiorò le dita della donna che gli sedeva di fronte, lei rise appena. Al tavolo a fianco una madre infilò il cappello a un bambino mentre il marito si stava alzando per uscire.

Lentamente la vita di provincia ritornava a scomporsi in abitudini, in azioni ordinarie. Le storie si rimescolavano al tiepido calore quotidiano. Mia madre mi consegnò un bicchiere di whisky, "Offre la casa!", disse, eppure sapeva della mia astinenza. Come un boia che affida l'ultimo bicchiere di veleno al suo condannato mi girò le spalle e andò via. Prima di muovermi aspettai che arrivasse nel parcheggio. Le gambe mi tremavano e mi sentivo come turbato, smarrito. L'odore del whisky mi anestetizzava i sensi e la volontà. Avvicinai le labbra al bicchiere, si trattava di un banale J&B. Il primo sorso cadde dritto nello stomaco, ne avvertii l'eco. La sala era deserta, mi avvicinai alla donna delle pulizie intenta a passare uno straccio sul piano del bancone. "Me ne dia un altro, per favore!", le chiesi. La donna riempì il bicchiere fino all'orlo. Mi fermai a osservare il molo, la nebbia che calava dall'alto e la corrente che smagliava l'acqua. A ogni sguardo alternai un lungo sorso di whisky.

I rumori all'interno della sala iniziarono a moltiplicarsi: sedie sbattute, tavoli che urtavano spigoli, bicchieri e piatti sistemati nei vassoi. Mia madre non smetteva di chiamarmi al cellulare, aveva un impegno da qualche parte. Al di là dei vetri opachi mio padre continuava a remare, la piccola barca di legno procedeva lenta verso le coste lontane di un territorio sconosciuto. Chiusi gli occhi aspettando che il calore nel mio petto si placasse. La gola continuò a bruciare, poco dopo una mano delicata mi sfiorò la spalla. Era il giovane dai guanti bianchi. “Dobbiamo pulire signore”, disse, “mi spiace”.

Usciti dal parcheggio del ristorante accompagnai mia madre alla stazione di Chiari, aveva un appuntamento a Treviglio. Doveva organizzare una sorta di riunione per vendere degli astucci per il rimmel e ne avrebbe approfittato per incontrare un giovane amico di Bergamo; sua moglie era di turno al supermercato per la chiusura delle casse. Non aspettai l'arrivo del treno, mi diressi al bar lungo il canale, dove il Campari costava meno. Andavo lì in passato quando stavo male, potevo bere e ubriacarmi senza che nessuno mi riconoscesse. Dopo i primi tre giri di bevute il bar cominciò a riempirsi e andai via. Mi fermai mezz'ora al bar della stazione di servizio. Renato mi fece gli auguri e mi versò da bere senza che io nemmeno parlassi. Simone era seduto allo sgabello in fondo, di fronte alla macchina del caffè. Mi salutò con la mano poi si girò a parlare con dei signori vestiti in giacca e cravatta. Mi sentivo un parassita, un insetto disgustoso, avevo le viscere piene d'alcol e barcollavo persino se stavo seduto. Non riuscivo a parlare né a sorridere, avvertivo solo gli anfibi diventare più duri, più stretti e più reali. Renato abbassava di continuo il volume della radio, pensavo fosse un disturbo del mio cervello; sentivo le voci dei marocchini andare e venire, ne fissavo qualcuno con rabbia e tenevo gli occhi puntati finché non giravano la faccia. Li sfidavo, avevo bisogno di non pensare e di allontanarmi dall'ansia, andava bene persino un infarto pur di non affrontare il mio ennesimo fallimento. Prima di andare via mi fermai in macchina e piansi a lungo.

Quando mi svegliai – con la testa incollata al volante – erano quasi le sei di sera, la neve ai bordi dell'auto aveva formato piccoli monti di ghiaccio. Cercai di uscire dal parcheggio senza andare a sbattere, mi avviai verso la strada delle fabbriche e da lì raggiunsi casa di Alice. Di solito chiamavo per avvisarla ma non ero in grado di usare il telefono, avevo paura di vomitare in macchina e di finire in un campo pieno di fango, al buio. Guidai piano e male. Quando arrivai sotto casa di Alice avevo le mani che bruciavano per via del freddo. I professionisti della clinica Omega dicevano spesso che il primo giorno di ricaduta era il più difficile da superare.

"Ti ricordi a che piano abito?", chiese Alice al citofono.

"Aspettami fuori dalla porta", risposi.

"Va bene, comunque buon Natale amico mio!"

La ragazza del quarto piano scese le scale con la sigaretta stretta fra le labbra e il cellulare bloccato tra la spalla e l'orecchio. Con le mani rovistava nella borsa alla ricerca di chissà quali segreti. Mi guardò come si guarda un animale morente, una carogna sul ciglio della strada; sussurrò qualcosa di sgradevole poi cominciò a correre, fu così veloce che i rumori della sua borsa piena di oggetti evaporarono in un attimo. Gli anfibi sul finire della rampa pesavano come piombo. Alice attendeva sull'uscio della porta. Indossava delle scarpe rosse, un vestito di lana verde e un cardigan rosa che non le avevo mai visto. Quando mi vide spuntare dalle scale sorrise con garbo, strinse di più le braccia poi mi venne incontro tirandomi da un gomito.

In corridoio brillavano le luci rosse e blu dell'albero di Natale, stordito dall'alcol avanzavo tra le pareti scintillanti che a tratti mi incutevano terrore. La mia testa roteava come un'elica. Alice spense il lume all'angolo e accese il lampadario di cristallo, si affrettò a ripulire il divano dagli asciugamani sporchi ma non riuscì a spegnere la tv. Un film porno completava l'arredo della stanza riempiendo l'ambiente di gemiti grossolani e fuorisincrono. Sul tavolino c'era uno slip e una confezione di salviettine umidificate.

"Oggi mi sentivo particolarmente sola", mi disse, cercò di schiacciare sul telecomando il pulsante per stoppare il dvd ma la fretta, e una sensazione di vergogna immotivata, non glielo permisero.

"Lascialo pure Alice, per me va bene", risposi, cercai di sorridere mentre Alice batteva il telecomando sulle ginocchia come a volerlo rianimare.

"Cosa bevi Dante?"

"Quello che c'è tesoro, se trovi del Martini mi fai felice".

"Mcttiti comodo, do un'occhiata ncl ripostiglio".

Restai con gli occhi fissi sulla tv per un paio di minuti. Un nero si era sistemato sopra una donna bianca con un seno enorme; passarono pochi minuti e arrivarono altri due uomini bianchi. La giovane donna era ancora lì, non aveva paura tanto che li chiamava con la mano invitandoli a darci dentro; cambiava spesso posizione ma io non avevo forza per star dietro alle sue acrobazie. Chiudevo gli occhi per qualche minuto e la stanza cominciava a girarmi intorno, sentivo il corpo deformarsi e fluttuare come nello spazio. Alice venne a sedersi di fianco avvicinando la stufa alogena fin sotto i miei piedi; vuotò una bottiglia di Martini in una decina di bicchieri e cominciò a toccarmi. Sentivo la sua mano sulla pancia gonfia, aveva un bracciale che mi graffiava la pelle ma non ero in grado di oppormi ai suoi gesti disperati. Tentò di slacciarmi la cintura, strinse più parti del mio corpo ma non ottenne niente in cambio. Per me era come una sorella maggiore.

"Mi fai questo regalo oggi?", disse.

"Quale regalo Alice?"

"Un po' di compagnia, non chiedo altro".

"Lo sai che non posso, tesoro. Mi piacciono le ragazzine".

"Fallo per me, sarebbe un bel regalo di Natale", mi sfiorò il viso.

"Non ci riesco Alice, davvero, vorrei dormire. Ne parliamo dopo".

Quando riaprii gli occhi sembravano trascorsi diversi mesi. La tv era al solito posto, i titoli di coda del film scorrevano lenti mentre Alice parlava al telefono con una voce garbata che non le avevo mai sentito. Udivo dall'altra parte della cornetta delle urla gioiose di bambini, alcune dicevano auguri zia, altre solamente ciao. Era la sua porzione di vita che aveva lasciato a Viterbo. Poco dopo cominciò a piangere, ripeté velocemente buon Natale e riattaccò. "Prendo del whisky", mi disse, le luci intermittenti adesso erano spente. Dal corridoio in fondo cominciavano ad arrivare i rumori meccanici a cui non avevo prestato attenzione, il respiratore emetteva i suoi bip elettronici così come lo stimolatore cardiaco. La quotidianità di Alice si compiva con lentezza. Di certo l'alcol non poteva cancellare i dolori di quella vita; i suoi giorni si nutrivano di azioni ripetute, di rumori ossessivi e continui e attese a cui non ci si poteva sottrarre. Non capivo dove Alice trovasse tutta quella forza, come riuscisse a non crollare e a non scappare via, a non staccare le spine dei macchinari per mettere fine a quell'agonia inesauribile.

"Vieni con me", disse, mi prese per mano e mi portò nella stanza in fondo al corridoio. C'erano delle luci colorate che uscivano fuori dalla porta insieme ai soliti rumori elettronici; luci verdi e gialle, luci rosse e blu.

"Lascia stare Alice, ti prego".

"Non è come credi".

"Dammi un altro goccio almeno", le dissi.

"Qui dentro c'è tutta la mia vita", sussurrò aprendo di più la porta. La testa mi girava a causa dell'alcol ma i miei occhi riuscivano a vedere. Fu come entrare in un incubo. Il lettino era posizionato al centro della stanza, lungo i bordi correvano delle ringhiere in ferro che impedivano al corpo di cadere. Due enormi macchinari erano posizionati sul lato destro della camera; i rumori più forti venivano fuori da una specie di mantice che soffiava in una colonna di plastica trasparente.

"Che te ne pare?", chiese Alice.

"È così assurdo! Non mi sembra vero".

"Ci vuole tempo Dante, ci vuole tempo!"

La piantana della flebo era agghindata con luci natalizie e palline dai fili dorati. Sulla punta Alice aveva sistemato un cappello di Babbo Natale con una striscia di capelli d'angelo argentati che scendevano fino alle piastrelle. Al lato del letto – sopra il respiratore – c'erano i pastorelli in attesa della nascita di Gesù, un pozzo di pietra finta e più in alto, in una mangiatoia ricavata da un cartone di scarpe, il bue e l'asinello. Mancava la Madonna, nei pressi del giaciglio c'era solo San Giuseppe. Anche nella scatola di scarpe erano state messe delle luci colorate, alcune arrivavano fino alle sbarre del letto dove Alice le aveva bloccate con del nastro adesivo. Aspettava che io parlassi; se ne stava in silenzio con le lacrime agli occhi, beveva Four Roses e batteva i piedi senza alcun motivo. Dentro di me si addensavano sensazioni contrastanti. Non ero in grado di capire, forse non avevo sofferto abbastanza per avvicinarmi a quel mondo fatto di malattia e di speranza vana, di fede e di bestemmie taciute. Ero certo di non aver vissuto così intensamente da poter accettare una tale disperazione. Sembrava che Alice avesse costruito dentro di sé un altro sistema di esistenze, un'altra vita che si allargava nella mente quando rientrava a casa dopo il lavoro. C'era qualcosa di prodigioso nei suoi occhi, magari potevo mettere lei al posto della Madonna. Chissà che non avrebbe potuto fare dei miracoli con un altro po' di whisky.

"Buffo no?"

"Non lo so Alice, non pensavo che esistessero cose così".

"Così come?"

"Così disperate. Pensi che ci stia sentendo?"

"Sono rari i momenti in cui riesce a essere lucido. Di solito si lamenta per via del dolore, apre un solo occhio e muove appena le mani. È pieno di morfina fin dentro le caviglie. Vieni, ti mostro una cosa", disse avvicinandosi al letto. La nausea aumentava e sentivo le gambe cedere da un momento all'altro. Mi fermai a guardare fuori dalla finestra che affacciava sulla strada: c'erano famiglie che sbucavano dalle auto con buste e cesti pieni di regali, sui balconi le luci intermittenti brillavano davanti alle persiane chiuse. Oltre i tetti, verso il raccordo autostradale, le ciminiere delle fabbriche spurgavano fumo che il cielo invernale colorava di un blu elettrico.

"Girati Dante, voglio sapere cosa ne pensi", mi disse alzando le coperte.

Le luci colorate ora ardevano su di un corpo glabro e sottile, scheletrico e pieno di bruciature. Il marito di Alice sembrava un enorme verme, le sue vene erano di un viola scuro e non aveva peli; il suo sesso fra le gambe si era ritirato in una piccola bolla di carne. Sembrava una creatura degli abissi, un pesce immerso in un acquario luccicante, una forma di vita primitiva ancora non perfettamente sviluppata. Il cranio era la parte più deforme di quello strano corpo. Le ossa degli zigomi erano appuntite e le clavicole spingevano verso l'alto come guglie nane. Non aveva più unghie ed era liscio come un delfino, Alice lo guardava senza dire una parola. La testa mi girava, bevevo per non pensare e più mi avvicinavo alla verità più avevo paura. Mi sentivo quasi graziato, un uomo contento, forse ero persino in debito con Alice.

"Siamo due ubriaconi maledetti", sussurrò ruttando.

"Non dire così, ti prego".

"Stai zitto Dante. Facciamolo un'unica volta".

Alice sollevò la gonna e si chinò verso il letto poggiando le mani sulle gambe magre del marito. Era nuda, aveva dei graffi intorno all'inguine e un paio di macchie scure sulla schiena. Raccolse da sotto al letto un enorme vibratore di gomma e mi chiese di penetrarla. Allargò disperata le sue natiche e con gli occhi chiusi urlò rabbiosa fino a quando non decisi di fermarmi.

"Ne voglio ancora!"

"Non posso Alice. Mi sento male, ti prego andiamo via!"

"Non mi lasciare così Dante. Almeno beviamo un altro goccio".

In corridoio sentivo che le forze mi stavano abbandonando. Rimasi steso sulle piastrelle per una decina di minuti, Alice pendeva sulle gambe nude del marito come un vecchio straccio da rammendare. Lo stomaco bruciava e il mal di testa diventava sempre più insistente; mi tremavano le mani e non avevo il coraggio di vomitare e liberarmi da tutto ciò che avevo trattenuto nelle viscere. L'appartamento era sigillato in una sfoglia di calma spettrale, i bip elettronici dei macchinari si ripetevano cancellando ogni rumore che arrivava dalla strada. Potevamo ripartire da quella melodia e inventarci un nuovo Natale, con le nostre regole e i nostri riti. Alice mi chiese di andare in cucina, voleva restare sola. Mi avvicinai per aiutarla a mettersi in piedi, con la manica della giacca asciugai le sue guance prima di abbracciarla.

"Ho avuto un'idea!", disse.

"Siediti adesso, poi ne parliamo".

"È un'idea stupida, non ho bisogno di sedermi. Ti ricordi di Alfio?"

"Certo che me lo ricordo".

"Perché non andiamo a trovarlo? Pensavo che oggi è Natale anche per i morti. È da tanto che non gli portiamo dei fiori".

"Vorrei lavarmi prima, sono sporco da far schifo".

"Andiamo adesso, non abbiamo molto tempo".

Le luci flebili dei lumini ardevano nel buio della sera. Il cancello era chiuso e l'ultimo becchino rimasto ci disse che l'orario per le visite era terminato e che potevamo tornare l'indomani già alle sei del mattino. Chiuse il lucchetto, accese i fari all'entrata e ci salutò augurandoci buon Natale. Alice si avvicinò alle sbarre di ferro e ci restò qualche minuto con il viso incastrato. Parlava di Alfio e dei giorni trascorsi insieme in clinica, sorrideva ripensando ai film di Tarantino che nessuno di noi conosceva quando lei ce ne parlava davanti a una tazza di tè fumante alla domenica. Rimase seduta ad ascoltare il vento gelido tra i capelli, il pomo rovente della sua Silk Cut brillava tra la nebbia.

Davanti al filare di abeti c'era il vecchio caravan con le luci ancora accese; la ragazzina dallo sguardo lieto stava pulendo dei catini sporchi di erba. Mi avvicinai approfittando della calma con cui stava rimuovendo le foglie prima di usare la pompa per il lavaggio. Non potevo aspettare ancora, era quello il momento giusto per farmi avanti. Il sudore sulle mani si mischiava al vento gelido. Si chiamava Samira, mi disse, era marocchina e abitava alle spalle del grande centro commerciale. Aveva dei garofani in mano e un sorriso che riluceva come una cometa. Mi diede il benvenuto con una sorta di inchino accennato; pensava mi servissero dei fiori. "Purtroppo è tardi signore!", disse, "Se torna domani mattina potrà prendere quello che vorrà". Le gambe non smettevano di agitarsi; la sola cosa che volevo era possederla, scaldare quel corpo indifeso e proteggerlo, accudirla come un cucciolo. Dissi che volevo rivederla e che sarei passato a trovarla l'indomani. Guidai fino a casa con i suoi occhi neri attaccati al finestrino; Alice – di fianco – non si era accorta di niente. Era successo qualcosa fuori da quel camper, qualcosa che non avrei dimenticato.

Mi alzai dal divano che erano le sette del mattino. La testa fluttuava come se fosse stata leggera e piena di gas, simile a un palloncino andava a destra e a sinistra. La tv era ancora accesa, il canale di Hong Kong trasmetteva dei video *tutorial* sulla pesca delle balene. Avevo dei forti dolori addominali, la bocca arsa e una porzione di vomito bloccata a metà dell'esofago. Sentivo mia madre piangere in bagno, prima di entrare mi aveva accarezzato al buio. Tenevo gli occhi chiusi ma ero sveglio da un po', l'avevo sentita trascinarsi nel salone a piedi nudi e prima ancora avevo intercettato il suo profumo alle rose muoversi nell'ombra. Il mio turno di lavoro iniziava alle otto, dovevo passare in agenzia per recuperare il tracciato delle commissioni ed ero già in ritardo. Mi lavai la faccia, i piedi e le ascelle nel lavabo della cucina, lucidai gli anfibi con la cromatina e indossai la divisa. La sola cosa a cui pensavo era Samira, i suoi denti bianco latte e il seno acerbo, che la sera prima avevo avvicinato fuori dal cimitero. Bussai diverse volte alla porta del bagno, mia madre continuava a piangere e a ripetere che stava bene. "È solo un mal di pancia tesoro", disse, poi riprese a singhiozzare più forte, così restai seduto fuori dal bagno ad aspettare. Quando uscì aveva le mani strette sull'addome, le rughe sul suo viso erano più profonde e persino i vestiti sembravano invecchiati. Il canale di Hong Kong adesso diffondeva alcune canzoni dei Beatles; c'era un piccolo uomo dagli occhi a mandorla che mostrava gli interni di alcune Rolls-Royce davanti a una torre d'acciaio in una piazza circondata da grattacieli. Mia madre mi fissava sforzandosi di sorridere, aveva gli occhi rossi e non riusciva a drizzare la schiena. Mi fece cenno con la mano di andare, la mia bocca puzzava ancora di Martini così non mi avvicinai per salutarla.

L'agenzia per la quale lavoravo si trovava in un paesino vicino Chiari. Guidai fra le strade spente della pianura in compagnia del mio lettore dvd, per sentirmi meno solo tenevo il volume del film piuttosto alto. Non ero in grado di guardare lo schermo mentre guidavo ma ripetevo a memoria tutti i dialoghi che mi piacevano di più. Quando arrivai nel parcheggio dell'ufficio Stuntman Mike era seduto al centro del bar con addosso il giubbotto color acciaio. Il responsabile dei turni mi chiamava dalla porta invitandomi a entrare, mancavano appena dieci minuti all'inizio del primo piantonamento. Le sue grida però non riuscirono ad arrivare all'interno della mia macchina. Dagli altoparlanti suonava forte *Down in Mexico* dei Coasters mentre Arlene, sullo schermo, si esibiva in una lap dance mozzafiato. Aspettai che terminasse la scena del ballo poi andai a recuperare la mia tabella di marcia. La stanza dell'ufficio era spoglia e piena di aria calda, per arredo alcune foto della Bassa e un poster della Ferrari.

Prima di recarmi ai capannoni Fiat – per un presidio allo scalo merci – passai da Blockbuster per noleggiare un dvd da vedere insieme a Samira. Era il nostro primo appuntamento e non potevo sbagliare. Non sapevo bene cosa organizzare né in che modo presentarmi per non essere rifiutato. Le uniche storie d'amore che conoscevo erano quelle raccontate nei film; e siccome nei film tutto sempre finiva bene, nonostante dolori e abbandoni, decisi di vederne uno insieme a lei in attesa di capirne di più. Attraversai il centro di Rovato per fare meno strada, sotto le pensiline dei bar le facce degli immigrati si ripetevano all'infinito. Gli albanesi bevevano Peroni fin dal mattino presto, i rumeni restavano all'angolo della strada con le buste piene di vino e carne; i marocchini invece ostruivano l'entrata dei bar e parlavano in gruppo, si coprivano i volti con sciarpe luride poi partivano per chissà dove, in auto piene di fango e ammaccature. In mezzo a quel caos di facce schive io pensavo a Samira, il suo viso mi aveva ossessionato per tutta la notte. Dopo aver recuperato il dvd di *Valmont* da Blockbuster cominciai il mio turno di lavoro. Il piazzale per lo scarico merci della Fiat era pieno di ghiaccio e cartoni bagnati. I camionisti fuori dalle cabine parlavano di selvaggina e raccontavano di serate in compagnia di prostitute africane, prima nei ristoranti poi ne bagni degli Autogrill. Alcuni di loro avevano visitato Vienna e Graz e avevano conosciuto prostitute di altri paesi stranieri. Indossavano giacche di pelle scadenti e cappelli di lana, fumavano con rabbia e si muovevano in maniera poco elegante. Uno del gruppo si avvicinò per offrirmi del caffè caldo, con le sue dita tozze bussò due volte al finestrino. Non dissi né sì né no, il mio turno lì alla Fiat era finito.

Durante la pausa pranzo feci un giro al cimitero. Mentre cercavo un posto per la mia auto salutai Samira da lontano e lei mi fece cenno di aspettare. Il parcheggio era una gigantesca coperta bianca, le fronde degli abeti erano mosse dal vento gelido. Fuori dal caravan c'erano piccoli gruppi di persone che parlavano alzando le mani, con i guanti coperti di neve indicavano a Samira i fiori da avvolgere nella carta lucida. Aspettai che la folla sparisse prima di avvicinarmi. Samira mi salutò prima con un sorriso poi mi baciò sulle guance. Mi chinai su di lei per aprirle la bocca con la lingua: non si oppose né mi abbracciò, mi trascinò nel camper tirandomi dal giaccone.

"Non sono abituata a certe cose, signor Dante".

"Mi spiace, volevo farti una sorpresa. Da ieri non smetto di pensarti".

"Entri pure. Non è il massimo, io lo uso come magazzino".

"Invece è carino. Ci vivrei qui con te, metterei tutto in ordine".

"Non è facile, le pareti sono piene di scarafaggi. E poi non credo che mio padre sarebbe felice dell'idea. Lui è musulmano".

"Vuol dire che non potrò più ritornare?", chiesi infastidito.

"Vuol dire che dobbiamo fare attenzione", rispose, i suoi occhi ancora non mi guardavano e la sua voce cominciava a tremare.

"Ti va di vedere un film? Ho preso un dvd per te".

"Sarebbe carino ma devo lavorare, magari un'altra volta".

Il cimitero adesso era deserto, dal lunotto del camper osservavo l'ultima coppia di anziani andar via. Riempirono l'auto di vasi colorati e buste vuote e con estrema dignità si fecero il segno della croce prima di sedersi e partire. Non c'era più nessuno. Samira stava preparando una tazza di tè, al centro della stanza spiccava un divano sudicio e sul tavolo un posacenere vuoto. La puzza di polvere si attaccava alla gola, c'erano chiazze di umido alle pareti e negli angoli delle strisce polverose di Baygon per tenere lontani gli insetti. Andai a sedermi sul divano e cominciai a sognare, cercavo di non far rumore di modo che Samira non si voltasse dalla cucina. Le molle del divano stridevano, spostandomi sulle natiche liberavo cumuli di polvere che si animavano in controluce. Il vento scosse il camper facendolo oscillare lievemente, tirai su la cerniera dei pantaloni e raggiunsi Samira ai fornelli. I suoi capelli erano fili di organza tra le mani. Le sfiorai il collo con le dita poi scesi lungo i fianchi.

"Così no signor Dante, c'è bisogno di più calma".

"Solo un po' tesoro, fammi toccare almeno le gambe".

"Aspetti. Venga con me", disse indicandomi il bagno.

Nel piatto della doccia dormivano stretti dei piccoli gatti neri, il tanfo di muffa era più forte per via delle tubature bucate piene di muschio. Avevo lo stomaco vuoto, nel silenzio del camper i rantoli di fame echeggiavano e Samira non poteva far altro che sorridere. Mi accompagnò sulla tazza del water poi mi accarezzò il ventre con le mani calde e sporche di erba. Mi guardò con due occhi pieni di paura prima di abbassarmi lo slip.

"Non devi farlo per forza tesoro. Possiamo aspettare se vuoi".

"La prego signor Dante, resti in silenzio".

Fuori dal caravan il freddo era intenso, la mia Alfa quasi non si vedeva sommersa dalla neve fresca. Un camion spargi sale lampeggiava lontano, lungo la strada; i capannoni delle fabbriche si notavano appena e il fumo triste delle ciminiere si fondeva con le nubi basse del primo pomeriggio. Samira mi accompagnò alla porta rovesciando una bacinella di acqua sporca nella neve. Doveva preparare le confezioni di fiori per il giorno dopo e poi tornare a casa per aiutare suo fratello ad assemblare delle spine elettriche. Mi sfiorò le labbra con un pezzo del suo *hijab* viola, sotto di me la sua testa appariva come un puntino sull'orizzonte. Tirai su il bavero del giubbino e andai via. La neve aveva smesso di cadere, sul campo di papaveri secchi alle spalle del cimitero cominciava ad affacciarsi un timido sole invernale. Io mi sentivo stranamente felice; in auto, per la prima volta dopo anni, capivo di poter riprendere in mano il mio destino. Samira mi guardava dalla porta, in quel camper che fungeva da casa e un po' da prigione. Era stata gentile con me, quasi perfetta. Giurai di amarla per tutta la vita.

Il giorno di Capodanno lo passai a lavoro. Mia madre era a letto per via della febbre e io dovevo occuparmi della spesa e anche cucinare; facevo quello che potevo per tenere puliti il bagno e i piatti con cui mangiare. Alle sei del pomeriggio avevo un'ultima scorta valori al centro commerciale di Erbusco. Arrivai tardi a causa di un incidente, lungo la strada delle fabbriche alcune auto erano uscite dalla carreggiata terminando la corsa in un canale; dei poliziotti e alcuni vigili del fuoco avevano bloccato il passaggio. All'entrata della banca il direttore della filiale attendeva il mio arrivo, mi guardò male passando la mano sul quadrante dell'orologio per ricordarmi del ritardo. Accanto a lui la cassiera che doveva firmare i documenti fece segno di spostarsi ai tavoli del bar, di fianco al cinema. Per un attimo ripensai alla ragazzina con le trecce rosse che avevo seguito in bagno e a tutti i volti delle donne che sezionavano la mia divisa immaginando di poter alleviare i loro matrimoni. Quando camminavo fuori dai negozi diverse madri cercavano di parlarmi, alcune chiedevano dove abitavo e se avevo parenti dalle loro parti. Grazie a quelle donne avevo capito quanto potevano essere disperate e sole le madri di famiglia e con loro anche mia madre, soprattutto mia madre. Finito il lavoro andai al supermercato al primo piano.

Una voce metallica ci avvisò dall'altoparlante che le casse stavano per chiudere, i clienti dovevano recarsi all'uscita. Sulla lista mia madre aveva segnato in rosso: patate, funghi secchi, limoni, gamberetti surgelati, pasta all'uovo e pecorino. In blu, invece, erano stati scritti: vino rosso (o bianco), farina, panettone con le mandorle, cacao, latte scremato, un litro di olio di semi, lievito e una bottiglia di Martini. Sapevo che il Martini lo aveva scritto per me, seppur nella lista blu delle cose non indispensabili mia madre aveva sempre cercato di farmi bere nei momenti di maggiore tensione; momenti che secondo lei arrivavano puntualmente nei giorni di festa. Fu nel reparto degli alcolici che trovai Samira. Dai televisori in fondo veniva fuori una vecchia canzone degli Who, immagini di guerra si alternavano ad alcune scene di caccia nella foresta. Abbandonai il carrello vicino alle bibite e mi avvicinai lentamente alla sua schiena. Non sarei stato in grado di strusciarmi sulle sue natiche; le avevo promesso di sposarla, di rispettarla e di non farle mai del male. Nel suo carrello c'erano due confezioni di carote, una mela, tre pacchi di pasta, un panettone di quelli scadenti e due peperoni. Non riusciva a prendere le lattine di tè dallo scaffale. La guardavo immaginando la nostra vita insieme: le giornate fuori a mangiare nei parchi assolati, le mattine al supermercato nei giorni di festa e lei che stringeva la mano di nostro figlio mentre io caricavo nel carrello decine di scatole di tè, di Coca-Cola e di birra.

"Ti aiuto io tesoro", le dissi. Le passai la lingua sul collo.

"Oh, grazie signor Dante. Come mai qui? Non l'avevo vista".

"Ho finito poco fa di lavorare, son passato a fare la spesa".

"È stanco? Mi sa che ha lavorato molto oggi. Il suo viso è pallido".

"Il freddo tesoro! Il freddo mi rovina sempre le giornate".

"Vorrei darle un bacio ma qui non si può, non siamo soli", disse.

"Forse possiamo provarci".

Non ci fu nessun tentativo, mentre mi calavo su di lei stringendola dal collo mi sussurrò: "Andiamo via signor Dante, possiamo stare da soli in un posto qui vicino". La sua voce sicura e il profumo di pulito di quella pelle giovane ed elastica mi facevano pensare a una ragazzina garbata e timida, un'anima gentile e inesperta, qualcosa di estremamente puro.

Ci spostammo nel parcheggio che dava sulla campagna buia. "Quella è casa mia", disse, con la mano indicava una cascina abbandonata in mezzo alla pianura nera; c'era una debole luce che illuminava appena un casolare diroccato. In macchina le tenni la mano fra le gambe. Sembrava tranquilla, mi accarezzava con le unghie e a volte si girava per sorridermi. "Adesso giri a sinistra, di là", con la testa fece segno di andare verso i silos abbandonati. Il cielo era di un nero ramato, i lampioni dei capannoni coloravano le nubi oltre la tangenziale. Attraversammo una distesa di neve e fango che secondo Samira nascondeva dei fiori gialli molto profumati in estate. Gli alberi si muovevano tra la nebbia agitando l'aria intorno; nel buio alcuni latrati di cani si perdevano in lontananza. "Questo è Assam!", disse Samira. "Spenga i fari e vada piano, non dobbiamo farci sentire. Siamo quasi arrivati", aggiunse. In un attimo la sua innocenza scivolò via. Non era più indifesa e non era una ragazzina timida, forse non aveva nemmeno bisogno di me. Cominciò a toccarmi fra le cosce, sbottonò i jeans stretti e con la mano tirò fuori il mio sesso duro. Lo toccava con cura poi stringeva forte e mordeva, lo passava sul viso e sugli occhi, con la lingua cercava di farmi eccitare ancora di più. "Qui non ci vede nessuno", disse, mentre si puliva la bocca con la maglia. "Ci sono già stata", aggiunse, poi mi ordinò di star fermo e di tenere la testa poggiata al sedile.

Giocai un po' con i suoi capelli lisci, mentre li annodavo sentivo la sua giovinezza invadermi come un torrente. Riuscii a resistere qualche minuto, poi crollai. Le gambe scattarono e il mio sperma scivolò sulla sua faccia non più innocente. "Ora però deve andare via!", mi disse, "mio padre potrebbe tornare a momenti. C'è una strada qui dietro che taglia nei campi, se vuole può attraversare la campagna a fari spenti fino alla tangenziale. Io ora ho da fare, mi dispiace signor Dante". Ascoltai le sue parole senza muovermi, il suono della sua voce era cambiato. Erano diverse le sue mani e il profumo dei capelli aveva qualche anno in più; tutto era meno dolce.

"Non puoi andare via proprio adesso!"

"Sono in ritardo, così non potremo più vederci".

"Ancora un minuto, ti prego. Spogliati solo un minuto".

"Non posso signor Dante, davvero. Meglio fermarsi".

"Voglio solo toccarti le gambe".

"Devo andare. Mi lasci uscire, per piacere!"

L'Alfa rossa era nascosta dalle canne alte che affondavano nel canale, non si poteva scorgere nemmeno dalla tangenziale per via di una fitta rete di alberi che costeggiavano i campi di cereali. Samira evitò di urlare, quasi con compassione tirò via i jeans e poi le mutandine con i cuori viola. Come un ramarro affondai la lingua tra le sue gambe sottili; i peli sul pube erano ricci e duri, li scorrevo con la punta del naso prima di masticarli. Samira restò immobile, con le mani mi sfiorò i capelli radi senza parlare. Non gemeva, anche se leccavo più forte non uscivano suoni dalla sua bocca.

"È inutile signor Dante. La prego, mi faccia uscire".

"Cosa c'è tesoro. Non ti piace? Vuoi che faccio più piano?"

"Non è colpa sua", si alzò e accese la luce sopra il parabrezza.

La sua piccola vagina era piena di cicatrici. Mancavano dei pezzi, le sue labbra erano asciutte e tagliate storte; c'erano delle bruciature in alto verso il pube. Mi diceva di non guardare, tirava in giù la maglia ma non riusciva a coprirsi. Il clitoride le era stato mozzato con una lama e la ferita suturata con del filo metallico. Smisi di parlare e allentai la presa. Mi sentivo in colpa e sporco come non mai; avevo bisogno del suo perdono. A occhi chiusi respirai l'aria fredda della sera prima di sbloccare le sicure. Samira si rivestì in silenzio, girò due volte la sciarpa intorno al collo e sparì nella notte.

La stazione di servizio era deserta. Parcheggiai la mia Alfa vicino alla vetrata del bar e vidi Renato passare lo straccio sul bancone vuoto, non c'era nessuno seduto sugli sgabelli. Il giorno dell'Epifania non era un vero giorno di festa da noi a Chiari, non era come il Natale. In parrocchia don Flavio ogni anno organizzava il concerto di beneficenza, e le persone che trovavi per strada al pomeriggio erano proprio coloro che di quei soldi ne avevano bisogno. Tenevo con me gli slip nuovi da portare a mio padre, poggiai la busta sullo sgabello e ordinai un paio di cognac con molto ghiaccio. Erano le quattro e il buio cominciava a calare sulla pianura; seduta all'angolo una coppia di marocchini beveva birra parlando ad alta voce. Renato lavava le tazzine di caffè, sistemava gli scaffali dei liquori poi si fermò a guardare la coppia seduta al tavolo. "Quelli sono peggio della peste!", disse, "spero che qualcuno prima o poi li mandi via", aggiunse con tono rabbioso.

Ero andato al bar perché volevo chiedere a Renato delle cose riguardo a suo padre; volevo domandargli che uomo era e se ancora gli voleva bene, che tipo di rapporto aveva avuto con lui e se ancora si scambiavano i regali durante le feste. Sentivo un urgente bisogno di parlare con qualcuno ma lui era totalmente schiavo del lavoro, le sue azioni e le sue discussioni non riguardavano altro che il bar, il prezzo delle bibite e la crisi economica, le tasse, il governo e la puzza degli immigrati che affollavano il locale. Pensai che nemmeno lui da giovane avesse parlato molto con suo padre e che forse avrebbe potuto inventarsi dei racconti a lieto fine solo per compatirmi.

"Andrai al concerto più tardi?", mi chiese Renato.

"Non credo, devo incontrare una persona", sollevai la busta con dentro gli slip in modo da giustificare la mia fretta. Lui sorrise pensando a una donna e a qualcosa di piacevole, me lo disse con gli occhi poi si girò per sfilare dalla mensola una bottiglia di Martini.

"Questo lo offro io", disse.

"Non occorre Renato, davvero. Ho da fare".

"Non voglio niente in cambio caro Dante. È solo un Martini".

I marocchini all'angolo ordinarono altre birre, adesso urlavano e i loro racconti incomprensibili arrivavano fino al bancone. "Stasera avremo dei guai!", sussurrò Renato, alzò il volume della radio poi scomparve dietro la porta. Prima di andare restai qualche minuto nel parcheggio, il vento era forte e da poco aveva cominciato a piovere. Arrivarono due auto con i vetri scuri, la musica assordante faceva traballare le lamiere. Erano albanesi, avevano delle collane d'oro che uscivano dai piumini e sui paraurti diversi adesivi a forma di aquila dalla doppia testa. Pensai di ritornare al bar e fermarmi ancora per un po'. Osservai Renato al di là dei vetri mentre a occhi bassi sistemava le bustine di zucchero e le tazzine pulite. I suoi occhi non erano quelli di un uomo felice, rilassato e padrone del proprio spazio. Ma ero in ritardo e non sapevo cosa fare né come rassicurarlo. Ripensai a tutte le volte in cui avevo evitato di offrire il mio aiuto. Era sempre stato più facile occuparmi di me stesso e così feci anche quella sera.

Mio padre era seduto su una sedia a rotelle dai manici verdi, la finestra era chiusa e la televisione mormorava a volume basso. Il suo sguardo era fisso sull'armadio arrugginito, l'infermiera mi disse che passava così quasi tutto il giorno; parlava rivolto verso l'armadio e spesso si addormentava con la testa china in avanti. Poggiai la busta con gli slip nuovi sul letto, c'erano dei bicchieri di carta pieni di polvere sul comodino e delle bucce di mela sotto il calorifero. Andai in bagno e piansi seduto sul water sporco. Le lacrime in qualche modo mi liberavano la coscienza alleggerendone i rimorsi. Quando tornai era ancora lì, fermo, sembrava ancora più piccolo.

"Vuoi andare fuori? Papà, sono io, mi senti? Vuoi fare un giro?"

Cercai di parlargli sperando di ricevere un cenno, mi sarebbe bastato uno sguardo sbilenco. Provai a toccarlo ma non successe nulla. Il dottore disse che era normale, la malattia era in una fase particolarmente delicata e i suoi sensi avevano sempre meno forza, non riusciva nemmeno a muoversi sulla carrozzina. Da lì a poco sarebbe finito a letto, con gli occhi persi nel soffitto grigio. Nel giardino della clinica c'erano delle panchine in cemento e stretti sentieri dove poter passeggiare. Immaginavo di uscire fuori con lui, accompagnarlo nel mondo un'ultima volta. Ma l'odore di brodo vegetale arrivava forte dal corridoio, erano le cinque e mezza del pomeriggio e le inservienti cominciavano a girare tra le corsie coi loro mestoli d'acciaio. In fondo, speravo che qualcuno arrivasse anche da noi così avrei smesso di parlargli. La cosa più triste era sapere che nemmeno un perdono sarebbe arrivato alle sue orecchie, né una bestemmia per tutto il dolore che mi aveva causato. Eravamo immobili, lui seduto e io in piedi a guardare le vene sui suoi polsi diventare sempre più scure e larghe. Pensavo al tempo che gli restava, alle mattine insieme agli altri malati con le bocche vuote spalancate per ore. Per sentirmi meno triste uscivo fuori dalla porta alla ricerca dei pigiami logori dei pazienti più vecchi. Mi perdevo fra mille immagini senza riuscire a imprecare né a muovere quella carrozzina. Restai in piedi al centro della stanza sognando di portarlo in giardino per qualche minuto e magari riuscire a strappargli un sorriso sincero.

"Adesso vado", gli dissi. "Mamma ti ha comprato degli slip nuovi per il compleanno, li sistemo nell'armadio", e di colpo sentii il suo braccio scattare e la mano afferrarmi il gomito.

Rimasi fermo, il cuore batteva in preda a una paura improvvisa. La sua mano era quella di uno spettro; mi stringeva senza dire una parola. Avevo paura di girarmi, erano anni che non sentivo le sue dita poggiarsi sulla mia pelle. Toccando la sua mano sentivo le ossa e la durezza della malattia, avvertivo tutti i segni di una vita che stava per finire. Sistemai con calma i suoi gomiti sui braccioli e mi avviai in bagno, riempii un bicchiere d'acqua e glielo poggiai tra le gambe. Cercò di muovere la bocca ma ne uscì solo bava. Gli unici suoni che si udivano erano tenui e il silenzio gelido li portò via in fretta. La cena era pronta, fuori dalla porta l'inserviente col carrello mi fece cenno di uscire. Nel corridoio il lezzo acido del disinfettante si mischiava al vapore verticale della minestra. Come in un vecchio film francese mi allontanai dalla stanza camminando all'indietro; la luce dei neon illuminava i piatti sul tavolo e la carrozzina dove sedeva mio padre diventava sempre più piccola e triste, necessaria e senza radici.

Alle spalle del castello il cielo nero era macchiato di un grigio perlato. Fuori dal phone center un gruppo di pakistani vendeva alcune carte telefoniche a dei bambini rumeni che poco prima avevano provato ad accendere dei razzi colorati senza riuscirci; poco più avanti i loro padri ubriachi ghignavano cercando di toccare i culi delle donne che passavano dai marciapiedi. La neve veniva giù sfiorando i lampioni dalle luci arancioni, stavo per andare quando all'improvviso arrivò un'ambulanza a sirene spente e dietro un'auto della polizia. Ero ancora sulle scale, chiusi la cerniera del giubbotto e restai a guardare. Tre uomini in divisa scesero per dirigersi sul retro dell'ambulanza; le braccia scattose di Amir erano strette dalla camicia di forza, c'erano due infermieri che lo accompagnavano stringendolo dai gomiti. Amir teneva lo sguardo basso e non urlava. Un medico li attendeva sull'uscio insieme a una donna in camice verde; Samira e sua madre arrivarono qualche minuto dopo. Per un attimo i miei occhi increduli incrociarono quelli spenti di Amir, aveva un segno che scendeva lungo la tempia destra e della bava ai lati della bocca. Sembrava piccolo come uno scoiattolo. Quando lo vide la madre di Samira si asciugò una lacrima col suo *hijab* di filo nero e restò muta; Adil invece le strinse la mano cercando di capire dove fermarsi. Samira indossava delle scarpe marroni e un cappotto che le arrivava alle ginocchia, il suo *hijab* era di colore viola. Mi avvicinai con le mani ferme nelle tasche, la sera prima avevamo fatto l'amore nel camper. Da amante la ritrovavo bambina. Non era più una donna, non riconoscevo più quel corpo a cui avevo poggiato la lingua e il viso durante la notte. Samira si era riappropriata di nuovo della sua età, ritornava a essere impaurita e fragile. Non sapevo cosa dirle né cosa fare, mi fermai allungando nel vento la mia mano grassa.

"Buona sera signora! Avete bisogno di qualcosa?"

"Mamma, lui è il signor Dante. Ricordi? Te ne ho parlato l'altro giorno".

"Certo che mi ricordo. Come mai è qui lei?"

"Ho un parente che vive al secondo piano. Nei giorni di festa vengo a fargli visita, ma non capita sempre. Oggi inoltre è il suo compleanno; volevo portarlo in giro ma i dottori me l'hanno proibito, fa troppo freddo. Sicuro che non avete bisogno di niente? Posso accompagnarvi a casa se volete, tanto dobbiamo fare la stessa strada".

"Non si preoccupi signore, vogliamo restare soli. È un momento poco felice per la nostra famiglia, e poi abbiamo già chi si occupa di noi", si girò reggendosi il velo con la mano. Il suo sguardo indicava un uomo magro e silenzioso, stretto in un cappotto di renna. Indossava gli occhiali, aveva la barba lunga e il viso coperto da un cappello. Restò muto e immobile, per un attimo pensai fosse frutto della mia immaginazione. Shana fece un cenno con la testa poi si rigirò verso di me. "Andate via adesso, per piacere!", disse, trascinò Adil per le scale e chiese a Samira di attendere, prima di citofonare.

Mi allontanai fissando le loro sagome. Camminando all'indietro il viso di Samira diventava sempre più piccolo e indistinto. La sua voce sottile la immaginavo ora da donna ora da bambina; lentamente – fra la neve – mi trovavo a inventare mille storie d'amore, con lei che non era mai uguale, un po' schiava indifesa e un po' puttana; con me che invecchiavo tra le sue mani senza riuscire a fare a meno di quella dolce e giovane ossessione.

All'uscita dell'autostrada mi diressi verso il centro commerciale. Mia madre non sarebbe tornata da Cremona prima di tre giorni, così pensai di fermarmi da McDonald's per mangiare un panino. I tavoli erano pieni di bambini con le facce rosse e i capelli sudati, correvano tra le sedie lanciando in aria pezzi di pane e bustine di ketchup. L'odore di carne era forte, dalla ringhiera che affacciava sull'entrata del cinema sentivo le piastre crepitare e liberare fumo. Ordinai un McChicken Menu e tornai a sedermi. Lungo le scale mobili saliva un gruppo di ragazzini inferociti; indossavano enormi scarpe da ginnastica ed erano felici, e più sorridevano più li ammiravo perché vivevano la loro giovinezza così come andava vissuta. Mi ricordai di Simone e di Ivan, mi piaceva immaginarli ancora insieme con le ginocchia sbucciate, correre nel campo di grano dietro a un pallone. Anche io ero stato come loro. Anche io – da qualche parte – avevo vissuto le mie ore di gioia. Ma era passato troppo tempo ormai; la mia memoria poco a poco aveva cancellato tutti i suoni e tutti i colori, tutte quelle cose che avrei voluto vivere e non ricordare.

PARTE TERZA

oblio

Sui canneti e lungo gli argini del canale, in lontananza verso la campagna buia, i tentacoli di una luna pallida si confondono tra la neve. Il vento soffia con forza, i vetri a cui poggio il mio viso stanco vibrano e gelano. L'oscurità si sta consumando. Sono le quattro del mattino, i cani nelle strade vuote hanno smesso di abbaiare e solo il fumo grigio delle ciminiere anima l'orizzonte di una provincia che dorme, spenta e immobile. Non vedo Samira da un anno e dormo meno di due ore ogni notte, cammino e mi agito tra le stanze sorde stringendo bottiglie di vino sempre troppo mute. Dall'una alle quattro mi fanno compagnia i camion che partono verso l'autostrada, i rumori ovattati che corrono sull'asfalto trascinano via i miei ricordi: le sere al cimitero con Samira, le ore passate a leccarci sotto le coperte che sapevano di polvere e le promesse di un matrimonio che avrebbe potuto salvarci.

Dalla notte in cui Amir comparve all'improvviso al cimitero non ho più avuto notizie di sua figlia né di lui. Quando sono ubriaco sogno spesso la sua faccia e la lama del machete che mi taglia via le mani e poi i piedi, urlo e il sangue mi copre fino a sommergermi in un mare denso color porpora. Mia madre ha smesso di parlarmi e chiedermi denaro; prima di dormire chiude a chiave la porta della stanza perché ha paura. Non lo dice, non fa niente per dimostrare i suoi timori ma sono io che li avverto, sono io che rincorro i demoni nella mia mente cercando di scacciarli. Osservo dai vetri del balcone i pini nel giardino del collegio, sento il freddo scendermi giù lungo le gambe fino ai talloni e non c'è altro che possa manifestare l'effettiva realtà della mia esistenza. Il mio corpo smagrito e coperto di peli funziona unicamente come rilevatore di caldo e di freddo; non ho bisogno nemmeno di dormire. Sono un contenitore di sofferenze pronto a esplodere.

Trascorro l'intera notte a fissare la barba incolta e i capelli lerci riflessi dal televisore spento. Alle sette del mattino mia madre si alza per andare in bagno e io sono ancora qui, fermo nella stessa posizione, con le braccia a strapiombo lungo i fianchi e imprigionato in una stabile riflessione. Non farò più soffrire mia madre né chi mi starà accanto.

Fra un po' i lampioni si spegneranno, le strade cominceranno piano ad animarsi e la neve riprenderà a tingersi di fango. Gli immigrati con le loro storie torneranno nei bar e sotto le pensiline degli autobus, ammassati nei furgoni sporchi di terra a raccontarsi di *noi*, a ridere di questa provincia che non sa decidere da che parte stare. Torneranno i tappeti nelle piazze per la preghiera del venerdì e le barbe lunghe, i libri dove batteranno la testa e gli altoparlanti delle auto che spurgheranno musica sempre più assordante. Ci saranno altre birre, altre risse e altre facce sfregiate; gli immigrati rideranno di Renato durante il lavoro per poi tornare nel suo bar a bere e a festeggiare nuovi furti.

Riprenderanno a vivere le mogli che si sacrificano per quei mariti-operai che non aprono il cuore nemmeno ai loro figli. Il bozzolo opaco della provincia si schiuderà ancora una volta e la nostra terra avrà in dono un altro giorno inutile. Io aspetto ogni notte che questo circo ricominci a vivere, resto a guardare la pianura della mia provincia in attesa che la giostra degli uomini persi torni a girare. Ora i pesci rossi nuotano da una parte all'altra del vaso e spalancano la bocca, non riesco a capire come fanno a sopravvivere in questa casa, con questa puzza e senza nessuna cura. Come la loro, anche la mia vita si è bloccata, e con essa i ricordi e le paure e l'odio per questo posto; tutto è rimasto fermo, sepolto tra la polvere e gli scarafaggi in quel camper gelido da cui il mondo appariva un luogo di sogni.

Durante quella notte di Natale di un anno fa Amir strinse il collo della prostituta minacciando di sgozzarla; le sfregiò il mento e il viso col machete prima che liberassi Samira da sotto le coperte. La pistola mi tremava fra le mani e i piedi nudi mi reggevano a stento sul pavimento umido; non avevo abbastanza coraggio per diventare uomo né per restare bambino. Ritrovai appena un briciolo di lucidità che mi permise di salvare la vita di Samira e allentare la presa di Amir intorno al collo di quella povera donna. Sapevo che non l'avrei più rivista e che rischiavo di allontanarmi ancora di più dal mondo; sapevo anche che l'unica cosa da fare – per continuare ad avere speranza – era dimenticare tutto e ripartire: avere nuovi progetti.

Dalla finestra del camper osservai il camion allontanarsi nella neve, il freddo che passava dalle mura sottili mi stordiva. Raccolsi le carte sotto il tavolo e le scatole appiattite sul fondo del baule, riempii il braciere con dei rami secchi e mi scaldai per qualche minuto. Disteso sul divano sporco – a occhi chiusi e rannicchiato sul lato sinistro – guardavo le fiamme scintillare e poi spegnersi; fuori dal camper si sentiva il vento fischiare tra gli alberi e le lapidi. Prima di andare riavvolsi i nastri delle sere passate lì con Samira. Risistemai dentro di me tutte le carezze, i pianti e i racconti. Ripassai a mente tutte le promesse fatte e i consigli di Alice – la mia cara Alice! – la sola donna che si è presa cura di me e che da mesi ho lasciato sullo sfondo, docile e mai rassegnata, immersa nel suo abisso domestico come i miei pesciolini rossi.

Ho quarantasette anni e la barba lunga, i capelli si ammaccano ai lati della testa quando dormo e non ho più la pancia; non ho più una divisa, nascondo sotto il cuscino la pistola che ho fatto finta di smarrire e mi lavo poco. Esco solo di notte. Sono un altro uomo. Da quando ho perso il lavoro non guardo più la tv e non guido, non noleggio film in dvd e tengo da parte i miei ultimi risparmi per i progetti che verranno. Ho imparato a camminare nei campi di notte, a stancarmi e a osservare prima di decidere. Mi capita di mangiare per diversi giorni solo una mela, alle sei del pomeriggio; non pulisco più gli anfibi e puzzo da far schifo. Mia madre invece ha di nuovo problemi con la vescica; la sento piangere in bagno quando si sveglia al mattino presto e dopo pranzo; dovrebbe rispettare una dieta ma non sempre ci riesce. Ora si trucca in maniera poco vistosa e trascorre meno giorni nei motel della provincia. Ieri è rimasta in casa dei vicini per oltre un'ora, non è mai capitato in passato e non credo capiterà in futuro.

Quando esce dal bagno io sono di nuovo fuori al balcone, sotto la neve e con le gambe più deboli del solito. La guardo con un velo di tristezza; vorrei sentire la sua voce ma non si ferma con me, se ne va in camera stringendo di più il maglione di lana e io capisco che devo chiudere le imposte. L'inverno qui al nord non passa mai.

Il vecchio campo di grano, alle spalle dell'edificio, è coperto di neve. Ci si impiega meno di un'ora per attraversarlo tutto e sbucare nei pressi del ponte autostradale. Di solito passeggio reggendomi alla staccionata di legno che costeggia la strada; quando arrivo alla fine del terreno – per oltrepassare il confine segnato dal canale – utilizzo come passerella delle porte di ferro, da lì poi mi incammino verso il campo di vitigni gelati. A quest'ora della notte gli alberi si confondono con le nubi, verso la strada delle fabbriche le luci dei capannoni brillano come candele su di una torta di compleanno. Tutto si svolge lì, tra i banchi di lavoro e le catene di montaggio; un intero universo si espande all'interno dei prefabbricati industriali. I camion che passano dalla tangenziale riempiono l'eco della campagna di un respiro affannoso e sterile. Adoro passeggiare di notte, coperto dal cappotto e con i capelli sporchi che spuntano dal berretto. I fiocchi di neve si posano sulla barba, non ho niente nella testa e non ci sono rumori che disturbano i miei passi. Attraverso le vie della campagna semplicemente perché mi va, tutto ciò che voglio è bere e non pensare. Seguo i filari delle viti secche fino al limite della strada poi utilizzo un buco nella recinzione per uscire dal terreno e lasciarmi alle spalle il fango e la strada che mi riporterà a casa.

Da qui riesco a vedere il parcheggio della stazione di servizio, le auto e i vetri del bar pieni di scritte argentate e nastri rossi. Nell'angolo brilla l'albero di Natale ma siamo alla fine di gennaio, le feste sono finite e non c'è gente in giro, nessun immigrato ai tavoli e solo qualche operaio seduto agli sgabelli. Quando entro l'uomo al bancone si tura il naso e raccoglie la sua birra, si alza e va a sedersi accanto ai video poker. Renato non dice nulla, mi saluta appena con un gesto della mano. Fa finta di non annusare la mia puzza – tiene d'occhio le bottiglie che porto nella busta – poi si gira verso la macchina del caffè e con un cenno ordina a Simone di venirmi a parlare. Durante l'ultimo anno più di una volta mi ha riportato a casa di notte, ubriaco e senza forze. Ormai conosco ogni movimento, ogni azione e ogni pensiero di Renato e di tutti gli uomini che si accampano in questo posto. Si starà chiedendo da cosa sto scappando, pur sapendo che la risposta è sempre la stessa. Non fuggo da niente, solo da me stesso. Cerco di allontanarmi dai ricordi e dalle delusioni, dalle speranze vane e da mia madre. Fuggo dalla campagna e dalla provincia del mio nord, dai vicini che non hanno voce e dalle persiane chiuse. Più che altro sto scappando da Samira, dal suo spettro e dagli arabi che non mi vogliono.

Simone ormai mi è di fianco; strizza gli occhi, indossa il giubbotto con la scritta Bialetti e le scarpe con la punta di ferro. Quasi sempre lavora di notte perché guadagna di più, nei negozi del centro dicono che a sua moglie piacciono i ragazzini. Ci conosciamo da una vita e non ci siamo mai detti niente che valesse la pena di ricordare. Prima di parlare toglie il cappello di lana e si sfrega la faccia come a volerla riattivare dopo un guasto improvviso. La fede d'oro batte contro la birra, il resto della mano è un insieme di croste di grasso indurito. Ormai pesa il doppio di me.

"Certo che una doccia non ti farebbe male!"

"Ci sono abituato al mio odore, puoi abituarti anche tu".

"A cosa dovrei abituarmi, alla tua cocciutaggine?"

"All'idea che le cose non cambiano, ecco a cosa ti devi abituare. La tua vita, la mia e quella di Renato; il lavoro e gli arabi con le loro manie e i rumeni con le tute sintetiche, tutto resta sempre uguale. Non è così forse?"

"Senti, non mi interessa quello che pensi, a quest'ora della notte poi ho appena la forza per guidare fino a casa. Voglio solo dirti che da noi alla Bialetti assumono del personale, ci sono buone possibilità per un lavoro. Magari ti faccio avere il modulo per la domanda; se non vuoi farlo per te fallo almeno per tua madre, con i tempi che corrono non è il caso di sputare su uno stipendio. Dammi retta, Dante, non buttarti nel cesso".

"Ci siamo già dentro tutti", rispondo, pago la sua birra e vado via.

Piove. Fuori comincia a spuntare l'alba, il cielo verso le colline è una scorza di lamine blu chiaro e rosse. La nebbia attenua i riflessi del giorno che sta per arrivare, da qui a poco il grande baraccone della provincia riprenderà la sua marcia verso l'indifferenza e la sopportazione. L'insegna della pompa di benzina illumina il piazzale fino a dove il marciapiede incrocia il passaggio attraverso il campo di papaveri. Ho nella busta una bottiglia di Franciacorta e un Nano frizzante che Renato mi ha offerto in modo da potermi scaldare lungo il sentiero. Affondo più volte nella neve alta senza riuscire a muovere le gambe; non ho molta energia a causa dei digiuni sempre più frequenti. Stringo le mani intorno ai fianchi e sento le costole magre. Non vedo dove poggio i piedi; uscendo dal campo di papaveri scivolo sul dorso di una pietra liscia e sento la caviglia torcersi come un panno strizzato. C'è un cane poco più in là, nascosto sotto una gabbia di filo spinato; non abbaia né si muove, segue i miei affanni con gli occhi spenti e sventola la coda quel tanto per dimostrare di essere ancora vivo. Raccolgo le bottiglie tra le sterpaglie, mi rialzo e riprendo a camminare. Sui muri di marmo del cimitero la pioggia riflette il viola di un'alba ancora acerba, il vino brucia nello stomaco vuoto e il freddo preme sulle tempie. La mia sensazione, quando torno al camper, è quella di essere di nuovo a casa. Mi basta aprire la porta per riabbracciare un calore irriproducibile, un turbine di emozioni e ricordi che nemmeno l'alcol riesce a cancellare. Il vento soffia come la prima volta, si sentono i latrati dei cani appena svegli e gli abeti che liberano piano la loro fragranza di resina. Tutto si ripete uguale, ci sono le auto in fila verso le autostrade e le fiamme oblique dei pochi lumini di cera mosse dal vento.

Manca Samira. Manca il suo sorriso. Il camper è ancora poggiato sui blocchi di pietra e i pali di legno che recuperai in uno spiazzale di una fabbrica di mobili. Rispetto all'ultima notte passata qui sembra inabissato ancora di più, il fango copre quasi per intero le assi delle ruote. So che in un futuro non troppo lontano queste lamiere marce e i fanali rotti, i vetri e tutte le storie stipate in questo rifugio gelido sprofonderanno dritto al centro della terra, accanto a un enorme fuoco. La porta sul retro è stata bloccata con un masso; entro, poi ci sposto la poltrona davanti per non farla riaprire. Sistemo le bottiglie di vino sul tavolo, con l'accendino gioco a ingrandire la mia ombra fino a sfiorare le ragnatele sotto il tetto. I biglietti che ho scritto per Samira sono ancora tutti lì, fermi sui fornelli. Non è più tornata al camper, persino le candele sono al loro posto. Ne accendo una e vado a distendermi sul divano, un tanfo secco di polvere si leva dal cuscino e mi entra in bocca. Gli anfibi sporchi di erba mi osservano dalla finestra, sono lisi e bucati; sono i miei anfibi, più li guardo più penso a Samira, a quando li lavava in bagno dopo aver fatto l'amore. Li asciugava ogni volta con degli stracci puliti e li riempiva di grasso. Adesso riposano stanchi, vicino al limite indefinito di un monte fatto di ombre. Bevo cercando di addormentarmi il prima possibile, con le carte delle vecchie confezioni di garofani appicco un incendio che resta vivo per un battito di ciglia. L'alcol attenua appena il mio respiro, i dubbi si disperdono come vapore e si uniscono al fumo nero che sale dal braciere posto al centro del pavimento. Tre scarafaggi escono dai caloriferi ormai ossidati; il rumore li sveglia e li anima, ora corrono in fila seguendo strade che non portano da nessuna parte. La fiamma della candela vibra davanti alla finestra, fuori uno squarcio di cielo rosa sta lasciando spazio al mattino. Fingo di avere vicino Samira, pronta a rimboccarmi le coperte. Bevo l'ultimo sorso di vino e lascio rotolare la bottiglia sul pavimento oleoso. Intorno non ci sono suoni né profumi, solo polvere e scarafaggi. Li osservo ancora un po' nel loro girovagare a vuoto, risistemo la coperta e mi giro a occhi chiusi verso la finestra.

La brina del mattino scintilla colpita dal sole, piccoli arcobaleni nuotano nelle pozze di acqua fredda. Sono fermo sulla porta del camper, ho i piedi nudi e di fianco alcune carcasse di vecchi scarafaggi che mi raccontano del tempo passato. La strada che costeggia il cimitero è poco trafficata. Seguo con lo sguardo un tir che trasporta del pesce surgelato, procede lento fino all'imbocco della tangenziale poi sparisce, inghiottito dall'orizzonte piatto. Ho del tempo da spendere e ne approfitto per osservare meglio la campagna e i colori della mia provincia, le case dai tetti appuntiti e le insegne dei frantoi dove i camion entrano a tutte le ore del giorno. Penso che a nessuno in fondo piaccia abitare in questi posti, non possono esserci storie in queste cascine pallide. Respiro l'aria fredda e immagino come possa essere vivere qui al nord con una moglie e un figlio; tornare a casa all'alba e fare il giro del giardino per controllare il serbatoio e osservare l'angolazione del tagliaerba per capire se magari è stato spostato durante la mia assenza. Una vita fuori dal tempo e senza intoppi, una vita a cui avrei rinunciato per Samira, io e lei soltanto, in questo camper dalle tubature ossidate. Mi sarei accontentato di averla con me al mattino, fondere i miei quasi cinquant'anni con la sua giovinezza e poi dimezzare il conto. Avremmo avuto poco più di trent'anni io e lei, trent'anni e infinite possibilità per essere felici.

Sulle colline in lontananza il cielo è di un azzurro intenso; c'è una sola nuvola scura che si muove lenta sopra i capannoni delle fabbriche, è lì a testimoniare che l'inverno non passerà in fretta.

Infilo gli anfibi sporchi e cammino sulle lastre di ghiaccio, la gola è secca e ogni respiro mi ricorda la sbronza di ieri sera. Le auto cominciano a riempire il parcheggio poco dopo, arrivano persino delle famiglie in un piccolo furgone bianco. Ci si ricorda più dei morti che dei vivi, a questo penso. Le premure e i pianti, le preghiere e tutto ciò che ha a che fare con i ricordi, l'amore e la tenerezza; ogni pensiero in grado di smuovere le coscienze è rivolto ai morti, a chi non c'è più, a chi non può concordare né dissentire. Scendono alcune donne in pelliccia, di fianco camminano composti i mariti con gli occhiali da sole (le loro facce non sono in grado di versare lacrime né regalare sorrisi). I loro figli seguono alcuni metri più indietro, inconsapevoli di ciò che vanno a fare e a vedere, totalmente ignari dei litigi, degli orrori e delle cicatrici che si portano dietro quei ricordi e quelle bare. All'entrata l'uomo dal giaccone verde mi fa segno di passare. Ormai lo incontro ogni giorno appena sveglio, mi vede uscire dal camper e mi chiede come faccio a non morire di freddo, mi ripete che devo tagliarmi la barba e un giorno mi ha chiesto persino che fine avesse fatto Samira, così non mi sono più fermato a parlare con lui. Ho voglia di aria pulita, di passeggiare e di riattivare il sangue nelle vene. Entro nel cimitero e mi incammino verso le tombe di marmo che stanno alla fine della salita, mi fermo dinanzi alla tomba di mia zia Elvira. Lo sfondo della sua foto è di una rara tonalità di turchese, un colore riprodotto al computer; è immersa in un luogo che non esiste. I suoi occhi sorridono avvolti da uno spazio che nessuno ha mai visto. Resto con le mani ferme nelle tasche del cappotto, i fiori bagnati puzzano più della mia barba sudata. Non so cosa fare, da mesi ormai la mia vita non affonda in nessun tipo di preoccupazione o gesto concreto. Penso a mio cugino, stretto fra le mani di mio padre. Penso a zia Elvira da giovane, in montagna, che cerca aiuto in mia madre e piange perché conosce il dolore che suo fratello ha fatto patire ad Andrea per tutta la vita, a causa di una malattia che nessuno ha voluto denunciare. Fisso la foto di mia zia quando una nube nera si intromette fra me e il sole cambiando in un attimo i colori intorno; le ombre sbiadite attutiscono lo scintillio del marmo, di colpo ritorna a farmi visita l'inverno e il suo grigiore.

"Dov'è che posso riempire questo secchio d'acqua?", una voce alle mie spalle mi allontana dai soliti pensieri. Aspetto prima di girarmi.

"Mi scusi, signore? C'è una fontana in questo cimitero?", ora non ho più dubbi, questa voce io l'ho sentita mille volte. Mi giro con le mani ancora nelle tasche, la barba si muove tra il bavero e il collo. Alice rimane ferma in silenzio, i suoi occhi sono fari che puntano uno spettro, la carcassa di una persona cara tornata in vita. Si porta la mano destra sulla bocca, il secchio vuoto rotola a terra e si ferma sulla lapide rosa di una bambina. La caviglia fa ancora male, pulsa come un cuore di scorta.

"Come stai, amica mia?"

"Dante, per Dio… dimmi che non sei tu!"

"Sono io Alice, avrei voluto chiamarti…"

"Non dire niente, ti prego. Sei pallido come un morto".

"Sto bene tesoro. Adesso sto bene".

"Non è così che funziona la vita, io l'ho capito troppo tardi".

"Non deve funzionare, deve passare. Come un sogno che prima o poi finisce, un sogno che non hai richiesto a nessuno, capita e basta. Dimmi di te invece, che ci fai qui?", cerco di avvicinarmi ma resto a metà strada.

"Mio marito è morto sei mesi fa", dice, poi mi abbraccia con forza.

"Mi dispiace, però forse ora stai meglio".

"Puzzi come un cadavere, il tuo alito è marcio e i pensieri vanno a cazzo di cane. Come hai fatto a ridurti in questo stato? Sembri una copia disperata di un barbone; faresti bene a sceglierti un loculo, mi sa che manca poco anche per te. Questi capelli poi, questa barba, cosa significano?"

"Non significano niente. Sto solo provando a dimenticare".

In macchina Alice tiene stretta una Silk Cut fra le labbra e guarda dritto, sembra che abbia paura di riprovare lo stesso spavento di quando mi ha visto fra le tombe del cimitero. Ho le gambe dure per via dei reumi, la puzza dei miei vestiti è tale che Alice è costretta a guidare con i finestrini aperti per metà. Mi ripete a ogni curva che per me c'è un'altra vita e che Samira è solo una ragazzina, dice che lei stessa ha vissuto un inferno a cui nemmeno Dio riusciva a mettere fine. Adesso però è felice, suo marito finalmente riposa. Ha un uomo, vive la notte e sa come funziona il mondo. "Il mio cuore è di nuovo in corsa", dice. "Alla fine sono solo sensi di colpa", aggiunge.

"Di cosa parli?"

"La barba, i capelli sporchi e la merda che ti porti dietro, sotto le scarpe, le ossa scavate sul viso e la dieta che ti ha fatto diventare uno scheletro. Sono i tuoi sensi di colpa, non riesci a reagire e ti consoli soffrendo".

"Non sai quanto ti sbagli amica mia!"

"Non è così?", mi guarda trattenendo il respiro.

"Credo di no. Se mi offri una birra forse riuscirò a spiegarmi".

Non parla più fino a casa, il suo disgusto è diventato compassione. La sua faccia è piena di trucco e il suo profumo da pochi centesimi è molto più nauseante del mio, di sicuro più costruito e senza storia. Non accetta la mia corazza né il mio passo in avanti, la mia sicurezza la rende fragile e in continua rincorsa su di me. Io sorrido coperto dalla barba sporca, ho le mie certezze, ho una nuova vita e il mio camper; sento dentro di me che prima o poi troverò un modo semplice per vivere felice. Davanti alla porta d'ingresso Alice ha attaccato un fiore di gomma dura, "Questo è stato il primo regalo di Luca", mi confida ridendo, "fra poco verrà a prendermi. Ti ricordi di lui vero? Il proprietario del Fabula, il club privé qui di fronte". L'ascolto da pochi minuti e già comincia a farmi pena. Mi guardo intorno, cerco di capire cos'è successo realmente in questa casa, chi – fra lei e suo marito – è morto per davvero. Mi trovo ancora un passo avanti a lei.

Il corridoio è sgrassato, alle pareti sono stati attaccati dei poster di alcuni film anni settanta e due di *Pulp Fiction*, uguali; un neon giallo illumina le piastrelle come in uno scantinato di un sexy shop cinese. Le mura del soggiorno sono dipinte a tinte forti, ci sono degli stencil a forma di fiori che ne addolciscono i toni, tanto verde e un enorme recinto di legno in cui si ammassano gruppi di tartarughe. Sembra che Alice abbia architettato tutto questo per farmi uno scherzo. Io continuo a guardare.

"Sono tartarughe asiatiche, le ho comprate a Brescia qualche settimana dopo la morte di mio marito. Mi aiutano a passare la giornata. Le curo, ogni mattina, preparo le foglie di verdura e cambio l'acqua nelle vaschette".

"Quante sono?"

"Per adesso venti. Sai, avevo bisogno di un numero preciso".

"Perché venti?"

"Perché eravamo in due, io e lui, siamo stati in due tutta una vita poi di colpo siamo diventati uno zero, un nulla. Avevo bevuto una bottiglia di Martini quel giorno ed ero piuttosto sbronza, adesso però sto bene. Credo che il numero venti sia un buon numero, anche per il futuro".

Alice versa due cognac nei bicchieri di cristallo, arriva dalla cucina con un vassoio scintillante che regge con orgoglio.

"Luca non beve se non uso il vassoio d'argento", dice. Prima di sedermi a bere visito la cucina – i mobili sono stati sostituiti, c'è persino un camino nell'angolo e alcune botti di vino a sostenere il tavolo – poi cerco di andare giù in fondo, nella vecchia stanza di Alberto. Cammino piano, mi aspetto di sentire ancora i bip elettronici dei macchinari. Voglio altri suoni, è difficile da ammettere ma questa casa non è stata mai così triste e cupa, così irreale. La morte ha portato con sé quel barlume di vitalità che riempiva le stanze: i rumori del respiratore e i tic elettronici sui monitor; non c'è speranza né dolore ormai, tutto quest'ordine e il colore nuovo delle mura, tutta la forza che Alice ha impegnato per rivitalizzare l'appartamento è andata perduta. Non ci si crede, a volte, quanto possa essere utile la vicinanza del dolore. Gli anni di malattia hanno segnato le stanze di questa casa ma soprattutto ne hanno giustificato l'esistenza e l'utilità. Ora si respira aria sottile e pulita, le porte restano chiuse per l'intero giorno e non c'è nulla da temere, non c'è nemmeno un motivo per piangere né un corpo liscio per cui pregare. Alice mi chiama dal bagno, la raggiungo mentre immerge entrambe le mani nella vasca per controllare la temperatura dell'acqua.

"Fatti un bagno, butta via questi stracci e smettila di nasconderti. Se vuoi, nel mobile in alto ci sono i rasoi, la schiuma da barba e una crema per disinfettare la pelle. Ti lascio dei vestiti puliti fuori la porta".

"Questa casa è strana. Se non fosse tua direi che fa schifo".

"La vita cambia caro Dante, prova a fartene una ragione".

Disteso nella vasca penso a come le donne siano capaci di cambiare vita. In un attimo sistemano nuove stanze, cambiano colore alle porte e si inventano passioni mai conosciute; bevono o smettono di bere, indossano slip che hanno sempre odiato; diventano il loro stesso opposto solo per un uomo o per cancellarne un altro dalla memoria. Guardo gli accappatoi di Alice e le pantofole, due da donna due da uomo, e così gli spazzolini; ci sono profumi, jeans sporchi e maglie dai colori sgargianti nel cesto all'angolo. Come può un uomo sconosciuto, un giovane qualunque, comparire nella vita di una donna e cancellare tutta quella che è stata la sua storia?

Quando esco dal bagno le luci sono spente, così ne approfitto per aprire la porta della camera in fondo. C'è il letto in un angolo, le ringhiere di ferro e la piantana della flebo sono state sistemate sul divano rosso dove suo marito riposava al mattino per guardare la tv. Ci sono scatole di vestiti, scarpe da uomo cucite a mano e sciarpe nere di kashmir; cannocchiali smontati in pezzi e cappotti imbalsamati su cui Alice ha attaccato dei cartoncini con scritto Alberto, come se in futuro potesse dimenticare il nome di suo marito. Eppure sembra che qualcosa respiri in questa stanza: le tende di tela, i libri impolverati e le camicie. Non sono solo, un residuo di vita è ancora in circolo, un alito di vento che Alice potrebbe soffocare senza il minimo sforzo. Resto seduto in mezzo ai cartoni per qualche minuto, ascolto a occhi chiusi la melodia impercettibile di questi oggetti. Una strana forma di vita alita al di sotto della plastica dura, un corpo invisibile di ricordi in mezzo ai segni di un'esistenza non del tutto svanita.

Dalla cucina Alice mi chiama ad alta voce, infilo in fretta i vestiti di Alberto che mi ha sistemato sulla sedia e la raggiungo; è ferma dietro i vetri del balcone. Le auto in strada sono bloccate da una folla di arabi inferociti, alcuni di loro cercano di sradicare un cartello stradale per farne dio sa che cosa. Capitano spesso casini il venerdì mattina; la gente di provincia non si è ancora abituata ai tappeti distesi sui marciapiedi e alle folle che pregano con dedizione. Io stesso non riesco a capire perché gli arabi hanno bisogno di tanto rigore. Si incontrano nelle piazze e l'eco delle loro voci modulate arriva dritta negli appartamenti ristrutturati del centro, dove non solo i medici e gli architetti ma persino gli operai e i braccianti, gli autisti e tutti coloro che da anni vivono e lavorano a contatto con gli immigrati si sentono minacciati e feriti nell'orgoglio. Tutti hanno paura di capirsi e di darsi una mano, di conoscersi e di trascinare le proprie storie in un mondo diverso. Alcune persone osservano nascoste dietro la porta del bar; c'è il tipo che vende i giornali all'angolo e il meccanico coi baffi che in giro si vede solo durante i giorni di festa. Le urla aumentano d'intensità man mano che gli arabi si ammassano davanti alla caserma della polizia municipale. Volano dei pugni, alcuni corrono a viso coperto con delle spranghe tra le mani mentre i più giovani si arrampicano sui cofani delle auto parcheggiate e ne modificano la forma. Sembrano indiani lanciati a folle velocità contro una carovana di bianchi conquistatori. Alice si stringe nel suo cardigan di lana rosa e con gli occhi cerca di farsi spazio tra la folla; ha la faccia di chi riesce a preoccuparsi solo di cose piccole e questioni meno complicate. Cerca di capire se l'insegna del club privé è stata spaccata dalle pietre. Dei tormenti, delle umiliazioni e delle urla di quella gente disperata non ha nessuna considerazione. E lo stesso vale per i vigili urbani fermi fuori dalle auto; con i walkie-talkie attaccati alle orecchie cercano di capire come spiegare a quegli uomini abbandonati che lì non possono pregare, che l'Italia non è stata creata per loro, che da noi in provincia la vita deve consumarsi in casa e lentamente, ognuno con i propri figli, senza mischiarsi, senza aiutarsi e senza stravolgere né il giorno né la notte. Alice prova a rintracciare Luca chiamandolo al cellulare, un giovane arabo incappucciato ha sfondato l'insegna del Fabula e ora batte la sua mazza lucente contro la porta in ferro del locale. Cominciano a bruciare i cassonetti dell'immondizia, il fumo nero e acre sale in altro verso i balconi vuoti dei palazzi sporcandone le mura. Solamente i fiori, nei vasi rettangolari, restano dritti a certificare l'esistenza delle famiglie qui al nord. La gente di provincia aspetta in casa, seduta intorno a tavoli dai ripiani in marmo chiaro, sigillata dietro le persiane e riscaldata dai caloriferi di ultima generazione, con i loro yorkshire col pedigree distesi sui divani *Chateau d'Ax* comprati in contanti. È un mondo di carta quello che osservo dall'alto, basta una debole fiamma per ridurlo in cenere e una giornata di sole per vederlo brillare. Alice continua a chiamare Luca, ma solo per dimostrare a se stessa che ormai non è più sola. Ne approfitto per recarmi alla porta.

"Dove vai? Quella gente non avrà pietà di te, non vedi che sono in lotta con il mondo? Aspetta che si calmino, ti caccerai nei guai!"

"Mi dispiace amica mia, devo andare. Sento che c'è molta più vita giù in strada che in questa casa piena di tartarughe".

"Il tuo sarcasmo non ti ha mai aiutato, apri bene gli occhi".

"Lo farò, tu intanto vieni via dal balcone e rilassati". Richiudo la porta alle mie spalle convinto di non rivedere Alice per un po'. Comincio a mettere ordine nella mia nuova vita, a chiudere dei capitoli e ad aprirne di nuovi. Sto cercando di controllare i miei istinti dedicandomi a ciò di cui non sono a conoscenza; voglio interessarmi alle cose che da sempre ho tenuto fuori dalle mie giornate, incagliato in un fondale agitato dai ricordi.

In strada la polizia ha creato un cordone per sbarrare il passo agli immigrati, il fumo dei lacrimogeni comincia a bruciare intorno agli occhi, li sento fischiare in alto in attesa di ricadere tra la folla in fuga. Le persone iniziano a spingere verso l'entrata del bar, ragazzi dalle gambe magre finiscono a terra calpestati da padri inferociti che inneggiano ad Allah. In piedi, dietro al bancone, la barista mi osserva infastidita come se io fossi uno dei cospiratori, un integralista qualunque o un altro pazzo in giro per la provincia. Mi faccio largo tra la gente e riesco a entrare, i capelli lunghi e la barba crespa mi fanno sentire al sicuro solo a metà. Non parlo con nessuno né ordino da bere, mi accontento di far parte per un attimo di questa rivoluzione senza speranza. Poi il fumo dei lacrimogeni comincia a soffiare al di sotto della porta d'ingresso e subito l'aria all'interno del bar diventa irrespirabile. Un uomo seduto di fianco al frigo delle bibite raccoglie le tovaglie dai tavoli e le sistema a terra, così da tamponare almeno in parte le esalazioni che arrivano dai marciapiedi. Giungono altre tre auto della polizia e lentamente la folla si disperde, le urla diminuiscono d'intensità e le facce tirate si rilassano. Gli immigrati più giovani hanno già dismesso i cappucci e tirato giù le kefiah dalle bocche. Nel bar ci sono manifestanti con le mani escoriate, i capelli sporchi di sangue e le tempie spaccate dai manganelli. Alcuni hanno ancora i sassi annodati alle corde, per evitare guai con la polizia vanno nei bagni e buttano tutto dalla finestra. Le sirene delle ambulanze suonano senza interruzione, i motori delle volanti stridono e non ci sono più diritti da rivendicare né azioni da portare avanti; semplicemente tutto è finito. Gli sguardi degli arabi all'interno del bar non sono più fieri, gli occhi mirano a terra delusi; si respira denso l'odore del fallimento.

"Così non ci sarà mai pace per noi", un uomo dal viso sereno, seduto in giacca e cravatta al tavolino, sta sorseggiando del latte caldo. Ha la barba ispida e le mani pulite, indossa occhiali dalla montatura leggera e una luce negli occhi capace di abbagliare un pianeta. Mi fissa aspettando una risposta, ha l'aria di chi può insegnarmi delle cose.

"Sta parlando con me?", rispondo.

"Mi scusi, sono sempre troppo distratto. Sono il dottor Rashim, vivo qui vicino da molti anni ormai; si segga, ordini pure ciò che vuole".

"Non credevo parlasse con me, cioè, io non sono arabo, sono italiano, ho solo la barba lunga. Mi avrà scambiato per un suo amico. Lei è qui per dare una mano a questi pazzi scatenati? È arabo?"

"Arabo non è la parola giusta. Sono un uomo come lei, come tutti quelli che ha visto oggi: i ragazzi con le teste rotte, i loro padri che passeranno la notte in carcere e la barista: siamo tutti uomini. Non c'entrano le etnie".

"Non la seguo dottore, forse dovrei ordinare una birra".

"Come le ho già detto ordini pure ciò che vuole, è mio ospite".

Il dottor Rashim beve un secondo latte caldo e continua a parlare senza fermarsi un attimo. Passano in fretta alcune ore e quattro birre. La sua voce contiene dei segreti che un giorno forse rivelerà anche a me. È giovane ma l'espressione del sorriso e le spalle curve quando cerca di spiegarsi meglio lo invecchiano rendendolo saggio e onesto, una persona che potrei ascoltare in qualsiasi momento della giornata. Ha viaggiato a lungo: dall'Algeria alla Francia, le scuole dell'obbligo alla periferia nord di Lione poi la laurea alla Sorbonne; prima dei trent'anni è stato in Russia e in Cina, nell'Australia del sud e negli Stati Uniti. Mi dice che è uno psicologo, lavora per una grossa azienda chimica di Milano ed è innamorato del nostro paese, della provincia e della sua casa sul lago – lo stesso lago dove mio padre mi ha portato in barca – una casa modesta dove in estate invita parenti e amici per cenare in giardino. Mi racconta poi della sua famiglia e del padre pescatore, di come l'Algeria è diventato un paese da cui scappare e dei problemi che hanno condizionato la sua vita a Parigi: gli scontri nelle *banlieues* quando la polizia entrava nelle case per portar via i cartoni dove nascondevano le lenzuola e i documenti contraffatti. Poi di colpo si ferma, come a voler controllare meglio l'emozione, prima di raccontarmi della grave malattia che ha consumato sua madre troppo presto e di suo fratello più giovane che è ancora in carcere a Marsiglia. Più entro nella sua vita più avverto le sue parole come placide e profonde, i miei occhi si riaccendono e lottano per non farsi soggiogare dall'alcol e dall'aria calda che esce dai caloriferi. Resto vigile e concentrato, memorizzo ogni dettaglio. Nel bar è forte l'odore di polvere, di nebbia e di aglio; gli immigrati rimasti si spostano ai tavoli per mangiare un panino al tonno e riempirsi lo stomaco di birra. Una decina di rumeni siede in circolo intorno al biliardo in fondo alla sala; a turno si lanciano offese e bestemmie, sputano a terra e tutto finisce in un frastuono di risate amare. Io spero che il dottor Rashim non chieda niente della mia vita né di mio padre, del mio lavoro né di cosa penso del casino scoppiato con la polizia. Ho addosso tutti gli occhi degli operai di ritorno da lavoro e quelli del proprietario del bar che ha avuto dei problemi con alcuni ucraini. I pochi italiani presenti mi fissano cercando di capire quale sia la mia funzione, cosa ci faccio qui e chi sono, che cosa spero di ottenere da questa mattinata di confusione e rabbia.

Prima di salutarci il dottor Rashim mi invita a recarmi da lui sul lago, mi dice che in me ci sono ancora molte cose da trovare, da capire e da tirar fuori. Parla di me come di un sacco postale pieno di lettere e avvisi e pacchi contenenti particolari sorprese. L'aria fuori è cambiata, il cielo è coperto di nebbia e buio; il vento freddo spira tra i vicoli del centro seccandomi la pelle. Ho detto sì al suo invito, voglio fare ancora un passo avanti.

"Allora l'aspetto a casa signor Dante. Lei ha una macchina?"

"Avevo un'Alfa rossa, per me è stata come una sorella ma è da un po' che non la uso; credo non sia possibile rimetterla in moto adesso. Troverò un modo per raggiungerla dottor Rashim, ho buoni propositi per il futuro".

"Lei ha sofferto molto in passato, vero?"

"Non ci ho mai pensato, quando capitava di star male mi mettevo la divisa e salivo in macchina per lavorare. Guidavo e guardavo dvd, ma ora è tutto cambiato, ho le mie certezze e so cosa voglio fare".

"Vuol dire che ne parleremo presto!"

"Sicuro; la porterò a vedere il mio camper. Lì è cominciato tutto".

"Ci verrò volentieri, mi sono sempre piaciuti i camper".

Mi saluta con un abbraccio composto e inaspettato. È da tempo che non avverto sulle spalle una stretta sincera, quel calore che dura un attimo ma che ricorderai per tutta la vita. I suoi odori, il dopobarba che puzza di Pino Silvestre e le labbra larghe e viola come prugne; e poi quel gesto con la testa e gli occhi che diventano piccoli e appagati, tutto del dottor Rashim resta impresso nei miei sensi. Sento le gambe compattarsi fino alle caviglie e il dolore alle articolazioni svanire senza lasciare traccia. Lo accompagno con lo sguardo fino a un punto del viale dove i platani – spogliati dal gelo – coprono l'orizzonte scuro con una griglia di rami ingialliti. Il dottor Rashim rappresenta in questo momento il centro dell'universo; non è alto né basso ma conosce la sua strada. Camminando verso casa immagino che se solo alzasse un braccio – o semplicemente un dito – i pianeti e poi le galassie potrebbero invertire spontaneamente la loro rotazione.

Arrivato a casa impiego un po' di tempo per entrare. Le chiavi girano a fatica nella serratura perché le uso di rado. Quando apro la porta colpendola con due spallate trovo mia madre rannicchiata sul divano, spalanca gli occhi rimanendo ferma poi abbozza un sorriso. Mi stava aspettando. Raramente è uscita dalla sua stanza negli ultimi mesi; pensa io sia impazzito e forse un po' è vero, ma il mio affetto per lei non ha subito scosse: è tutto ciò che mi resta al mondo. Le piastrelle sono pulite e anche i vetri, sulla spalliera del divano il telo bianco è stato rimosso e ora batte sui ferri smaltati della ringhiera ad asciugare, di fianco alla divisa che non indosso più. Persino i pesci rossi nuotano felici, c'è del pane nella vasca e il più piccolo non smette di mangiare. Mi avvicino senza parlare. Le coperte l'avvolgono come un baco, i capelli profumano di mela verde e io so che li ha lavati per me, per dimostrarmi che anche lei non ha perso la speranza. Appoggio il cappotto sul tavolo e sistemo il collo della camicia, mi guardo allo specchio come si fa prima di un appuntamento a cui hai pensato per tutta la settimana. Con le mani accarezzo la parte di addome dove la vescica le fa più male, mi sorride poi solleva la schiena così da poter allargare meglio i gomiti. Controllo la temperatura della caldaia poi abbasso le persiane in modo da poter oscurare il nostro abbraccio. È passato troppo tempo da quando abbiamo pianto insieme l'ultima volta, ed è bello sapere che d'ora in poi non ci farà più male.

In cima alla salita, dopo un quarto d'ora di cammino, mi fermo a riprendere fiato e a controllare un'ultima volta le indicazioni scritte a mano su un piccolo pezzo di cartone. Mi guardo alle spalle e non c'è altro che una lingua d'asfalto consumato che scende giù verso il lago; alla mia sinistra – come indicato sulla mappa – una cabina elettrica e dalla parte opposta un muro di cinta in cemento grezzo con al centro un cancello in legno e ferro battuto.

Prima di citofonare sistemo i capelli, butto via il promemoria di cartone e con un lungo respiro raccolgo più aria che posso nei polmoni provati dallo sforzo. Rashim mi aspetta in piedi sotto la veranda. Parte della sua figura è nascosta dalla fontana posta al centro del giardino. Man mano che avanzo lungo il sentiero lastricato il suo corpo si delinea maggiormente, anche se i movimenti continuano a essere lenti, precisi e rigorosi. Ora tiene le mani incrociate dietro la schiena dritta, mi saluta con giustezza piegando la testa in avanti. Il viso placido di Rashim è la prima frontiera di un paesaggio che non ha niente più a che fare con la campagna bresciana, con la pianura intorno al lago e i pescatori di tinche nascosti nelle case vicine. Di colpo ho come la sensazione di essere stato trasportato fuori del mondo. Per sentirmi meno spaesato cammino dietro di lui sfiorando più volte i suoi talloni con la punta degli anfibi. La stanchezza per il lungo cammino cede il passo a una strana forma di confusione. Rashim, intanto, con un lento mulinello della mano mi fa segno di continuare a seguirlo. Il silenzio non basta a rassicurare il mio animo inquieto e ancora in fuga dalla vita; per ritrovare un certo tipo di equilibrio avvicino la mia spalla alla sua, passeggiamo fianco a fianco per qualche metro in modo da avvertire maggiormente le rispettive presenze.

Sul lato sinistro del giardino il muro di cinta è più basso di almeno un metro in rapporto al resto della recinzione. Oltre la ringhiera in ferro una serie di scaloni d'erba formano delle terrazzine irregolari seguendo le quali, con lo sguardo, si può arrivare in un attimo giù al lago.

"Benvenuto nella mia umile dimora!", Rashim si aggiusta gli occhiali sul naso poi con la stessa mano destra descrive a mezz'aria un semicerchio che parte dal centro del lago, fermo sull'orizzonte, e finisce in direzione della fontana zampillante alle nostre spalle. "Allora, che te ne pare?", dice.

"Di cosa?", i miei occhi vagano lontano sulle cime dei monti.

"Che tipo di sensazioni avverti immerso in tanta bellezza? Come ci si sente a passeggiare in un giardino pieno di colori e di forme, in che modo il tuo animo assetato di purezza si guarda intorno in questo spazio?"

"Non sono bravo con le parole. Però posso dirti che non ho fatto molto caso al giardino e ai fiori colorati che solo adesso vedo spuntare nelle aiuole. Sono abituato a non impicciarmi delle vite altrui né a dare attenzione a cose che non mi appartengono".

"Non è detto che ciò sia negativo. La normalità cova fra le viscere una tale diversità di abitudini pericolose che si fa fatica a scandagliare quelle utili. Se vuoi smettiamo di parlare nel mio giardino ed entriamo in casa".

"Non lo so cosa è meglio fare. Penso solo che questo posto contraddice tutto quello che c'è fuori da qui", dico, poi torno a guardare il lago.

"Questo è vero. Come vedi nelle tue risposte, caro Dante, ci sono spesso delle verità inconfutabili. Guarda la nebbia sul monte intorno al lago", con la mano indica un punto imprecisato da qualche parte sull'orizzonte.

"Cos'ha che non va?"

"Non ha niente che non va. Il problema è che prima di analizzare le cose che vediamo dobbiamo riuscire a percepirle nel modo giusto. Sai Dante, i luoghi sono utili quanto le persone. Nella vita di un uomo non esistono solo le paure, i dubbi e i peccati. Nella nostra anima ci sono luoghi diversi per ognuna di queste cose. Troppo facilmente dimentichiamo l'esistenza di questi luoghi, le stanze segrete del nostro spirito che sempre ci assistono lungo il cammino, così come sempre assistono e proteggono i nostri cari".

"Posso farti una domanda, Rashim?"

"Certo".

"Tu sei un dottore vero?", per la prima volta fisso i suoi occhi.

"Sono un semplice uomo, Dante. Solo gli uomini possono fare la storia, di certo questo compito arduo non spetta alle categorie".

"A dire il vero mi sono un po' perso in mezzo a tutte queste parole. Volevo dirtelo già al bar quando ci siamo conosciuti ma lì ci davamo del lei e chi nasce in questi posti, con questo modo di vivere, passa tutto il tempo a chiedersi ciò che può dire e immaginare, quello che non deve chiedere o pensare. Così non ho avuto il coraggio di confidartelo".

"Capisco Dante. È straordinario come tu riesca a descrivere così bene la realtà. Prima ti ho detto di guardare la nebbia sui monti, non l'ho detto a caso. Puoi vedere da solo quanto sia grigio il mondo fuori dal mio giardino. Osserva i tetti dei palazzi, la pesantezza in cui affondano le acque del lago e la solitudine delle persone che passeggiano intorno. Non c'è vita Dante, lì fuori non accade nulla di vero, girati!", con il braccio sinistro mi cinge le spalle facendomi voltare lo sguardo verso il suo giardino. "Adesso la vedi?"

"Cosa?", la mia voce si assottiglia fino a sparire.

"La geometria che tiene insieme le mie aiuole. Quattro triangoli che formano un quadrato, ogni triangolo visibile da tutti e quattro i lati del giardino. Ora ti starai chiedendo come faccio ad avere dei tulipani e delle campanule fioriti in inverno, e come sia possibile ottenere dei limoni così gialli e profumati?", sorride accarezzandosi la barba folta.

"A esser sincero trovo fastidiose queste macchie di colore. Come fai a tenere tutto così in ordine, a combattere il vento e la pioggia?"

"Giusta osservazione. Be', è più facile di quanto pensi. I fiori così come gli alberi di limoni e le cornici di gelsomino sono artificiali; più che curarli è fondamentale proteggerli, credere nel loro potere di illuminazione. È così che sarà il nostro vero paradiso dopo la morte. Ad ogni modo presto capirai quanto sia importante ricreare fuori e dentro di sé lo stesso mondo con gli stessi colori. La natura non va combattuta ma accolta e indirizzata!"

"A volte parli come un prete Rashim", sorrido e gli sfioro la spalla.

"Il viale d'ingresso è attraversato al centro da un altro sentiero di pietra di arenaria; ti sei accorto che i due lastricati formano una croce?"

"Adesso sì", come svegliato da un sonno ipnotico avverto di nuovo il vento freddo sulla pelle e il bianco poroso del sole di febbraio. "Vuol dire quindi che credi in Dio?"

"Vuol dire che qui c'è vita!", chiude gli occhi e stringe le mani in segno di preghiera. "Dai, entriamo!", circondato dalla solita calma si avvia verso l'ingresso. "Vuoi chiedermi qualche altra cosa prima di continuare?"

"No. Voglio solo dirti che non capisco tutto ciò che dici. Vorrei che mi parlassi con parole meno complicate", gli dico. Rashim apre la porta, toglie le scarpe e va a sedersi sul divano. Per induzione compio gli stessi gesti.

"La terapia funziona solo con certe parole. Curare o aiutare una persona vuol dire sapere usare determinate parole. Ti ci abituerai, è così per tutti la prima volta. Inginocchiati pure adesso. Gradisci un tè?"

"Preferirei un cognac!"

"Qui non ci sono liquori, Dante. Da noi troverai solo amore e amicizia".

Dopo il tè Rashim comincia a parlare, sempre con tono pacato. Io vago tra le sue inflessioni cercando di trovare un appiglio, un modo per tirarmi fuori da quel fiume di racconti e domande incomprensibili. A volte non riesco a capire se dormo o sono sveglio, incantato dalle sue prediche sussurrate. So di non avere la forza né l'intelligenza per contraddirlo ma so anche che è capace di allontanare i miei timori, di cancellare la rabbia e la paura. La sua voce nasale è come un aratro che scava nelle viscere scomponendole in zolle; le tortura fino a lasciarle al sole, rigenerate e ferme, in grado di farmi sentire addirittura il rumore delle nuvole. Dopo le prime domande generali Rashim entra di più nel mio passato e nei ricordi, usa un tono di voce che io non riesco a sostenere. La tensione comincia a impadronirsi anche di lui, si alza dal divano e si siede sulla poltrona di fronte in modo da poter poggiare le gambe su un tavolino di legno scuro. Raccoglie le mani in preghiera. La sua indagine è un continuo ritornare alla mia adolescenza, ai dolori e alle gioie dell'infanzia. Mi chiede di mio padre, di mia madre, della presenza di Dio in casa nostra e di come in passato io abbia vissuto il mio rapporto con la fede e con la religione. Le sue domande man mano diventano racconti o pezzi di riflessioni che somigliano a consigli e talvolta a veri e propri ordini. Nella sua parabola sussurrata non sono più un uomo perso, un'anima vuota che si ciba di paure ma un guerriero investito di una missione superiore.

Quando smette di parlare – restando a occhi chiusi – io mi sento come in balia di un fiume calmo, galleggio al centro delle acque azzurre in viaggio verso il mare aperto. Le mie viscere ora brillano colpite dal sole.

"Un'ultima cosa Dante. Quando tornerai a casa dovrai portare a termine un piccolo compito, niente di complicato. Se hai delle piante sul balcone di casa ne stacchi le foglie secche e le conservi in una busta che poi sigilli con dello scotch. Dopo le annaffi. La busta di foglie secche la nascondi nella tasca di una giacca che non indossi da molto tempo. Ok?"

"Non è difficile", rispondo, sono totalmente schiavo della sua voce. Ogni mio pensiero o desiderio è nelle sue mani; non sento altro che i talloni sotto i glutei e l'odore dell'incenso alla menta che sale dal vassoio color oro. Le tante domande sulla mia adolescenza – a cui non ho risposto – sembrano non riguardarlo più. Dopo un respiro profondo dichiara terminata la seduta, sul suo viso sfavillano lampi di soddisfazione.

"Per oggi può bastare", dice.

"Rashim, io non ho soldi. Volevo dirti anche questo prima!"

"Il denaro non serve caro Dante, servono gli uomini".

Rashim apre una scatola di legno posta su di un baule antico, tira fuori un libro e lo poggia sul tavolino intarsiato. Dice che si tratta di un regalo per me e che devo leggerlo, "Questo ti aiuterà", aggiunge, "comincia a studiarlo già da stasera". È una versione tradotta del Corano, ne ho sentito parlare solo in tv ma il fatto che è stato Rashim a consigliarmelo basta a non farmi chiedere altro. Sono curioso di sapere di cosa parla; sto pensando a dei particolari effetti benefici su di me quando si apre la porta della cucina e sono costretto a stringere la mano a Jamila e a sua figlia Rania. Sono due gocce d'acqua, una riproduzione in scala quasi perfetta. Rania ha delle lunghe trecce nere e un incisivo scheggiato, mi sorride e io sento il sangue cominciare a scorrere nei testicoli. Devo controllarmi, finalmente ho un futuro e non posso lasciarmi sconvolgere dal corpo pulito di una dodicenne. La pelle liscia di Rania è glassa di zucchero scuro, il suo odore vale tutta una vita e un intero pianeta di donne e tette, gambe e culi maturi. Si avvicina per salutarmi poi va via con sua madre. La luce della lampada illumina solo una parte del salone; Rashim è appagato, si frega le mani come dopo un successo sofferto. È lui che decide e che gestisce il gioco, è lui l'unico in grado di farmi sentire amato e utile. Mi accompagna alla porta quando un rumore soffice di passi cala dal piano superiore. Nella penombra i suoi capelli sono più crespi del solito, gli occhi più grandi come i seni e i fianchi; scende i gradini di legno con in braccio una montagna di libri. Le ginocchia non le si piegano come un tempo, ora sono forti e irrobustite. L'unica cosa rimasta uguale è il viola dell'*hijab* e dei calzini corti che sbucano dai jeans. Il suo sguardo quieto però si smarrisce in fretta.

"Ecco un altro pezzo della famiglia. Lei è Samira, la nostra baby-sitter. Ormai è quasi un anno che sta con noi, ci dà una grossa mano. Lui è Dante, Samira, il mio nuovo amico. Da oggi è anche lui uno di famiglia!", mi poggia la mano sulla spalla ma non ne avverto né il tocco né il peso.

"È tua nipote?", chiedo, sono sconvolto e in grado solo di mentire.

"È la figlia di un caro amico, Amir. Vivono qui vicino, in una piccola casa poco distante dal lago. È molto timida, parla poco ma è una ragazza di carattere. Dico che è di famiglia perché passa molto tempo con Rania, le dà una mano con i compiti e le tiene compagnia. Fa molto per noi, vero?", lei sorride, e con gli occhi bassi tenta di rimuovere tutti i nostri segreti.

"Piacere, comunque. Mi chiamo Dante", le dico allungandole la mano. La pelle del suo palmo è ruvida, sconnessa.

"Piacere mio. Vi lascio soli dottor Rashim, ho da fare con Rania", prende i libri dal tavolo e sparisce nel corridoio, sconvolta come se avesse visto un fantasma. Non ha parlato né mi ha raccontato niente del suo ultimo anno di vita e della sua fuga, delle circostanze che l'hanno portata qui da Rashim. Semplicemente mi ha cancellato dalla sua vista dandomi le spalle e andando via. Di lei non ho notizie da un anno, ora so solo che vive nei pressi del lago. Mi chiedo cosa possa pensare di me, quali siano ora i suoi dubbi e i suoi timori, da cosa possa esser guarita e come riesca a ridurre tutto in silenzio e in assenza. Sono sconvolto dal suo distacco e dalla sua forza; non sento più niente fra le mani né il sangue scorrere nelle vene. I pensieri sono liquidi e si mischiano alla voce di Rashim. Tutto è diventato cupo e misterioso, continuo a pensare a lei che si nasconde dal mondo dietro un muro di vetro. Tra noi ci sono più di trent'anni di differenza e mai come oggi li ho avvertiti sulla pelle. Ho sempre pensato a noi due come a delle anime affini; ho sostenuto con forza la nostra storia e il nostro amore ma ora – dopo averla ritrovata – mi chiedo cosa mi abbia spinto così lontano in passato, quanta disperazione si annidava nel mio animo, chi era il vero ragazzino tra noi due?

La fermata sul lungolago è deserta, il cielo della sera si regge a stento sulle punte nebbiose dei monti. La neve cade lenta sull'asfalto ghiacciato mentre in alto, fra i tetti, le striature blu scuro si distendono come le ultime scariche elettriche di un sole ormai imploso. L'autobus è pieno di arabi e di donne dell'est che puzzano di vodka e sudore stantio. Mi siedo giù in fondo, da solo. Per la prima volta osservo le vite degli altri e i loro volti, immagino addirittura le strade e il fango calpestati dai loro piedi stanchi. Sull'autobus ritrovo una piccola parte di mondo; con un po' di coraggio potrei conoscere meglio il Senegal, la Nigeria, la Romania, il Kosovo, la Siberia e il Pakistan, persino Napoli e Messina. Fuori dai finestrini la provincia è sparita, non esiste più. Rimane la neve, la nebbia che copre gli alberi e i miei occhi che brillano dolenti in mezzo a una selva di facce diverse e piene di guai.

L'autobus mi lascia davanti alla stazione. I platani spogli sono l'unico segno di esistenza, non ci sono persone nelle auto ferme ad aspettare i treni in arrivo né i magrebini seduti sulle panchine a bere birra. Mi avvio verso casa con in mente una sola idea, un progetto esclusivo che Rashim mi ha affidato e a cui io non posso smettere di pensare. Il tunnel del sottopassaggio è buio e deserto, aumento il passo in modo da fuggire quanto prima le strade vuote e fredde della sera. La chiave nella toppa gira a fatica ma la porta si apre; il salone è immerso nell'oscurità come il resto della casa, dalla camera da letto di mia madre filtra una striscia sottile di luce. Non posso occuparmi di lei adesso, tutto ciò che voglio fare è portare a termine il *compito* assegnatomi da Rashim. Non capisco perché avverto questa totale dedizione ai suoi ordini, non saprei spiegarlo a parole.

Accendo il neon in cucina e gli occhi si contraggono per un istante, è come se il passaggio alla luce mi avesse trascinato al di fuori dei pensieri, via dalle mie certezze. Dalla dispensa prendo un sacchetto trasparente Cuki Gelo e lo infilo nella tasca del cappotto; non so dove sia il nastro adesivo né ricordo di aver acquistato dello scotch negli ultimi mesi. Rashim ha detto che la busta va sigillata e che le foglie non devono disperdersi. In attesa di capire come chiudere il sacchetto mi avvicino al balcone della cucina. Le piante di mia madre hanno quasi tutte le foglie secche e ingiallite; il vento le scuote, ma non c'è possibilità che possano tornare in vita.

L'autobus procede lento a causa della pioggia. La strada delle fabbriche è stata ripulita dal fango fuoriuscito dai canali ma restano ancora delle zone in cui il traffico si addensa per permettere ai mezzi dell'Anas di lavorare in sicurezza. Il controllore ha verificato la validità dei ticket già due volte. I sedili sono occupati da pakistani sporchi e indiani con le buste piene di cipolle; dietro di me c'è un gruppo di albanesi con dei cartelli scritti male, hanno perso il lavoro proprio ieri e ora cercano di raggiungere il corteo di protesta nello spiazzale della Fiat. Sono le tre del pomeriggio e sembra notte. I neon dei capannoni spiccano sul telo antracite delle nubi e tutto assume un colorito spettrale e malinconico; le facce disperate dei manovali dell'est si adagiano ai vetri prive di calore. È l'inizio di una preoccupante crisi, molte fabbriche hanno sospeso la produzione e tante altre si preparano a licenziare i propri dipendenti lasciando a metà i loro progetti. Molti dei passeggeri su questo autobus patiranno la fame e il freddo da qui a poco. Il ricco nord-est, la produttiva campagna lombarda, le certezze di una provincia florida e ostile: tutto si sta sgretolando come argilla. Qualcosa di sconvolgente, un silenzioso processo di declino si sta abbattendo sulle nostre case dai balconi fioriti. Cominciano a vedersi per strada le organizzazioni sindacali e le bandiere sventolare in nome di un futuro migliore; i salari scendono e i bar sono sempre più vuoti e tristi. È giunto il momento della consapevolezza, persino i banchieri si lamentano per aver sacrificato un'intera vita al lavoro e al miraggio di una villetta a schiera, rinunciando agli affetti e al calore della famiglia. Quando gli operai albanesi scendono dall'autobus il corteo nel piazzale conta poche decine di persone. A Rovato vanno via i pakistani che lavorano nei frantoi vicino al cimitero e io rimango solo per un po'.

I fari delle auto illuminano a tratti la strada in salita, la pioggia mi costringe a camminare svelto e quando arrivo a casa del dottor Rashim ho le scarpe piene di acqua e foglie e respiro a fatica. Jamila viene ad aprirmi con in mano un telo da bagno rosso, ha i capelli raccolti sulla testa e alcuni boccoli che scendono sulle spalle. I suoi occhi scuri sono sereni e immersi in due aloni di ombretto azzurro. È la donna più bella che Rashim potesse sposare. Indossa un abito lungo ricamato con fili argentati e fiori neri, profuma di vaniglia. Mi dice di aspettare un attimo, Rashim è di sopra con Rania e Samira. Prima di entrare nel salone do un ultimo sguardo alle aiuole in giardino; il viola lucente delle campanule e il rosso vivo dei tulipani, le fluorescenti scorze dei limoni, tutta l'artificiosità di questa oasi privata brilla e si mescola alle nubi, a tratti sembra addirittura cancellarne la presenza. Quando entro in casa mi fermo in cucina a pulirmi le scarpe. Dalla finestra osservo il bosco e il cielo scuro, non avverto più il freddo ma solo la pioggia che scende dalla barba fino al collo. In mezzo agli alberi rivedo le facce dei disperati che hanno viaggiato con me sull'autobus.

Mentre aspetto Rashim prego per non rivedere Samira, non sono ancora pronto. Per ricominciare una nuova vita devo dimenticarla, così come lei ha dimenticato me. Poco dopo scendono le scale uno davanti all'altra ma solo Rashim mi guarda, Rania sembra conosca già la verità; Samira la prende per mano e la trascina in garage. "Buongiorno signore", dice Samira, si copre gli occhi con la mano, sposta i capelli dalla fronte e tanto basta a non incrociare il mio sguardo. Qualcuno le avrà ordinato di mentire, di eliminare i nostri ricordi. È disumana la sua capacità di annullarmi, il distacco maturo con cui affronta questa nuova fase della giovinezza mi fa paura.

"Sei pronto Dante?", chiede Rashim.

"Certo. Vorrei solo farti qualche domanda prima", Rashim mi raggiunge al centro del salone e mi abbraccia. Mi fa segno di togliere le scarpe poi si siede sulla poltrona, distante il più possibile da me.

"Fai pure ma ricorda, rientra tutto nella terapia. Userò le tue domande così come le risposte per elaborare un quadro generale della tua emotività. Sono qui per aiutarti, il mio obiettivo è offrirti un futuro migliore".

"È fidanzata la tua baby-sitter?", gli chiedo mentre mi inginocchio.

"Aspetta Dante, devo avviare il cronometro. Ok, dicevi? Vuoi sapere se Samira ha un ragazzo? È la tua prima domanda della seduta?"

"No, cioè è solo una curiosità. Quella ragazza è strana. C'è qualcosa in lei che non riesco a decifrare; tu come la vedi? La conosci bene?"

"La sua è una storia difficile. Qualche mese fa ha perso la madre, era molto malata. Amir, il padre, l'ha promessa sposa a un uomo della nostra comunità, un certo Imad, uno che ha fede. È giovane, sarà una brava moglie. È obbediente, segue i nostri consigli e sa cosa vuol dire sacrificarsi".

"Non capisco. Una donna deve scegliere da sola chi amare, non è così?"

"Nelle nostre comunità l'amore segue delle strade diverse; i luoghi di cui il nostro Dio si serve per manifestarsi hanno forti legami con la famiglia. Il suo amore è amore per l'uomo, tutti i nostri progetti hanno a che fare con la verità e con Dio. È lui che ci guida attraverso gli uomini che ci hanno dato la vita, i nostri padri; quello che forse è mancato a te. Ad ogni modo ci sarà occasione di parlarne nelle prossime sedute", mi guarda dritto negli occhi, poi si sistema la camicia. Qualcosa lo infastidisce.

"Io credo che non si può obbligare una persona ad amare chi non vuole. Le cose accadono senza un motivo. Non c'è bisogno di queste regole".

"Dimmi un po', tu credi nel destino?", dice, poi scrive qualcosa.

"Ci devo pensare. Mi capita di pensarci a volte", rispondo.

"E Dio, che ruolo ha per te?", mi chiede senza guardarmi.

"Non lo so, a me piacciono le ragazzine".

"Come? Puoi ripetere Dante? Stavo scrivendo. Ho capito bene?"

"Penso che in me ci sia qualcosa che non funzioni. Sto imparando a non assecondare determinati pensieri, certe emozioni che a volte mi allontanano da ciò che dovrei fare o immaginare. Non mi aspetto che tu capisca, sono contento di aver cominciato questo percorso ma da solo è dura. Un giorno ti farò vedere il mio camper, che poi è il mio rifugio. Ti spiegherò un sacco di cose di cui non ti ho parlato. Dimentica la storia della baby-sitter, voglio solo che mi dai una mano a venir fuori dal passato", abbasso lo sguardo.

"Lo hai mai fatto?", chiede, poi si alza in piedi di scatto.

"Cosa avrei dovuto fare?", rispondo rimanendo in ginocchio.

"Con le ragazzine dico, ti è mai capitato?", la sua voce è greve.

"No, non l'ho mai fatto. Ho voluto bene a qualche giovane donna, mi è capitato di seguirla o di guardarla da lontano. Non sono un uomo cattivo".

"Bene, credo che la tua nuova famiglia sarà felice di accoglierti e di starti vicino. C'è scritto pure nel libro che ti ho dato; l'hai letto?"

"Il Corano?"

"Sì, hai cominciato a studiarlo?", torna a sedersi in poltrona.

"Mi serve ancora un po' di tempo Rashim, lo farò presto".

Il vento ha trascinato nel viale del giardino alcune foglie secche dalla strada, osservo la porta-finestra e la pioggia che non smette di cadere. Così resto ancora qualche ora nel salone, in ginocchio a parlare delle mie manie, di mia madre e del nostro nuovo inizio. Sono felice di avere delle cose da dire, ricordi di cui non devo vergognarmi. Rashim mi chiede se desidero prendere parte agli incontri di gruppo con il resto della *famiglia*; il mercoledì sera, in garage, la comunità araba si riunisce per lavorare a nuovi progetti di cui mi parlerà con precisione in futuro. Accetto il suo invito e la luce nei suoi occhi cambia, poco dopo libera un respiro che sembra abbia tenuto fermo nei polmoni per un tempo infinito. "Sarà un vero piacere conoscere i tuoi amici Rashim", si rialza dalla poltrona e viene a poggiarmi la mano sulla spalla. "Non voglio approfittare della tua bontà", gli dico, "spero un giorno di ripagare tutto quello che mi stai concedendo". Io parlo ma lui è altrove, oltre le cime dei monti e più in su delle nuvole che sbarrano il passo al tramonto. La barretta d'incenso si è consumata, non c'è più fumo nella stanza. Rania si precipita dalle scale mostrando un disegno in cui suo padre cammina fiero con un libro in mano e una schiera di uomini seduti; alcuni reggono tra le dita enormi spade e coltelli dalla lama scura. Samira invece resta in disparte, mi guarda avvolta da un certo tipo di pietà che solo un'anima così giovane è capace di comunicare. Rashim mi accompagna alla porta porgendomi il cappotto, la barba folta pende dalle sue guance come uva matura.

"Quando sarai a casa ricordati del compito che ti ho assegnato poco fa. Ogni tua azione in questa fase della terapia può consegnarti alla guarigione o farti allontanare da essa per sempre. Conserva la busta di chiodi nella stessa tasca dove hai lasciato la busta con le foglie secche".

"Non ti preoccupare Rashim, faccio sempre tutto quello che mi dici. Sono qui per diventare un uomo migliore, almeno ci voglio provare!"

"Ricorda Dante, ciascuno di noi va a dormire ogni notte con una tigre accanto. Non puoi sapere se questa al risveglio vorrà leccarti o sbranarti!", le sue ultime parole mi scaraventano nel mondo *reale* lasciandomi addosso una strana sensazione d'inquietudine.

In strada cammino sotto la pioggia in silenzio, la fermata dista ancora qualche chilometro e non ho altro a cui pensare, niente da temere tranne le mie solite debolezze. Quando arriva l'autobus è vuoto. C'è una ragazzina seduta in fondo, ha i capelli bagnati e le mani rosse per il freddo. Gioca col cellulare, sembra persa; come me aspetta solo di tornare a casa.

Mia madre ha deciso di attaccare alcune stampe di Edward Hopper di fianco alla finestra che affaccia sul campo di papaveri. Me le ha regalate Alice un po' di mesi fa ma non ho mai pensato di utilizzarle. Mia madre sostiene che questi disegni possono essere lì fuori da qualche parte, vivi, appartengono a noi e alle storie di chi ci ha preceduto; sono frammenti di un'Italia che ormai sta scomparendo. Non cambia idea nemmeno quando le dico che il pittore di questi quadri era americano, arresta la scopa tra le punte morbide degli stivali e mi spiega che "il mondo è lo stesso, non c'è differenza fra l'America e l'Italia, tra le metropoli dai grattacieli illuminati e la pianura bresciana. I problemi, le paure e i dubbi sono uguali dappertutto caro Dante. Quelle persone sedute al bancone hanno altro per la testa, se ne fregano di ciò che ordineranno da bere e non ascoltano nemmeno quello che si stanno dicendo. Sono soli!", e intanto struscia le dita della mano sulle stampe e le accarezza, sembra faccia parte anche lei delle storie di Hopper. "Succede anche qui!", aggiunge, "Nei bar della provincia gli uomini vanno a nascondersi; bevono fino a stordirsi perché vogliono dimenticare la loro insoddisfazione e licenziarsi dall'amore onesto delle mogli, anime imprigionate in un pigiama largo da un corpo troppo sfatto". Sistema i *Falchi della notte* vicino alla porta che dà sul retro e poco più in là fissa – con delle puntine da disegno – *Gas, 1940* e *Drug Store*. Le luci e gli ambienti, le assenze e le rinunce, tutto in questi quadri sembra estrapolato dalla mia vita, dal mio passato. Ma sono ricordi che ormai non sento più sulla pelle, sensazioni che posso dimenticare, spine dolorose che Rashim ha cominciato a rimuovere dalla mia carne.

Io e mia madre abbiamo passato tutto il giorno qui nel caravan, fin dal mattino. A pranzo abbiamo mangiato dei tramezzini al tonno e alcune fette di torta alle mele che ha preparato per festeggiare la ristrutturazione. C'è bisogno ancora di tanto lavoro ma finalmente ho un impianto elettrico stabile. Ci sono coperte e stoviglie, i fornelli sgrassati scintillano e funziona anche il forno; manca solo l'acqua calda in cucina ma ho tre sedie pulite e una panca di legno, due mensole per le bottiglie di vino e una più piccola dove poggio la copia del Corano regalatami da Rashim. Prima di tornare a casa, mia madre ha sistemato i sei tramezzini rimasti nel cellophane e le tre arance in frigo; li utilizzerò per la cena in modo da sentirla ancora con me. Sono seduto sulla poltrona da diverse ore, la sola cosa che voglio fare è leggere le pagine di questo libro pieno d'amore e di leggi, di obbedienza e di passione. Le parole scorrono tra i versi come acqua, in fondo sono tutte frasi che si possono condividere e capire. Mi sembra interessante il modo in cui si parla del ruolo della famiglia e anche del rispetto di certe tradizioni; c'è la voglia di creare qualcosa di buono e di sano. Da bambino, purtroppo, non sono mai stato in grado di immaginarmi un futuro, tanto che ora fatico a pensare a un mondo migliore come viene descritto nel libro. Crescendo non ho mai avuto modo di apprezzare una guida e dei consigli sinceri. Alice è stato il mio unico contatto con il mondo e forse ora comincia a mancarmi.

L'aria nel camper è tiepida, la stufa alogena scioglie umidità e ricordi. Tutto si accumula nella mente, chiudo gli occhi poggiando la testa alla poltrona e in un attimo prendono vita vecchie immagini. Rincorro incubi di cui non riconosco più l'odore. Ritorna mio padre e le notti trascorse al centro del letto, immerso nel piscio; risento i suoi passi ma non ho paura. Ascolto il gallo cantare – come quando all'alba mi trascinava in ripostiglio tappandomi la bocca – rivivo i luoghi della mia emotività e non sono più bui, non c'è più amarezza. Sono io che cerco *quelle* storie per ridipingerle con colori nuovi, schizzi di gioia che il dottor Rashim ha già spruzzato sulla tela della mia anima. All'improvviso cessano tutti i rumori e rimane il vento a battere sui vetri: una sensazione precisa di vuoto mi fa pensare a mio padre e alla sua stanza grigia chiusa dalle grate. Avrei voluto stringerlo un'ultima volta.

La desolazione della pianura mi fortifica, la neve fuori dal caravan si compatta fino a raggiungere la porta all'entrata. Mi preparo una tazza di tè e aspetto che sulle lapidi e tra gli abeti passi la tormenta. Avverto sempre più forte la voglia di cambiare i miei progetti e di migliorare; apro a caso le pagine del Corano e trovo ogni volta qualcosa a cui appendere pezzi del mio nuovo futuro. Le sue storie e i suoi insegnamenti appaiono sempre più utili. Rashim ha sottolineato con la matita i versi da leggere e per ogni *sura* ha preparato quattro pagine di commento che mi aiutano nella comprensione. Mi servono le sue scritture per capire meglio il perdono e l'espiazione, il peccato e come gli uomini possono *cadere e rialzarsi* (gli ho chiesto io di scrivere in maniera semplice e di non affidarsi a esempi incomprensibili). Avvolto dalla quiete densa della campagna mi accontento di respirare il profumo del tè che stringo fra le mani e le coperte lavate da mia madre che odorano di menta e felce. Sono l'artefice dei miei nuovi sogni e non soffro più per Samira. Sorrido nel pensare al suo corpo nudo schiacciato dal mio ventre e ai tremori delle mani troppo grasse; riaffiora sulla lingua il sapore del suo sesso mutilato; sento la saliva mescolarsi alle gocce salate che a fatica le scorrevano fra le cosce. Ripenso lieto a tutte le notti vissute per strada, in mezzo alla neve. Ripercorro nella mia Alfa rossa i perimetri dei piazzali vuoti davanti ai capannoni industriali, e con essi tornano i film di Tarantino che mi hanno sempre tenuto compagnia durante gli spostamenti da una parte all'altra della campagna. Riemergono dalla memoria anche i latrati dei cani e le macchine che diventavano puntini rossi lungo le corsie autostradali, quando mi fermavo sui cavalcavia a osservare la notte.

Credo sia il momento giusto per ricominciare; niente è triste, non c'è più rabbia dentro di me. Stringo le coperte intorno alle ossa magre e accarezzo la barba sudicia. Rashim vuole che la porti a punta e con le basette molto folte. Un cane abbaia in mezzo alla campagna mentre il vento copre i rumori che arrivano dalle cascine intorno. Questi suoni flebili mi aiutano a ricostruire la vita di Assam, le prime volte in cui l'ho visto scodinzolare nascosto dietro al canneto di notte, in attesa che Amir andasse via col suo camion nero. Chissà che fine ha fatto quel piccolo bastardo. Rashim mi ha raccontato invece della morte di Shana; non posso fare a meno di immaginarla a terra, distesa di lato, ancora agganciata alla carrozzina come un'esca che non ne vuole sapere di abbandonare l'amo. Riesco a vedere i suoi occhi sbarrati e metà della bocca deformata in una smorfia, intorno ai capelli piccole toppe di saliva. Immagino Assam leccarle la faccia e lei morta; la pelle gelida e le zampe di Assam molli che spazzano nei capelli poi nella saliva, la coda tremante e poi abbassata, gli occhi che perdono il loro bagliore e il corpo peloso che si poggia lento sulle zampe posteriori. Prego per la sua anima, prego affinché il mio nuovo Dio l'accolga per darle conforto e magari offrirle in dono una vita migliore, lui che *vi farà morire e vi riporterà alla vita* (lo ha sottolineato Rashim sulle pagine del Corano in cui si parla della pace nel mondo).

Il freddo diventa più intenso e aumento la potenza della stufa. Fuori il vento frusta gli abeti e alcune luci nel cimitero si spengono. Su di un albero c'è una civetta che stride, dal divano riesco a sentire i suoi lamenti. Resto ad ascoltarla per un po', poi la notte copre anche quest'ultimo rumore e io continuo il giro dei ricordi. Raggiungo la mia giovane amante dai capelli biondi fuori da Blockbuster; per aumentare l'eccitazione stringo i lembi dei jeans – sotto le coperte – immaginando di affondare fra le sue natiche. La guardo in piedi, mentre si specchia ignara, nella vetrina ingiallita. Ripenso a tutti i suoi movimenti e alla resistenza della pelle bianca e tenace; le sue tette dure mi hanno terrorizzato per mesi. La notte in cui l'afferrai dai polsi, annusandole il collo, piansi a lungo. Piansi soprattutto per me. Ma sono lontani quei timori, Rashim mi ha insegnato il perdono e io l'ho perdonata per avermi tratto in inganno e per avermi tacitamente reso suo schiavo. Perdono anche mio padre, sulla pagina che sto leggendo il dottor Rashim ha cerchiato le parole giuste. Il suo Dio mi è stato utile per mettere da parte l'odio e la rabbia nei confronti dei genitori: *se uno di loro, o entrambi, raggiungono presso di te la vecchiaia, non dir loro: "Uffa!", non li rimproverare, ma dì loro parole di dolcezza*, così c'è scritto nel libro e così farò in futuro. Affido al mio nuovo Dio persino l'anima di Alice. Non sopporto l'idea di vederla ancora soffrire né di saperla innamorata di un giovane che organizza la sua vita tra auto di lusso e puttane. La immagino nuda, seduta sul divano, in mezzo a un mare di tartarughe e impegnata a depilarsi il pube prima di raggiungere il suo giovane uomo nel privé di fronte casa.

Sono le quattro del mattino e non riesco più a leggere. Il cielo si è tinto di un nero impenetrabile; ho le mani e i piedi congelati. Infilo il libro nella tasca del cappotto e bevo due bicchieri di vino senza respirare. Ho bisogno di aria pulita e di sapere che il mondo esiste ancora, fuori da qui; indosso gli anfibi lucidi e m'incammino verso la stazione di servizio.

Il campo di papaveri è rischiarato appena dai riflessi di luna sulla neve. Mentre cammino nella campagna infilo la mano nella tasca del cappotto per toccare il libro sacro di Rashim. Sapere di averlo con me, di poterlo aprire in ogni momento e trovare conforto tra le pagine mi infonde una grande forza. Le gambe si muovono a scatti a causa del gelo, ho bisogno di prendere fiato, così mi fermo per soffiare aria calda sui palmi delle mani. In attesa che la pelle smetta di bruciare ne approfitto per osservare il mio camper nuovo di zecca, immobile sotto gli abeti e illuminato alle spalle dal bagliore rosso che sale delle lapidi. È il mio riparo di lamiere immerso nella nebbia, il nido in cui potrebbe nascere e crescere una nuova vita.

Il bar della stazione di servizio è stipato di gente. I vetri appannati nascondono i volti dei clienti, tutto appare sfocato e sospeso. Entro, Simone è seduto al bancone e indossa un maglione di lana scura e un cappello coi ricami rossi. Parla con Renato di come la crisi ha cambiato le sue abitudini non solo a casa ma soprattutto alla Bialetti: ci sono giorni in fabbrica in cui i turni si allungano fino a dodici ore. Renato passa lo straccio sulle gocce di sudore lasciate dalla birra fredda, scuote la testa poi si assenta per servire il vino ai rumeni, intenti a festeggiare un diciottenne in tuta da poco diventato papà. Simone si gira e sorride, ordina da bere anche per me poi si volta verso i tavoli in fondo; odia gli immigrati e non riesce a nasconderlo. Prima di parlare si passa la mano sulla bocca impastata poi si toglie il cappello.

"Pensavamo fossi morto", dice, è di nuovo girato di spalle.

"Be', non sei molto distante dalla verità. Diciamo che sono risorto, il che dovrebbe bastare a catalogarmi come ex cadavere. Tu come stai? Vedo che sei in buona compagnia. Una volta eravamo solo noi nel bar: operai della provincia figli di altri operai; uomini del nord, gente che parlava solo con gli occhi e solo in bresciano. Hai nostalgia dei vecchi tempi?", gli chiedo.

"Se mi fermo a pensare mi passa pure la voglia di andare a lavoro. Ogni notte trascorsa qui al bar la consideravo l'ultima; è stato così per anni. Credevo che i sacrifici portati avanti in fabbrica mi avrebbero garantito una pensione tranquilla, magari avrei comprato casa ai miei figli e trascorso il resto della vita in giro per il mondo con mia moglie, lontano dagli zingari", beve quasi metà birra con un sorso solo.

"Ti piace viaggiare? Da piccolo volevi fare il pilota di aerei mi pare".

"Non so nemmeno com'è fatto un aereo, caro Dante; non ho mai messo piede fuori da questa pianura di merda. Mi viene da ridere a pensarci, non ho mai portato il culo fuori da qui, via dai capannoni e dalla nebbia. Eppure non riesco a fare a meno del mio lavoro, di questa puzza", si annusa le mani.

"Sono tempi duri cari ragazzi. Qui nessuno fa un cazzo, la gente perde il lavoro e non ci sono più soldi nemmeno per una birra", dice Renato.

"Questi non sono più affari ormai, sono guai", dice Simone indicando gli arabi seduti dietro di lui.

"Ci vai giù pesante. Dovresti rispettarli di più".

"Ma cosa ti prende? Dove sei finito? Non eri tu che venivi qui di notte con la pistola in mano, che battevi gli anfibi per farti riconoscere e che ti saresti fatto dieci anni di galera pur di non darla vinta a questi poveracci? Mi ricordo male? Aiutami, forse sei diventato pazzo, ancora più pazzo di come eri. Guardati allo specchio, sembri un maledetto talebano", beve il resto della birra e poggia la bottiglia sul bancone. Ride, il suo viso diventa rosso e si gonfia. È ubriaco.

"Dovresti leggere un po' di più", gli dico.

"No Dante, dovremmo mandare via questi bastardi!"

"Renato? Servi due birre, almeno se beve non spara stronzate".

Simone smette di parlare, resta con gli occhi fissi sul giaccone da lavoro poggiato allo sgabello. Il cielo fuori comincia ad aprirsi e un corridoio chiaro compare in mezzo al buio. La sala è piena di immigrati e gente disperata rimasta senza lavoro. Diversi cantieri sono stati chiusi e più di un'azienda è ricorsa alla cassa integrazione per evitare il fallimento. Gli albanesi battono le mani callose contro i video poker, i rumeni hanno smesso di festeggiare e prima di andare contano con cura gli spiccioli sul tavolo: non hanno tutti i soldi per pagare il conto. Seduti in disparte ci sono gli arabi: pakistani, marocchini e algerini i quali bevono più birra e parlano un francese strano. Vorrei sapere a cosa stanno pensando; stringo il Corano nella tasca larga del cappotto e so che prima o poi questo libro sacro aiuterà anche loro. Il dottor Rashim racconta spesso dell'orgoglio di certi popoli e adesso, seduto in questo bar, con il cielo che lentamente si sta colorando, io stesso rimango stupito della loro fierezza. A differenza degli altri immigrati pagano tutto il conto, non urlano e non spaccano sedie; semplicemente restano seduti a guardare fuori dalla finestra. Sanno che il loro Dio li salverà.

"Diventeremo come loro", dice Simone, "poveri e cattivi".

"Dio li farà morire e li riporterà alla vita", rispondo.

"Dio non c'è più, è scappato via con le nostre pensioni. A proposito, se ti capita fatti un giro da noi alla Bialetti; le domande per il lavoro stagionale si consegnano la settimana prossima. Ora con questa crisi non so come finirà; tu comunque datti da fare che non rimane molto tempo ancora", sorride poi mi stringe la mandibola e va via. Sulla porta si ferma passandosi la mano sul viso stanco. Ondeggia per qualche minuto come a voler cercare un punto d'equilibrio, un attimo dopo si tuffa nel gelo del mattino con il giubbotto stretto fra le mani e il cappello infilato nella tasca dei pantaloni. Il lavoro rappresenta tutto per lui, è quel tanto che basta a farlo sentire un uomo.

In mezzo alla distesa di neve l'alba mi sorprende pallida e macchiata di rosa. Guardandomi alle spalle, in direzione della stazione di servizio, cerco di rubare ancora qualche immagine alla notte che sta svanendo. Una donna coperta da sciarpa e guanti è in attesa davanti allo sportello della farmacia comunale. Due auto si preparano a rifornire benzina mentre un camion dai vetri scuri parte lento verso l'autostrada. Il camper mi aspetta con le finestre chiuse. Non ci sono cani né auto fuori dal cimitero; non sento i galli cantare né il freddo. L'aria è pulita e brucia, tutto sembra magico e al sicuro.

L'inizio della terapia di gruppo è fissato per le quindici. Prima di uscire controllo che tutto sia in ordine: chiudo la bombola del gas e stacco la spina della stufa alogena, piego le coperte sistemandole nel baule e raccolgo tutti gli appunti su cui ho lavorato per l'intero fine settimana. Nel borsone con il marchio Makeup – regalatomi da mia madre – poggio il libro di Rashim e i quaderni su cui ho scritto la versione corretta delle mie riflessioni. Fuori dal camper l'aria è fredda e odora di muschio; il parcheggio del cimitero è pieno di macchine a causa di un funerale. Il corteo però sta per finire tanto che nelle ultime file il dolore ora è meno evidente, gli uomini coperti dai cappelli parlano muovendo le mani e alcuni commentano le partite di calcio di ieri sera. Non ci sono bambini, le donne in cappotto hanno fretta di entrare e aumentano il passo sollevando gli occhiali scuri sopra la testa. Io me ne sto in disparte, osservo le facce cambiare colore man mano che il sole riesce a farsi largo in mezzo agli alberi alti. Cammino cercando di non pensare alle cose tristi che i funerali senza volerlo ti attaccano addosso. Oggi conoscerò tutti gli altri membri della comunità guidata da Rashim e non voglio essere infelice. In strada bevo vino e ripeto a mente i passi del Corano che ho scelto per il discorso di presentazione. Ogni volta che mi fermo tiro fuori libro e bottiglia dal borsone e chiudo gli occhi, se non ricordo con esattezza tutti i versi segnati a matita sulla pagina mi riempio un bicchiere e lo butto giù d'un fiato. La verità è che non sono sicuro di farcela. Prima di arrivare alla fermata dell'autobus sono già sbronzo; eppure sento la vita pulsare nelle dita dei piedi come una vertigine timida e impaurita, un turbine pacato a cui non voglio sfuggire. Questa volta andrò fino in fondo.

L'autobus arriva in anticipo. Due albanesi restano in piedi per tutto il tragitto, li guardo e penso che ce l'hanno con me per essermi disteso sui quattro sedili giù in fondo. Forse hanno più bisogno loro di un po' di tranquillità, se ne stanno dritti senza parlare – due corpi che ondeggiano molli – e non c'è niente che possa saldarli a questo autobus più del loro abbraccio. Mi alzo per liberare alcuni posti, la scossa lieve alle caviglie non ne vuole sapere di svanire e le mie gambe magre non riescono a stabilizzarsi. Lungo la strada salgono altri immigrati: un uomo dalla pelle scura con delle buste piene di verdura e una giovane coppia di polacchi con le guance bagnate e dei vecchi giubbini di pelle grigia. Guardano a terra, ogni italiano che sale a bordo corre in avanti in modo da non averli di fianco. Come gli immigrati, anche la gente della mia terra sceglie il proprio ghetto fatto di sedili e vetri opachi; nei loro occhi c'è la stessa paura dell'*altro* e una voglia ancora maggiore di non avere nessun tipo di contatto con il mondo.

Prima di arrivare al lago, un gruppo di ragazzini – con dei borsoni da calcio caricati sulle spalle – invade l'autobus. Si posizionano in circolo, come una piccola tribù, e io non vedo più le facce di quei disperati. Ne approfitto per osservare lo scorrere inerte della campagna, cascine ristrutturate passano il testimone a piccole ville dai cancelli elettronici e poi campi desolati, erba sommersa dalla neve, persiane chiuse e viali sterrati che si perdono tra i prati secchi e le viti ghiacciate. Arrivati al molo, i due albanesi scendono tenendosi per mano: sono due uomini soli e felici, esseri semplici storditi dall'amore. Li fisso mentre si allontanano in mezzo al vento e alle foglie gialle, in fuga dai pregiudizi e protetti da sogni meno complicati dei miei. Non voglio piangere pertanto leggo ancora un po', cerco di memorizzare gli ultimi versi del discorso. Qualche sedile più avanti un vecchio contadino mi fissa la barba, parla con sua moglie e batte i talloni. Ha trovato in me il bersaglio su cui scagliare la sua rabbia, anni di odio covato fra le mura domestiche – seduto in poltrona e fiero di non aver mai sentito il bisogno di regalare una carezza ai suoi figli. Butto nello stomaco gli ultimi sorsi di vino e mi alzo per prenotare la fermata. Lo guardo a lungo, dopo aver sistemato il libro nel borsone mi accorgo che il fastidio e lo sgomento hanno lasciato spazio allo stupore e a una nuova e indistinta vertigine.

Il dottor Rashim è in piedi al centro del garage. Intorno non c'è molto spazio ma tutto sembra sistemato con cura, i cuscini di velluto rosso e i tappeti con le decorazioni azzurre rendono l'ambiente accogliente. Alle pareti sono stati attaccati dei candelabri in bronzo e in alto, vicino ai neon, alcuni teli marroni che scendono come vele gonfie di libeccio. Rashim ci consiglia di scegliere il posto più utile alla conversazione, ha il Corano stretto tra il braccio destro e l'ascella e una busta piena di dvd nella mano sinistra. Jamila dispone diversi cuscini sui tappeti e quando Rashim chiede la parola – per illustrarci la parte del programma di cui parleremo durante la terapia – ne approfitta per accendere delle barrette d'incenso al profumo di cannella. Ne sistema una in ogni angolo del locale ma i suoi occhi dicono che potrebbe continuare all'infinito. È totalmente concentrata sul suo compito, prigioniera delle motivazioni che Rashim le ha inculcato nella testa con voce lenta. La guardo con ammirazione, sono certo che con l'aiuto di Rashim e di questa comunità presto raggiungerò la sua stessa beatitudine.

"Allora, ci siamo tutti?", chiede Rashim. Alcuni uomini di colore stanno entrando dalla portafinestra che dà sul giardino. Jamila passa a piedi nudi sui tappeti e con un foglio di carta segna i nomi delle persone presenti.

"Mancano Imad e Samira tesoro", risponde Jamila. Non so perché ma non avverto nessuna scossa nel sentire quel nome.

Sono bloccato, muto, la stanza continua a riempirsi di facce straniere, barbute e cupe; mi sento parte di qualcosa che forse non merito. Rania entra dalla porta che conduce al salone con in mano una pila di libri e riviste, li poggia sul tavolo fermo sotto la parete e va a sedersi su di un cuscino dai rombi azzurri.

"Riusciamo a sederci tutti, cari fratelli?", Rashim cerca di controllare con lo sguardo la posizione di ogni persona poi si schiarisce la gola e mi chiama ad alta voce. Con la mano mi fa cenno di raggiungerlo al centro del garage. Le gambe mi tremano, sento di essere in un momento particolare della vita e avverto il vino bruciare nello stomaco. Il dottor Rashim mi stringe la spalla e subito il suo tocco riattiva qualcosa dentro di me; lo guardo e penso che non riesco a capire il senso di ciò che sto facendo. Due donne in abito nero mi osservano accennando un sorriso dietro le pieghe del loro *hijab*; c'è un uomo dalle spalle larghe che insieme alla moglie e ai due figli regge in mano il Corano e sottovoce ne ripete alcuni versi. Sono nigeriani, operai di Port Harcourt che vivono in Italia da nove anni, vicino Bergamo. Rashim non smette di parlare e raccontare stralci della mia vita tenendomi la mano sulla spalla; non dovrei, eppure mi sento protetto da questa selva di barbe folte e dal libro a riposo nella tasca. Vicino ai miei anfibi alcuni ragazzini pakistani commentano i disegni di un libro che Rania ha distribuito per i più piccoli. Sono in cinque, il più grande ha sedici anni; sono scappati da Peshawar poco dopo l'11 settembre del 2001 e sono rimasti in Italia senza poter raggiungere i nonni che si trovano in Germania. Mi guardano con stupore, come se fossi un insetto gigante o chissà quale altro animale sconosciuto. Seduti sui cuscini in fondo alla sala ci sono alcuni uomini con delle tute nere, Rashim non rivela i loro nomi ma si limita a presentarli come fratelli. Sono guerrieri della fede, dice, "La parola del nostro Dio è l'unica arma a cui ci possiamo affidare", ripete. Gli uomini in tuta nera escono subito dopo l'inizio della seduta mentre un gruppo di ceceni si sistema sui tappeti senza dire una parola. Rashim si avvicina per salutare l'uomo con la barba lunga vestito in tuta azzurra a macchie verdi. Si chiama Shamil, è nato a Grozny. Conosce poche parole in italiano e le usa tutte per rivelare il nome del suo fedele soldato dalla pelle olivastra. Osman si alza in piedi tenendosi la mano sul petto, più di tutti gli altri mi fissa cercando di capire la mia funzione. Non ho i baffi come lui e la mia pelle è troppo bianca. Non parlo e resto con le mani in tasca, ogni tanto apro la bocca per poi restarmene in silenzio. Non sa se fidarsi di me oppure odiarmi, accogliermi o riversarmi contro tutto l'odio e il sospetto che io stesso ho speso per la sua gente in passato. Ad ogni modo sento di meritare una seconda possibilità, mi fido del dottor Rashim e voglio ripagare la forza e la serenità che è riuscito a donarmi. Dopo il saluto ai fratelli ceceni Rashim è ripartito con i racconti che mi vedono protagonista e che secondo lui fanno già parte della terapia. È arrivato al pomeriggio della rivolta in cui ci siamo conosciuti. Parla di coraggio e di uomini che hanno fatto la storia del popolo musulmano; parla di fede e di missione, non dice nulla contro la polizia né commenta l'ostilità e il disprezzo che i vigili urbani di Chiari hanno manifestato quel giorno. Discute della campagna e dei frutti della terra, legge alcuni versi del Corano poi commenta brevi pezzi delle mie riflessioni. "Lo vidi entrare nel bar, la sua faccia e il suo silenzio valevano la forza di mille soldati!", aggiunge verso la fine.

Per un attimo penso ad Alice, all'insegna del club privé e alle tartarughe intente a rosicchiare le mura colorate del suo appartamento. Jamila accende altre due barrette d'incenso in fondo alla sala mentre dalla porta che affaccia in giardino entrano, tenendosi per mano, Imad – con un abito bianco lungo fino alle caviglie – e Samira. La sua giovinezza è andata perduta per sempre, così come il sorriso e gli zigomi sporgenti su cui ho poggiato il mio cuore di notte. Ha le dita sporche e gonfie, le gambe piene di carne e gli occhi spenti; si passa la mano nei capelli crespi e non smette di interessarsi a Imad. Gli sistema il cuscino due volte poi gli toglie le scarpe, fa di tutto tranne che guardarmi. Imad alza il braccio in segno di saluto, Rashim ricambia con un cenno della testa e racconta la mia storia anche a lui. Dice che sono un nuovo amico della comunità e che ho un animo nobile; sono un soldato su cui si può contare, un guerriero a cui Allah ha concesso la vita eterna. Imad guarda prima Samira poi Shamil, alla destra di Rashim un padre e una figlia si inginocchiano portando la testa sui miei anfibi. "È un segno di rispetto!", dice Rashim, "Said e sua figlia Amal ti hanno dato il benvenuto caro Dante". Io guardo oltre la porta a vetri, il vento e la neve hanno piegato le piante e coperto il colore dei fiori di plastica alterando la geometria di quel paradiso artificiale. Forse si tratta di un presagio, un segno avverso a cui devo fare attenzione. Ora anche i ragazzi pakistani s'inchinano sopra i miei anfibi e poi la famiglia nigeriana: prima il padre, dopo gli altri. Ricevo un saluto anche da parte di Imad, sorride mentre Samira tiene in mano i suoi calzini di spugna e uno straccio ricamato con cui gli pulisce la barba e le labbra.

"Credo che la missione di oggi sia preparare il nostro fratello Dante ad accogliere dentro di sé la luce del martirio, e con essa ogni possibile segnale proveniente dalla comunità e dai nostri padri. Egli ha studiato sotto la mia guida il libro sacro e ha capito quanto sia importante la pace per i popoli e l'ordine per la nostra religione, nonché il rispetto della legge divina".

"Io confido nel fratello Dante e nel volere di Allah", urla Imad. Resto in silenzio, ho la sensazione che con lui sia difficile parlare; suggerisce a Samira le cose da fare e con le mani si accerta di rassicurare Rashim e Jamila. Sembra stia recitando una parte, più di tutti gli altri fratelli cerca di imporre la propria forza con gesti misurati più che con le parole. Rania comincia a distribuire dei libri di poesie mentre Said sposta il televisore dal tavolo fino al centro del garage. Ora è lui a dirigere le operazioni. Spegne i neon, prende alcuni dvd tra quelli portati da Rashim e ne inserisce uno nel lettore; si fa spazio tra i cuscini e va a sedersi accanto a sua figlia Amal. Non ho mai visto niente di così meraviglioso; è bella come una dea. I suoi piedi sono sottili e le caviglie strette e luminose come lucciole, avrà al massimo dodici anni. Non esiste altro che lei in questa stanza, potrei fare di tutto per un suo sorriso. Questo pensiero così debole potrebbe mettere in pericolo tutti i miei nuovi progetti. Per quanto mi sforzi di cambiare non riesco a dimenticare il piacere della *cura*, faccio fatica a tenere lontane alcune abitudini. Ho bisogno di più tempo per guarire, forse devo abbandonare questo posto.

"Spegni la luce", dice Rashim a Jamila, e di colpo tutto cambia.

"Posso sedermi adesso?", chiedo a Rashim.

"Adesso puoi fare tutto Dante, hai avuto la benedizione di Allah".

"Mi gira la testa, mi sa che devo vomitare".

"È sempre così all'inizio. Respira, sei il nostro nuovo eroe".

Il primo video mostrato da Rashim riguarda l'attentato a Papa Wojtyla del 1981. Sono seduto al centro della stanza e sudo, gocce salate colano dalle tempie e finiscono tra i peli robusti della barba. Le immagini scorrono e nessuno commenta, sullo schermo compaiono scritte in arabo di cui non conosco il significato. Mi chiedo che bisogno c'è di stare qui a guardare un uomo mentre viene sparato: una, due, venti volte. Studio nell'ombra i volti dei fratelli arabi e noto espressioni di sollievo sulle loro facce; sono sereni, mantengono gli occhi fissi e stringono la barba lunga, non sembrano provare dolore né alcun tipo di fastidio. I ragazzi pakistani mi guardano cercando di sorprendermi in lacrime; indugiano sul mio viso e più l'immagine del turco che spara al vecchio Papa si ripete – in un fastidioso ralenti – più le facce spigolose dei musulmani perdono d'intensità e quasi si rilassano. La mano di Rashim ogni tanto mi stringe la spalla, guarda dritto verso la tv e non mi degna di attenzione né parla. La sua compassione è meccanica. Nel buio del garage scorgo Samira asciugare la fronte di Imad e massaggiargli i piedi, si alza per spostare dalla mensola le barrette d'incenso poi riprende a servirlo come una cagna. Un giorno odierò anche lei, ne sono certo.

Dopo il video dello sparo al Papa è la volta dell'attentato di Madrid: 11 marzo 2004. Ho rimosso un sacco di queste immagini in passato e ora vorrei ubriacarmi da far schifo per tenerle lontane ancora molti anni. Da sempre penso che da noi al nord, in provincia, non potranno mai arrivare bombe né morti ammazzati; c'è troppo abbandono in campagna e nessuno ha voglia di impegnarsi a morire. Ci siamo solo noi e le cascine intorno alle fabbriche, noi soli con le nostre madri e le canne da pesca mai utilizzate, protetti dalle mura bianche dei salotti sempre in ordine. Intanto sullo schermo passano prima i binari divelti di Santa Eugenia, i volti spaccati dai sassi poi quelli impolverati nei pressi di calle de Téllez. Le due donne vestite di nero – in prima fila – aprono il Corano e smettono di guardare per dedicarsi alla lettura; la più giovane sistema sulla bocca il suo *hijab* e prega.

La puzza di cannella ha reso l'aria irrespirabile, fuori cade la neve e il giardino sembra imprigionato sotto un tappeto di ghiaccio. Rashim alza il volume della tv, c'è un giornalista arabo che commenta l'esplosione nella stazione Atocha. Jamila si porta le mani al mento e respira senza sforzo, sembra annoiata da queste immagini. La mia testa invece diventa sempre più pesante e non riesco a tenere gli occhi aperti, di fianco a me la famiglia nigeriana si stringe in un abbraccio indecifrabile. Sembrano quasi eccitati per tutto questo caos, per le bombe e per i corpi dilaniati coperti dai teli neri. La gola continua a stringersi quando mostrano i video della metropolitana di Londra, le grida e la disperazione che salgono verso un cielo smunto. Era il 7 luglio del 2005. I miei fratelli musulmani guardano senza discutere, più di tutto prestano attenzione alle indicazioni in arabo che compaiono nella parte bassa dello schermo. Edgware Road, Liverpool Street, King's Cross St. Pancras, un'altra scritta in italiano indica: terzo, secondo e primo vagone. Imad tiene le mani giunte mentre Samira gli versa da bere; si abbracciano solo dopo, quando compare l'autobus numero 30 fatto esplodere in Tavistock Square.

Non capisco il perché di tanta violenza. Samira chiede a Rashim di aumentare di più il volume poi torna a sedersi sulle zampe. La sua voce è gelida e metallica, un rumore distorto venuto fuori dalla tormenta. Imad poco prima della fine applaude e con un sorriso folle e tirato si avvicina per dirmi che Allah è con noi, che niente potrà fermarci e che lo spettacolo migliore sta per arrivare. Mi alzo e avverto le ginocchia scricchiolare, sto per svenire ma non voglio essere compatito né toccato, desidero solo ritornare al mio vecchio camper e dormire. Così mi avvio verso l'uscita, Shamil però si alza per sbarrarmi il passo. I suoi occhi sono duri come scogli.

"Faccio partire l'ultimo video?", chiede Said di fianco alla tv.

"Certo, fa parte della terapia", risponde il dottor Rashim.

Ho la bocca asciutta e sulla lingua il sapore aspro del vino. Non sono in grado di continuare, mi sento stanco e le ossa troppo fragili. Avverto la stretta di Shamil sul gomito ma ora so che si tratta di una trappola più che di un sostegno. Imad ride poco distante, Samira gli infila prima i calzini poi le scarpe di cuoio ma resta seduto. La sola cosa viva e reale è la neve che cade oltre i vetri, in giardino. Il vento ha spazzato le foglie artificiali e solo il marmo della fontana – colpito dall'acqua – scintilla come acciaio. Said aspetta in piedi di fianco al televisore. Ha inserito l'ultimo dvd della giornata e in attesa del via, da parte di Rashim, ne approfitta per leggere alcuni versi del libro sacro. Sua figlia Amal lo abbraccia ed è questa l'unica nota di calore in tutta la seduta. Ho i piedi intorpiditi, tolgo anche i calzini sperando in un po' di calore da rubare ai tappeti. Non sopporto di vedermi ancora una volta spaesato, debole e incapace di decidere. Rania apre la porta alle mie spalle, dal giardino arriva un soffio d'aria fredda e qualche schizzo di pioggia mista a neve. I polmoni cominciano di nuovo a funzionare. Jamila torna dalla cucina con un bicchiere di acqua colmo di zucchero da sciogliere, ne basta un sorso per ritornare in equilibrio sulle gambe. Said intanto ha fatto partire il video, Rashim è di nuovo in piedi a impartire ordini.

"Voglio la vostra attenzione fratelli. Said e Amal hanno viaggiato tutta la notte per essere qui con noi, per mostrarci quello che il loro spirito sogna e che tutti noi speriamo di realizzare un giorno. Vogliono mostrarci ciò che dal cielo è calato nei loro cuori fino a diventare azione, legge e disciplina. E così il nostro nuovo fratello, il mio caro amico Dante. Il suo naufragio che va avanti da anni ormai sta per finire; anche lui è stato scelto dal nostro Dio", dice. Non mi giro, resto per un attimo a guardare gli ultimi grappoli di neve cadere dall'alto. È sparito tutto: le piante, i fiori, il colore dell'erba finta e gli specchi di marmo grigio.

"Dove andremo papà?", chiede Amal a Said.

"Giusto! La piccola Amal chiede un premio, una ricompensa. Vuole sapere dove potranno ritrovarsi le loro anime, la sua e quella di suo padre, una famiglia coraggiosa di cui anche Dante farà parte. Lascio rispondere al fratello Imad. Tu che hai lottato per la pace e per tenere insieme le nostre comunità sparse per il mondo; tu che hai cuore e forza Imad, rispondi ai nostri fratelli, spiega loro dov'è che andranno le loro anime misericordiose".

"In paradiso, fratelli! Andrete tutti in paradiso. Così ha deciso Allah!"

Il dottor Rashim mi raggiunge in fondo al garage, l'aria è tiepida e ferma. Non ci sono voci, ma solo volti coperti da veli scuri e barbe sudice, piedi nudi che nessuno è in grado di guidare. Alla tv le immagini della strage di Beslan: 3 settembre 2004. Bambini morti sotto i banchi e guerriglieri esplosi come razzi; sangue e fumo, madri a cui è stata portata via la speranza e la gioia e mariti curvati sulle ginocchia di fianco a piccoli cadaveri ancora caldi. Anche *quelle* sono storie di una provincia lontana e fredda, luoghi in cui il placido fiume della vita è straripato trascinando via ogni cosa. In quel massacro viene fuori tutta la follia di un mondo a cui non ho mai voluto appartenere. Esco fuori, ho bisogno di aria pulita e cibo. Said e poi Amal mi raggiungono in giardino per rassicurarmi; mi stringono mentre le loro voci fredde dicono che siamo un'unica famiglia e che Allah premierà anche me. Rashim guarda da lontano, consegna il mio borsone agli uomini in tuta nera e torna nel garage, deluso – forse – dal mio coraggio ancora acerbo.

I piedi nelle scarpe friggono a causa del gelo, il vento fa alzare carte e foglie gialle e lentamente spinge le nubi verso le cime bianche dei monti. Seduto sotto la pensilina della fermata avverto il sangue riprendere a scorrere nelle vene. L'angoscia mi riscalda, le dita dei piedi e le ginocchia cominciano a funzionare e avverto anche il battito del cuore al di sotto dello sterno magro. Forse avrei bisogno di un abbraccio, magari quello di mia madre o di Alice, qualcuno che possa spiegarmi che cosa sto facendo, dove penso di arrivare. Sono le sei di sera, il cielo è una cupola dipinta di nero magnetico e di stelle. Ho una gran fame ma l'autobus procede lento sull'asfalto umido. Guardo le luci nei bar vuoti e le finestre chiuse, all'infuori di qualche furgone non c'è nessuno per strada.

Non vedo mia madre da una settimana. Mi ha chiamato più volte per dirmi di andare da lei, le fitte alla vescica sono diventate insopportabili e teme di doversi rioperare. Attaccata al frigorifero c'è una lista di medicinali ed esercizi per alleviare il dolore che ogni sera le leggo al telefono ma che non sembra funzionino più di tanto. Quando mi chiama di notte piange e quasi mi implora di raggiungerla; dice di aver messo da parte dei dolci e diverse buste di pasta all'uovo congelata, dice persino che i vicini hanno chiesto di me ma io non le credo. Quando parla faccio finta di ascoltare e mi fermo a guardare fuori dal caravan, oltre gli abeti mossi dal vento freddo e il bagliore delle lapidi. Arrivo chissà dove con i pensieri e all'improvviso sento mia madre, dall'altra parte del telefono, prima tossire poi riattaccare. Stasera ho deciso di andare da lei e di non lasciarla più. Andrò io stesso in ospedale a ordinare il ricovero se necessario; l'abbraccerò e mi prenderò cura di lei, le donerò tutto l'affetto che a me è mancato.

Esco in strada che ancora piove. Il cielo si illumina a scatti – scosso dai lampi – ed è talmente fredda l'aria che i polmoni bruciano come fornaci. Cammino per i campi fino alla stazione di servizio; Renato mi versa tre Campari in un termos in modo d'arrivare in centro con lo stomaco caldo. I fari delle auto mi colpiscono dritto negli occhi, avanzo tenendo le braccia incrociate sul viso. I camion invece sono sempre meno per strada a ora di cena. La campagna immobile ingrossa ancora di più il suo respiro e la vita a tratti sembra interrompersi, tra le stalle e i giardini delle villette a schiera. Le insegne industriali sono spente da mesi. Attraverso piazzali vuoti fuori dalle fabbriche, negli angoli scorgo divise da lavoro abbandonate nell'erba e bruciate; appesi ai cancelli dei capannoni sventolano i cartelli AFFITTASI. Le ultime ad arrendersi sono le bandiere pubblicitarie fissate alle recinzioni dei cantieri deserti, con esse imponenti container carichi di materiale edile che nessuno utilizzerà. Solo la Bialetti lavora a pieno ritmo, la Golf di Simone è parcheggiata sotto una tettoia in ferro, vicino a una vecchia Volvo. Continuo a camminare lungo i canali ma non incontro che edifici spenti; arrivato sul ponte autostradale mi fermo a contare le macchine in viaggio verso nord, in direzione Venezia. Chissà da cosa scappano. Mi chiedo quali sogni stanno inseguendo e se le canzoni che suonano nelle automobili hanno ancora un significato per chi è alla guida. Un giorno porterò anche io il mio nuovo camper fino in Sicilia, visiterò tutte le spiagge e le città d'Italia; arriverò in Africa – insieme a mia madre – con le buste colme di pane e dolci alle mandorle, lei a cantare con le braccia fuori dal finestrino e io a stringerle la gamba rugosa, seduto con la schiena dritta e un cuore gonfio di gioia.

La strada però è ancora lunga, i fari del nuovo campo da calcio sono accesi. Un gruppo di giovani rugbisti si allena sotto la pioggia, colpiscono pupazzi di gomma che cadono nelle pozzanghere ma sono vivi; dalle loro spalle salgono nuvole di fumo e dopo ogni corsa perdono un po' di forza. Ho le scarpe inzuppate e il giubbino si attacca addosso come una buccia. Mi fermo sotto al balcone di Alice, anche le sue persiane sono chiuse. Aspetto qualche minuto ma nessuna luce si accende, così – a occhi chiusi – bevo il mio ultimo sorso di Campari e mi rimetto in marcia verso casa.

La chiave si inceppa nella toppa, sento la voce di mia madre chiamarmi dall'interno ma non riesco a sbloccare la serratura. Quando entro la trovo distesa a terra con le mani premute sul ventre. Non è bella da vedere ma sorride per non farmi preoccupare. La tv è spenta, si sentono solo i pesci rossi che nuotano senza cibo e le nostre voci risuonare nel salone. L'aiuto a rialzarsi e lentamente raggiungiamo il bagno.

"Finalmente sei qui!", sussurra con un filo di voce.

"Non parlare mamma, cerca di pisciare. Chiudo la porta?", le chiedo.

"No tesoro, resta qui. Stringimi la mano".

"Ti fa molto male?", le chiedo accarezzandole la testa.

"Adesso no, mi brucia quando devo svuotare ma poi passa".

"Aspetta, piega la schiena in avanti. Appoggiati a me", le dico.

L'abbraccio per farla stare comoda, ha le mani calde e con la testa si muove sul mio collo strusciando la fronte e i capelli. Restiamo avvinghiati per un po'; dopo aver svuotato la vescica scuote le ginocchia per il bruciore poi mi chiede di aiutarla a riempire la vasca. Le nostre mani sono strette sui bordi; il neon le colora la pelle di un riflesso latteo. Tocco le rughe del suo ventre, le sfilo le calze e le mutande color carne; per farla sedere la reggo dai fianchi e con il viso sprofondo nei seni grossi e pieni di vene. Dopo averle legato i capelli comincio a passarle la spugna sulle gambe e sotto le ascelle, sente ancora molto dolore e non riesce a distendere le braccia.

"Non ce la faccio, mi dispiace", dice con le lacrime agli occhi.

"Ti aiuto io mamma, stenditi", le bacio la fronte e le labbra.

Il bagno è saturo di vapore e profuma di bagnoschiuma alla mirra. I piedi di mia madre sono curati e le unghie smaltate di rosso, prima le bacio le dita e le caviglie poi ci passo sopra la spugna e le riempio di schiuma. Scorro per intero i polpacci molli e le cosce, sfioro i capillari rotti per paura di farle male e quando alzo la testa vedo i suoi occhi chiusi e le labbra unite in una smorfia. Tira fuori la lingua e io non smetto, salgo con la mano fino al pube e le pulisco la vagina; la sento che si apre, larga, tocco le sue labbra diventate carta e ho i brividi, so che mi devo fermare. Lei però fa finta di niente, mi chiede di arrivare fino ai capezzoli poi si gira e con le mani mi porta sulla schiena e infine giù sul culo. È piccola e indifesa, è una ragazzina impaurita e felice. Ora so che l'amo, l'amo perché è quello che voglio; amo le mie attenzioni che diventano sorrisi sul suo viso e amo il suo corpo nudo in mio possesso. Ho voglia di proteggerla e curarla, è il mio destino.

"Vieni qui, vicino a me".

"Non c'è spazio per tutti e due", le rispondo.

"Sei un bravo ragazzo Dante, avrai tempo per crescere. Vieni".

"Ho quasi cinquant'anni, non posso fare il bagno con te mamma!"

"Tu sei nato per rimanere figlio, tesoro", allunga la mano e io la stringo. La sua pelle adesso è pulita e tenera, le sue rughe piene d'amore. Al di sotto dell'acqua il suo corpo è ringiovanito, brilla, le labbra del suo sesso si aprono come un fiore senza stelo e innocuo, cercano la mia mano. Entro.

Fuori, la pioggia continua a cadere ostinata. Dalla finestra vedo i tralicci della stazione segnati da una ragnatela di piccole scariche elettriche; osservo i treni fermi nel buio mentre nel riflesso dei vetri ci sono io che trovo riparo nella carne di mia madre. Restiamo distesi in vasca per più di un'ora, stretti e immersi in un regno d'acqua tiepida e sporca. Le poggio le mani sui seni e fra le gambe. Siamo felici e indissolubili, per la prima volta.

Dopo aver cenato sistemo gli avanzi in frigo e vado via. La pianura dietro l'edificio è coperta di ghiaccio; ho una bottiglia di grappa che mi scalda le viscere e una busta piena di pasta all'uovo. I reumi prendono a far male e ci sono dei cani che abbaiano oltre le recinzioni di filo spinato. Dopo mezz'ora di viaggio le mani sembrano congelate, per mettere in moto la circolazione e le idee tiro fuori dalla tasca il libro del dottor Rashim e bevo altra grappa. Leggo nei punti dove la luna è più forte e i lampioni ancora funzionanti. Il cielo è grigio come la cenere. Mentre mi oriento tra la neve ripeto i versi segnati a matita da Rashim ma non ho particolari reazioni. Superato il buco nella rete entro nel terreno dei vitigni e aumento il passo fino alla stazione di servizio. Lungo il tragitto continuo a dubitare e a ripetere le frasi scritte a mano sui bordi delle pagine. Non riesco a sentire che il freddo sul viso e una buca senza nome all'altezza del cuore; tutte le buone intenzioni dei giorni precedenti sembrano svanite. Fuori dal bar mi stendo su una panchina e dico addio a tutti i miei nuovi progetti. Poco dopo mi avvio verso il camper.

Sono le due di notte e il parcheggio fuori dal cimitero stranamente non è vuoto; ci sono due auto e un camion fermi davanti al cancello d'entrata. La luce nel camper è accesa. Quando entro i primi occhi che trovo di fronte sono quelli di Amir. Resto sulla porta per guardare meglio, dietro i rami degli abeti è nascosto il suo camion con le strisce gialle. L'uomo che ha distrutto il mio futuro e quello di Samira adesso riappare dal nulla. Le mani sporche di grasso, la camminata da magnaccia e il suo tanfo rancido, tutti questi segni tornano a farmi visita da un passato a cui non voglio ritornare. Mi guarda in silenzio; seduto sul letto dalle coperte colorate mi fissa come un assassino, un animale capace di uccidere due giovani operai e dileguarsi nella notte. Di fianco a lui c'è Imad in abito bianco; Said e sua figlia Amal mi salutano dal divano, hanno una copia del libro sacro poggiata sul petto e due occhi pieni di sangue. È Rashim a parlare per primo, stringe fra le dita un mazzo di fiori bianchi e non sorride. Sposta una sedia dalla finestra per farmi accomodare, il respiro possente della pianura è sparito col vento.

"La tua amata Samira ci ha condotti qui".

"Avevo bisogno di stare solo, dovevo pensare".

"Allah pensa per te!", dice Imad. Amir non parla, stringe un panno verde e a tratti sembra digrignare i denti senza muovere gli occhi.

“Volevo prendermi un po’ di tempo per finire di leggere il libro, te lo avrei restituito domani al massimo. So che hai fatto molto per me, Rashim, e di questo ti ringrazio. Purtroppo ci sono cose che devo sistemare da solo”.

“Noi ti vogliamo aiutare Dante, ormai siamo una famiglia. Allah ti ha scelto per diffondere la sua parola. Abbiamo bisogno del tuo coraggio!”, dice Said, mi raggiunge sulla porta e mi abbraccia con pietà. Amal sembra in viaggio verso posti lontani, i suoi occhi girano intorno e le braccia stanche le cadono a strapiombo lungo i fianchi. Ai lati della bocca le colano delle strisce di schiuma gialla. Poggio la busta sul tavolo e mi siedo.

“Domani sarà il grande giorno”, dice Rashim.

“I fratelli che ti hanno perdonato lo hanno fatto perché tu devi ristabilire l’ordine e la pace”, sono queste le uniche parole di Amir.

Stretto nella mia confusione so che presto le cose cambieranno. Amir esce dal camper e si avvia nel parcheggio. Nel piccolo salone si gela, la stufa è spenta e il vento entra dal buco nella finestra. Prima di andare via Rashim mi ordina di ospitare Said e Amal, domani devo accompagnarli con la sua auto al centro commerciale vicino all’autostrada. Non chiedo spiegazioni, Rashim mi saluta con uno sguardo e in compagnia di Imad si allontana nella notte. Amal intanto continua a tacere, la schiuma ai lati della bocca adesso le arriva quasi fino al collo. Domando a Said se vuole chiamare un dottore ma non risponde. Prima di mettersi a letto mi chiede un bicchiere d’acqua e un panno; con il viso si china sul torace di Amal, che non riesce a stare in piedi. Le tocca i polsi poi le bagna le labbra. Aspettiamo qualche minuto finché il suo respiro non si placa e gli occhi ritrovano un colore naturale. “Domani sarà il nostro grande giorno, Dante”, dice Said. Non so cosa rispondere, risolvo il problema rinchiudendomi in bagno.

Seduto sul cesso immagino una soluzione. Avvolto nell'accappatoio sento i muscoli della schiena distendersi e subito dopo incagliarsi di nuovo, le mani e i piedi sono ghiacciati. Ho bevuto sotto la doccia cercando di cancellare i volti degli arabi distesi in salotto. Penso al dottor Rashim. Non hanno senso le sue parole, tutti i discorsi su Allah, l'ordine e il paradiso: cosa ne so io del *martirio*? E poi ho sempre odiato combattere, sono diverso da loro. Osservo gli scarafaggi muoversi sulle caviglie; ammiro la loro capacità di rimanere liberi, di darsi da fare anche per poco e di restare fermi quando non si può ottenere di meglio. Alcuni sono immobilizzati sotto il lavandino da giorni, temono per la loro vita e si nascondono; come i miei ospiti, dormono perché non si aspettano di essere sorpresi. Vorrei uscire dal bagno e spiegare a Said che non possono restare, che non capisco le loro ragioni e quello che la comunità cerca di ottenere. Non mi interessa conoscere i loro piani né i versi del libro che Rashim considera sacro. Il cuore comincia a battere forte, il soffione della doccia è piegato di qualche grado e ne escono gocce d'acqua tiepida che mi finiscono sulle gambe e poi colano giù sul linoleum, in un buco riempito di garze e sassi dove i topi vanno a bere di notte.

La luce si accende al di là della porta, sono quasi le quattro del mattino. Amal e Said si alzano per pregare. Il tono delle loro cantilene è triste, li sento urlare e piangere insieme. Non ne posso più delle loro fissazioni ma sono quasi certo di avere un piano preciso. Rimetto i vestiti sporchi e li raggiungo in cucina.

Hanno gli occhi rossi di sangue e puzzano, sono inginocchiati accanto al tavolo su due piccoli tappeti. Vestiti di nero ripetono i versi della *sura della Vacca*, piegano la schiena in avanti con intensità costante e indossano una cintura con delle candele grigie strette in vita. Le loro lagne sono rivolte a un drappo verde appeso al muro. Padre e figlia si muovono come delle macchine perfette, ingranaggi dall'energia pulita e inesauribile. Seduto sul divano mi asciugo le gocce sulla fronte convinto di non poter andare lontano, non abbastanza per farmi perdonare da mia madre e da Alice, dalla gente che nella mia stessa terra ha trovato riparo e costruito case dai cancelli alti. Dopo qualche minuto la loro preghiera s'interrompe e mi ritrovo al centro del caravan, scalzo e con gli occhi rossi di Amal che cercano approvazione nei miei. Said tira via una pipa rotta da una busta e comincia a fumare del crack. Il cielo fuori è scuro come la pece, di fianco alla finestra le stampe di Hopper sono state rimosse e buttate a terra.

"Adesso tocca a te fratello", ordina Said offrendomi la pipa.

"Io esco, ho da fare. Quando avete finito spegnete la luce", dico.

Attraverso il campo di papaveri senza voltarmi indietro. Il gelo si è fermato lungo la schiena, lì dove l'acqua della doccia non si asciuga mai. Oltre la rete metallica si trova la stazione di servizio e più in là, verso la tangenziale, compaiono le prime case e i supermercati dai parcheggi in cemento. È il mondo in cui sono cresciuto: salici abbandonati e negozi deserti, macchie di terra e cascine senza musica; un circo senza clown e senza risa, solo auto e abiti di lusso, fabbriche e operai, litri di vino negli stomaci e peccati di cui non riusciremo mai a liberarci. È il mio nord, la terra del benessere che non ha più forza né denaro, un vaso di cristallo pieno di razze e di odio. Resto a guardare i lampioni narcotizzare l'asfalto e i vetri del bar, dietro i quali non si vedono clienti né tv accese. Un'auto della polizia illumina il piazzale con un faro bianco poi corre via a folle velocità. Passano altre due auto blu ma non hanno i fari accesi né le sirene lampeggianti, accelerano in direzione di Erbusco e non smettono di sbandare per diversi metri. Non esiste altro per strada, solo il vento e la sensazione che tutto potrebbe finire presto.

Nel bar non ci sono operai né arabi. Gli immigrati sembrano spariti in un buco nero. Niente albanesi ai video poker e nessun rumeno a bere birra nei boccali, solo la radio che diffonde un vecchio pezzo di Elvis. Seduta al bancone c'è una giovane prostituta ucraina con cui Renato ogni tanto si addormenta. È bianca come una colomba, ha i polpacci grossi e due labbra strette. Non parla molto e fuma sigarette sottili. Quando Renato compare dalla cucina subito sposta in avanti la bottiglia vuota per farsela cambiare. Si gira verso di me liberando fumo dalla bocca, poi sorride.

"Come mai da queste parti? Credevo fossi partito", dice Renato, forse per interrompere gli sguardi fra me e la sua donna. Le stura un'altra birra.

"Ho dormito poco in questi mesi; il freddo mi rovina le giornate".

"Fra poco chiudiamo Dante, non c'è gente. Stasera ho servito sei caffè e un panino col tonno al marocchino che fa le pulizie da Blockbuster. Mi sa che di notte è meglio starsene a casa d'ora in poi".

"Con lei?", rispondo indicando la donna che beve al mio fianco.

"È una brava ragazza. Parla poco e si lava, non mi costa molto".

"Già. Dimmi un po', è venuta la polizia? Li ho visti qui fuori prima".

"È tutto il giorno che vanno e vengono. Sono entrati nel bar almeno tre volte, hanno dato un'occhiata poi sono rimasti a parlare sulla porta e sono scomparsi. C'è qualcosa nell'aria, infatti ora carico il frigo e vado via".

"Prima dammi una bottiglia di vino, magari stanotte mi addormento".

Mi allontano dal bar con l'idea di bere la bottiglia tutta d'un fiato. Sono stufo di sentirmi braccato e sempre in bilico, Rashim mi ha confuso le idee e ora rischio di sbagliare ancora una volta. Cammino reggendomi al filo spinato. Le luci all'interno del camper sono spente e l'auto di Rashim – parcheggiata sotto gli abeti – quasi non si vede. La testa mi gira a causa dell'alcol, non ho molto freddo eppure muovo a fatica le mani e i piedi. L'alba comincia a tingere il cielo di un blu ardesia, fra poco la provincia si rianimerà e io non ho tempo, devo sbrigarmi. In mezzo alle sterpaglie ho nascosto una bombola di gas di scorta e una pompa che utilizzo per lavare la carrozzeria del caravan. Mi muovo intorno al camper in silenzio, dall'interno non arrivano voci: Said e sua figlia dormono. Avvicino la bombola di gas al camper poi fisso la pompa intorno al bocchettone con un pezzo di spago. Sul mio viso colano delle lacrime ma non è pianto, non è paura né senso di colpa; è solo il freddo e la speranza di poter cancellare in fretta i miei errori. Cerco nel buio gli occhi di mia madre, oltre le mura del cimitero immagino la voce di Alice levarsi come una ninna nanna e venirmi a cullare. Stringo i denti come se mio padre potesse vedermi e finalmente apprezzarmi per ciò che sono in questo momento: un uomo in grado di decidere.

Apro la maniglia della bombola poi incastro l'altra estremità della pompa nel buco della finestra. Il sibilo costante del gas risuona come brezza leggera nella quiete della notte. L'aria è secca sulla pelle e sa di erba, di resina e di legna bruciata. Spero che la morte possa sorprenderli nel sonno ancora forti. Immagino i flutti di gas come un fiume lento e inesorabile, un pozzo nero in grado di inghiottirli in silenzio, senza fragori né urla. Possono dormire qui per giorni, padre e figlia stretti. Prima o poi qualcuno li troverà, con le braccia ancora dure intorno al collo.

Poco dopo corro nei campi per raggiungere casa di mia

madre, spero di arrivare lì prima dell'alba. Devo trovare il tempo per pulirmi e radermi, bere un po' di latte e mettermi a letto. La neve è alta, così spesso devo fermarmi per respirare e sgranchire le ossa delle gambe. Ogni tanto mi giro per vedere se laggiù al cimitero succede qualcosa; i primi sensi di colpa mi costringono a tenere le mani premute sulle orecchie e gli occhi socchiusi. Come un passero terrorizzato mi guardo intorno in cerca di presenze, la mia testa si muove a scatti ma non avvisto altro che buio e alberi neri. Da qualche parte arriva un cupo sferragliare di treni poi la campagna riprende a tacere; non ci sono cani a tenermi compagnia, nessun gallo canta per distrarmi.

Cammino fino ad arrivare a una nuova recinzione. Con le scarpe salgo sul filo spinato quando un boato devastante squarcia il silenzio della pianura illuminando il cielo di un giallo intenso. Da dove mi trovo riesco a vedere le fiamme alte che riempiono l'aria di fumo nero e la carcassa del camper che brucia in mezzo alla pianura innevata. Non avverto più il battito del cuore né quel fastidio con cui ho combattuto per tutta la notte. Passano dei secondi e arriva una nuova esplosione. Le lamiere del vecchio caravan salgono in cielo come coriandoli, immagino l'odore acre dei corpi accomodarsi sui tetti delle case intorno simile a nebbia.

Resto seduto in mezzo alla neve per cinque minuti, giusto il tempo di permettere al cuore di rimettersi a battere con meno fretta. Il cielo sopra il vecchio camper è colorato di nubi corvine, di fiamme gialle e arancioni, di scintille che partono dalle lamiere ardenti verso le stelle. Il freddo è meno intenso per via della paura; avverto molto di più il sudore che cola sotto il giubbotto e che attribuisco alla tensione. Riprendo la strada verso casa e non mi volto più indietro, ho meno di un'ora a disposizione prima che la penombra lasci spazio al giorno. Non ho vino con me né birra, la tachicardia comincia ad allentarsi e con essa il calore. Arranco nei campi innevati e il freddo prende a bruciarmi le mani e i piedi, sento la pelle tirarsi sulla faccia e le caviglie muoversi a fatica. Attraverso un campo di ulivi e un limoneto spoglio circondato da rovi e ortiche. In fondo al terreno c'è una villetta dalle finestre chiuse, scavalco il recinto sul retro e di colpo mi trovo in mezzo a una sterminata lastra di ghiaccio di cui non si vede né l'inizio né la fine.

L'erba indurita e la nebbia sembrano non finire mai, e così pure i dubbi e le ansie con cui continuo a lottare sperando di uscirne vivo. Ho la gola secca e nessuna forza nelle gambe. Potrei nascondermi qualche ora in una cascina abbandonata in mezzo alla campagna, rifugiarmi tra le ombre in attesa che la paura ceda il passo alla consapevolezza. Ormai è mattina, il cielo comincia a schiarirsi. Ho le mani viola. Nella vecchia stalla in cui mi sono riparato ci sono dei materassi con alcune coperte che puzzano di vomito e due biberon, carte di biscotti e assorbenti sporchi. Qualcuno ha già occupato questo posto in passato; magari una donna, una giovane madre a cui la vita ha offerto una nuova possibilità altrove.

Cammino di fianco alle rotaie osservando in alto il filare dei tetti. La casa di mia madre si trova alla fine dell'agglomerato, nei pressi della stazione. L'aria è buona e persino le rane ogni tanto sbucano dagli stagni. Ho bisogno di un bagno caldo e di cibo. Voglio stringere mia madre e dormire fino a sera; al risveglio tagliarmi la barba e i capelli, bere un goccio di vino e vedere un buon film. Lungo i binari sfrecciano sei treni, quattro diretti a Milano e due a Venezia; l'ultimo macchinista suona per avvisarmi del suo arrivo ma io sono già lontano dalle rotaie, nascosto dai peri nudi, in viaggio verso casa.

Distesi sulle panchine della stazione dormono alcuni barboni. Il viale è coperto di foglie secche cadute dai platani e non ci sono autobus né taxi, solo una coppia di neri seduti alla fermata e un uomo al volante di una Mercedes coi vetri scuri che aspetta il treno in arrivo. Sua figlia è in piedi fuori dalla macchina, indossa dei guanti di lana e un paio di stivali scamosciati. Gioca col cellulare e con la mano libera spedisce dei baci che finiscono al di là del parabrezza, sulle labbra calde di suo padre. Le ginocchia cominciano a far male, aumento il passo e più gente incontro per strada più nascondo la faccia nel bavero. Evito gli sguardi e piango, ho come la sensazione che tutti sappiano ciò che ho fatto. Nel parcheggio vuoto del supermercato alcuni studenti stanno fumando. Con gli auricolari degli iPod ficcati nelle orecchie danzano sperando di allontanare il freddo; due di loro tritano marijuana e ridono, magari fra poco qualcuno si innamorerà con gli occhi ancora rossi. Sono pieni di colori e felici, hanno tutta una vita per capirsi e decidere se andare via dalla provincia o restarci per sempre.

I trattori dei vicini sono a lavoro nei campi da almeno un'ora, sento il ronfo dei loro motori e quello dei camion in viaggio verso l'autostrada. I neon restano accesi nelle cucine, illuminano le finestre di un bianco elettrico in attesa che l'arancione dei lampioni svanisca nel chiarore del mattino. Mia madre è distesa sul divano quando entro, sta guardando la tv vestita solo con un accappatoio. I caloriferi spurgano aria calda, le persiane sono chiuse. Mi avvicino e con le mani le stringo prima le spalle poi le accarezzo il viso. Profuma di rose, i suoi occhi sono fissi sul televisore. Nell'angolo nuotano stanchi i pesci rossi.

"Hai sentito cos'è successo?", mi chiede.

"No mamma, ho dormito fino a poco fa", rispondo.

"Sono morte due persone qui vicino. Erano arabi, padre e figlia. Sono saltati in aria, forse stavano preparando un attentato nelle nostre zone".

"Vorrei farmi un bagno ora, ho freddo. Ne parliamo dopo".

"Sai dov'è successo Dante, dove vivevano?"

"Lo so".

"Pensavo di averti perso piccolo mio. Non sai quanto ho pianto!"

"Mi dispiace!", le sfioro i capelli e mi allontano.

"Tu non c'entri tesoro, vero?", si alza dal divano.

"Voglio solo fare un bagno adesso. Vieni con me?"

"Dicono che ci sarà un grande funerale al lago, hanno fatto vedere degli arabi che urlavano per strada. Pensano che siano stati uccisi; è così Dante?"

"Non lo so, posso dirti solo che adesso mi sento meglio".

"La ragazzina aveva tredici anni, l'hanno ritrovata senza gambe".

"Vieni con me mamma, andrà tutto bene", la stringo forte e piango.

Dopo il bagno resto a fissare la mia faccia nello specchio. Più taglio peli e capelli più vengono fuori rughe e ossa. Sembro ancora più magro e debole, gli occhi e il naso appaiono enormi. Mia madre è nuda nella vasca, gioca con la schiuma e con le dita dei piedi mi chiama, anche se a me sembra più una specie di addio. "Io sarò sempre con te!", mi dice, si passa la spugna sui seni e apre il rubinetto dell'acqua calda. Nonostante il sonno e l'ansia che mi scorrono nelle vene mi sento bene, so di essere al sicuro con lei. Non ho più pesi nello stomaco né barba folta e ho rasato persino i capelli; mi sento un uomo nuovo, diverso e adeguato a una nuova forma di vita.

Alla tv il telegiornale continua a occuparsi del caravan esploso e io del mio ennesimo futuro. Prego in piedi, senza farmi sentire. Mantengo gli occhi chiusi, il vapore dell'acqua calda sale dalla vasca mischiandosi alle lacrime. Mia madre si avvicina tremando, le bacio la nuca e le labbra; la sua lingua è calda e aspra. Con le mani mi accarezza i fianchi e poi il ventre. Aspetto che sistemi le gambe e i capelli, prima di entrare. Con coraggio le chiedo di stringermi, pochi minuti ancora e le racconterò tutto.

La strada che porta al lago è chiusa al traffico. I vigili del fuoco hanno allestito un parcheggio in un campo sportivo e con delle torce elettriche illuminano il percorso da fare per evitare transenne e buche nel terreno. Centinaia di musulmani vestiti di bianco camminano sui marciapiedi, alcuni passano tra le macchine consegnando gardenie e margherite a chi sta alla guida; le donne indossano corone di fiori bianchi fra i capelli e intonano a voce alta canti funebri dalle strane melodie. Sui muri delle case campeggiano i poster di Said e Amal, ai pali della luce sono stati appesi dei cartelloni scritti in arabo e diversi striscioni con slogan dipinti di verde che inneggiano ad Allah e al rispetto dell'Islam. Le associazioni culturali esibiscono bandiere rosse chiedendo giustizia dai megafoni; fuori dagli autobus gli universitari in arrivo dalla provincia borbottano – al di sotto delle kefiah – contro l'odio razziale e le discriminazioni religiose. Lungo il viale che conduce in piazza incontriamo un manipolo di liceali che sfila con il pugno chiuso mostrando, sulle maglie, le foto stampate dei due martiri. Staccata di qualche metro – in fondo al corteo di giovani, illuminata da una fiamma debole – un'anziana donna regge in mano una candela avvolta in un mazzo di rose bianche.

Mia madre mi guarda senza parlare, nei suoi occhi non c'è rabbia né compassione. A volte mi stringe la mano – quando vuole farmi sentire di più la sua vicinanza – indossa un cappotto di lana blu e un'orchidea incastrata tra l'orecchio e la tempia. Passeggiamo mischiandoci alla folla, i canti e le preghiere si alternano accompagnando il corteo verso il lago. I poliziotti seguono la processione divisi in gruppi di tre: sembra stiano cercando la mia faccia; aumento il passo quando li sento avanzare dietro le spalle e con forza graffio il polso di mia madre. Lei sorride teneramente e mi chiede se ho sete e se voglio fermarmi a riprendere fiato, dopo si volta per assicurarsi che nessuno ci stia inseguendo. "Puoi rallentare ora!", dice, le gambe smettono di tremare e così riesco ad aprire gli occhi e a godermi le sue carezze. Sorride e subito dopo piange; per lei è un gioco, "Nascondiamoci sotto gli alberi", mi ripete, "nessuno ci troverà".

Il cielo, oltre i tetti delle case, è pieno di stelle. Il lago è un tappeto di luci, sul pelo morbido dell'acqua ondeggiano cesti di gardenie illuminati da un cero. Il molo è stato addobbato con fasci di margherite e intorno ai pali dei cartelli stradali sono state fissate delle corone di gigli e tulipani bianchi. Il corteo intanto s'ingrossa, le donne col capo coperto dall'*hijab* lanciano in aria petali che ricadono al suolo – i cappotti e le panchine si coprono di coriandoli candidi – e più la folla si compatta più il canto di dolore si leva alto. L'imam guida la processione e dal megafono incita alla preghiera e alla resistenza; alcuni uomini barbuti sbucano dal buio, i cattolici stringono candele dal corpo marmoreo sperando di essere accettati e creduti. Tutti sono in attesa dei *martiri*. Gli uomini anziani tengono per mano i nipoti a cui mostrano campanule legate a piccole candele sottili, le donne dai capelli brizzolati – armate di rosario in madreperla – sventolano in aria le pagine dei giornali che parlano dell'accaduto. Si mischiano le lingue e le razze, il fiume di gente si ingrandisce e tutto diventa scintillante e puro. I vicoli e le vetrine dei negozi, i balconi delle case e i cestini dei rifiuti, ogni cosa in riva al lago è coperta di fiori bianchi. Mentre cerco riparo fra gli alberi sento le braccia e le gambe staccarsi dal corpo, i rimorsi lottano per rendermi di nuovo fragile. Mia madre sceglie i sentieri più bui per camminare, mi porge il fazzoletto poi tira via dalla borsa il termos con il vino. Per dare senso alla sua vicinanza mi accarezza la testa rasata; nella sua nuova versione esegue solo gesti misurati e gonfi di dolcezza. Il nostro amore è lo stesso amore di quel popolo misto che si sta ritrovando, una massa di facce e lacrime che piangono un padre e una figlia. Camminando mi assalgono i ricordi brevi e le paure, rivivo l'esplosione del camper e con gli occhi puntati al cielo spero di non rivedere mai più bagliori e fiamme di morte ma solo stelle e angoli di luna. Il vino scalda le viscere e all'angoscia segue prima il terrore poi il sorriso. Di colpo la pelle torna al suo posto, ho l'impressione che tutto il mio passato stia aprendo un varco dentro di me prima di straripare, disperdersi nel lago e abbandonarmi per sempre. Quando il corteo si ferma ho i nervi tirati e stringo la mano di mia madre che in silenzio mi rassicura.

"Andrà tutto bene tesoro, ci sono io con te", dice.

"Stanno arrivando!", rispondo, le mie dita gelano e si bloccano.

"Respira piccolo mio, è solo un funerale".

"Sono stato costretto mamma, tu mi puoi capire".

"Non c'è bisogno di parlare ora. Siediti se non ce la fai", avverto il suo palmo scendermi sulla schiena e infilarsi al di sotto del giubbino. Mi passa le dita prima sul maglione poi entra al di sotto; con le unghie mi segna la schiena ed è calore quello che sento, nessun brivido né tremore. Mi tiene al buio, nascosto tra le fronde di un pino. Il lago dietro di noi è un'onda di fiori bianchi e molli, i lumini brillano nella notte ed è a questa immagine che affido gli indelebili ricordi legati al mio vecchio camper, al cimitero e a tutto ciò che ho vissuto durante l'ultimo anno.

Il palco è stato montato nella piazza principale a pochi passi dal lago, ci sono due scale ai lati e un'impalcatura a cui sono fissati dei fari che illuminano la scena. L'imam aspetta in piedi con il libro aperto sul leggio in ferro, la sua barba è una macchia nera al centro di un orizzonte di seta bianca. La piazza si riempie di luci e candele, i fiori girano intorno, lungo le ringhiere e in alto sui balconi. Mia madre si schiarisce la gola ma non dice nulla. Quando dal lato sinistro del palco si vedono arrivare i due corpi sulle tavole nessuno ha il coraggio di urlare. Amal è stesa su di un piano di legno in mezzo a un letto di azalee. Ha un laccio che gira intorno al viso e il suo corpo appare gracile e corto; nello spazio lasciato vuoto dalle gambe squarciate sono stati poggiati cumuli di tulipani e margherite. Le prime file cominciano a stringersi e a guardarsi negli occhi; non riescono a contenere tutta la disperazione che lentamente si traduce in odio, in ostinazione e in vendetta. Gli uomini con le barbe lunghe adesso urlano e battono le mani sul petto, lanciano fiori che finiscono sul palco in segno di ringraziamento verso i due martiri.

La tavola su cui è steso il corpo di Said è più lunga, parte della testa è coperta da una benda mentre due corde gli stringono il torace. Lungo le braccia la pelle nera si mischia ai petali di magnolia fino a sparire. L'imam si avvicina al microfono e subito una cappa di silenzio e gelo scende sulla folla. La polizia ha sistemato due auto ai rispettivi lati del palco in modo da bloccare il passaggio ai curiosi. Sono tre invece le ambulanze con le luci lampeggianti vicino alla statua di Garibaldi, giusto al centro della piazza; è lì che le postazioni delle tv private si sono accampate da ieri per seguire i preparativi del rito funebre. Alcune donne vestite di nero passano oltre le transenne dirigendosi alle ambulanze, una di loro ha avuto un malore e a stento si regge in piedi. Quando l'imam smette di parlare – per tirare il fiato – allora viene fuori qualche lamento, pianti che subito vengono soffocati da canti e urla. Tre giornalisti si avvicinano sotto al palco e vengono assaliti da un gruppo di uomini armati di fiaccole e mazze di legno. Due di loro, uno con i sandali di cuoio, l'altro vestito con una tuta nera, sembrano Amir e Imad. Per un attimo le mie ossa perdono di consistenza e quasi si staccano. Nascosto tra le ombre osservo i loro gesti ed è come rivivere un incubo, come se tutto il mondo si stesse capovolgendo su di me. Gli occhi girano a vuoto, ho paura che possano contaminarmi ancora. Un gruppo di poliziotti, armati di manganelli e scudi, interviene con decisione; la folla si disperde in fretta generando un corridoio in cui compare la piccola sagoma di Adil. Suo padre è dietro di lui, urla cercando di allontanare i curiosi mentre lui si scaglia contro i giornalisti scuotendo in aria il libro sacro in nome di Allah. E Rashim? Dov'è nascosto? È lui che ha voluto tutto questo. È lui che ha manipolato la mente di queste persone inferocite, è lui che diffonde l'odio camuffandolo con l'amore. Mia madre intanto si è stretta di più a me; è lei ora a stringermi i polsi, impaurita da tanta cieca violenza. In preda al panico l'abbraccio e con la mano avvicino la sua testa al mio petto. Ho come l'impressione che il battito del mio cuore possa stordirla.

Immagino Jamila e Rania in fuga oltre il nero dei boschi, in una nuova città e con dei nomi diversi; immagino Rashim che a voce bassa impartisce ordini e con cura prepara nuovi giardini artificiali. Il mio cuore continua a battere, protetto dagli alberi telegrafa alle tempie di mia madre tutte le paure e il dolore di cui mi sto liberando in attesa di poter ricominciare.

"Sei gelato Dante, vuoi che andiamo via?", dice.

"Qualche minuto ancora!", mi chiedo dove sia Samira.

"Hai voglia di bere?"

"Non lo so, vorrei solo dimenticare in fretta".

Lungo la strada che porta al parcheggio mia madre mi sussurra che sto guarendo e che per lei è stato giusto partecipare; bisogna viverlo il dolore per liberarsene. "È come uscire da una dipendenza", ripete, con gli occhi che fissano le stelle. "Nessuno avrebbe avuto il tuo coraggio Dante, nemmeno tutti quegli uomini messi insieme". Raccoglie un mazzo di azalee da una panchina, apre il tappo del termos e mi versa del vino. "È tutto finito ora", dice. Il lago scintilla colorando i monti di un arancione tenue, le candele in mano alle signore anziane si stanno consumando e già diverse fiaccole si sono spente. Sull'asfalto, distesi nelle pozzanghere, galleggiano mazzi di fiori strappati e i volantini su cui le facce di Said e Amal si confondono col fango. La grande macchina dei ricordi è già in funzione.

Mia madre si copre la bocca con la sciarpa nera e poggia la testa sulla mia spalla magra in modo che io possa stringerla di più, ancorarla al mio abbraccio – in attesa di un nuovo alito di vento o di altri messaggi telegrafati dal mio cuore. L'imam continua la sua predica, i fari illuminano a giorno il palco e da lontano è come se i due corpi stessero aspettando un miracolo. La luce e i petali bianchi, le urla e i due *martiri,* tutto risplende al di sopra della folla senza peccato né colpa. La verità per quella gente è semplice e diversa, perfettamente in regola con la strana vita della provincia. La morte di Said e Amal non è che una scomoda conseguenza derivata dai nostri timori, dalla nostra *infedeltà* di italiani ostili. L'odio taciuto dalle famiglie del nord-est basta, secondo loro, a giustificare un omicidio. Said e Amal sono stati uccisi, non esiste un'altra versione della storia. Io, invece, conosco la verità.

Negli ultimi vent'anni ho vissuto almeno tre vite. I dolori e le paure della mia adolescenza hanno lasciato spazio all'alcol e alle notti in giro per strada, al silenzio e alla ricerca continua di affetto e corpi fragili da accudire. Non è stato facile superare le cure della clinica Omega e la neve di quei monti così lontani dalla vita vera. Ho dovuto accettare di essere malato e solo, sono stato costretto a convivere con certe manie e a cancellare un passato di cui solo adesso – a cinquant'anni quasi – riesco a sorridere se nessuno mi sente. Ho trovato rifugio nel lavoro, ma ero consapevole che non sarebbe durato a lungo. Ho passato anni interi disteso sul divano, a guardare le ragazzine di Hong Kong che ballavano nude. Qualche volta mi è capitato di uscire con Alice ma la malattia di Alberto ha complicato tutto; troppe volte siamo finiti a trascorrere i pomeriggi nei bar, sbronzi, cercando di non pensare. La cosa che sempre ho amato fare è stata guidare di notte, non so perché. Mi rasserenava la campagna buia e il latrato dei cani in lontananza, ho girato e rigirato tra le cascine guardando i dvd che Alice mi consigliava. Quando ho avuto fame mi sono fermato fuori dai capannoni industriali o nei parcheggi vuoti dei supermercati, a volte sono arrivato fino a Bergamo per consumare un pasto in tranquillità. Di notte invece, prima di tornare a casa, spesso mi fermavo a bere al bar della stazione di servizio; oltre all'alcol mi serviva tenere d'occhio gli immigrati in modo che Renato potesse sentirsi al sicuro. Pensavo che qualcuno prima o poi gli avrebbe distrutto l'intero bar, incendiato le sedie e i video poker, rapinato la cassa o spaccato i vetri. La verità è che avevo paura di non essere amato nemmeno da quei disperati.

Arrivati alla stazione mia madre si sveglia, si passa una mano sul viso e mi accarezza; è sicura che nessuno ci dividerà d'ora in poi. Io le dico che ho fame, sono stanco e ho voglia di dormire. Prima di scendere la bacio sulla bocca, spengo la Ford del signor Gianni e le cedo le chiavi. "Ringrazialo tu", le dico, "Io lo farò domani".

Dal salone sento la porta aprirsi e le loro voci deboli perdersi tra le scale. Mentre aspetto che mia madre rientri do da mangiare ai pesci rossi. Li fisso e ci parlo, mi ripetono che tutto andrà bene.

L'inverno sta per finire. Mia madre ha cambiato parte dei vestiti nel suo armadio, convinta che il freddo andrà via presto. Cammina in ciabatte e indossa vestaglie di seta coi fiori, le ha comprate al centro commerciale. Anche oggi è di buon umore, prima di abbracciarmi mi allunga dei soldi e un bacio tenero sulle labbra. È una mattina di metà marzo, fuori c'è un sole bianco e l'eco che sale dalle scale è quella di sempre: asettica, rassicurante e intima. Non mi piace lasciarla così sulla porta; vorrei dirle che senza di lei non ce l'avrei fatta, che è merito suo se riesco ancora ad avere dei sogni e che in fondo la provincia può essere lieta e ospitale. Voglio dirle che non è così male lavorare in fabbrica e avere uno stipendio, riuscire a viaggiare in futuro e mettere via un po' di soldi, mangiare fuori il sabato sera, organizzarsi la vita e comprare un nuovo televisore al plasma. Scendendo le scale penso alle possibilità non ancora esplorate, mi chiedo quanto sarà in grado di aiutarmi questo pezzo di carta che mi ritrovo fra le mani.

"Mi raccomando tesoro, fai bella figura. Simone ti aspetta lì?"

"Non ti preoccupare mamma, so cosa devo dire. Simone aveva il turno di notte ieri ma forse ritorna per parlare di me con il direttore".

"Bene. Allora mi chiami appena sai qualcosa?"

"Certo, ora stenditi sul divano e riposati. Non prendere freddo", le dico, la saluto con tutte e due le braccia alte e vado via. In strada ci sono poche auto, fuori dal supermercato i ragazzi delle scuole giocano a calcio con delle porte fatte di zaini al centro del parcheggio vuoto. Cammino fino alla stazione in compagnia di un cane randagio senza peli, ha delle croste sulla schiena e due occhi tristi. Imballato nel giaccone nuovo stringo fra le dita il modulo compilato di notte insieme a mia madre; ogni tanto apro qualche pagina per controllare eventuali errori di ortografia. A parte due piccole cancellature nella casella riservata al codice fiscale non ci sono altre macchie d'inchiostro. Simone mi ha detto che la segretaria è una sua amica e che lì alla Bialetti sono come una famiglia: basta capitare nel momento giusto. Ha già parlato con il responsabile del personale per segnalare la mia domanda e farmi chiamare in anticipo per una settimana di prova.

Sull'autobus resto in piedi, bevo un sorso di caffè dal termos poi mostro il biglietto al controllore senza dire una parola; lui invece parla del tempo e della *crisi* ma io ho altro per la testa. Alla fermata lungo il canale sale una giovane coppia in fuga dalla scuola. Nessuno dei due mi guarda, si toccano al di sotto dei maglioni e si passano la lingua nella bocca. Lei è bionda e ha i capelli lunghi, sembra perfetta per i suoi jeans consumati. Le sue labbra rosa brillano nella luce pulita del mattino, lui le tiene la mano sul culo spaccato in due da una cucitura troppo stretta e con il naso le segna le guance. Non sento cosa si dicono. Sistemo il colletto rigido della camicia, come un uomo qualsiasi mi avvicino al finestrino per guardare i tetti dei palazzi sparire tra gli alberi che ci scortano verso la campagna aperta.

L'ingresso della fabbrica è un normale cancello di ferro blu che si apre verso l'interno. La porta automatica che introduce agli uffici è più avanti. Sopra di essa, accanto ai finestroni rettangolari, c'è una grande insegna luminosa che raffigura la scritta Bialetti e una specie di Groucho Marx deformato in una giacca nera e con il braccio destro teso verso l'alto. Non avverto particolari rumori. Un uomo in tuta scura esce dalla segreteria amministrativa con dei cartoni in mano e lascia la porta aperta. Entro e subito una scorza di aria calda si posa sul viso; noto due scrivanie vuote e una terza occupata da una donna con i capelli rossi. Si massaggia le tempie, sembra distratta e stanca dopo appena un'ora di lavoro. Resto in silenzio in attesa di un suo cenno. La guardo con discrezione, ha le dita delle mani gonfie e le unghie smaltate di nero. È lei la segretaria di cui mi ha parlato Simone. Quando alza la testa per chiamarmi io sono già lì, pronto, con la fronte sudata e una serie di fogli su cui ho scritto a mano tutti i miei impegni per il futuro.

Comincia con delle domande semplici, intanto che rispondo osservo il soffitto basso e il corridoio dietro la porta di vetro da cui si arriva alla catena di montaggio. Ascolto le sue storie che riguardano la fabbrica e i prodotti da assemblare e gli orari dei turni di lavoro. La sua voce diventa sempre più debole. Sgrano gli occhi per non addormentarmi; con la mente cerco di immaginare il mio armadietto nello spogliatoio, la tuta e i guanti che avrei utilizzato, il rumore ostile dei macchinari e il calore nella sala delle fornaci. Invento suoni e colori, occhi rossi e mani dalla pelle dura, il cibo consumato di notte e la mensa con i neon accesi. Sono qui, seduto, pronto a desiderare una vita normale, una vita da operaio, una vita di notti insonni.

Tutto il mio destino, ora, passa da questi fogli di carta che Simone mi ha supplicato di compilare. La segretaria mi dice di aspettare, ha una chiamata della polizia sulla linea principale e inoltre il direttore non arriverà prima delle undici. Nell'attesa vado a sedermi sul divano di pelle marrone, in un angolo del corridoio che affaccia sulla campagna desolata, su quei luoghi della mia provincia dove tutto sembra sparire; tutto, tranne che la vita.

Ringraziamenti

Un grazie di cuore a tutti coloro che hanno contribuito alla realizzazione di questo libro. Dico grazie a Laurana Editore. A Lillo Garlisi, Gabriele Dadati e Giulio Mozzi per avermi messo a disposizione la loro esperienza e competenza: senza di loro non avrei potuto condividere questa storia in *questo* modo. Dico grazie a mia madre, Anna e Maria Teresa per le sofferenze condivise e spesso taciute. Dico grazie ad Angelo, Enza, Raffa e Peppe, per avermi dato da mangiare e non solo. Grazie a Massimo Tirozzi per essere mio amico, per avermi tenuto sempre aperta la porta di casa. Grazie a Gaia per la sua gioia, anche tu mi hai dato da mangiare e da dormire. Grazie a Charlie, per avermi fatto sorridere quando sembrava impossibile.

Indice

RIMMEL

narrativa italiana

1. Veronica Tomassini, *Sangue di cane*
2. Massimo Cassani, *Un po' più lontano*
3. Marco Bosonetto, *Nel grande show della democrazia*
4. Antonio Pagliaro, *I cani di via Lincoln*
5. Giulio Mozzi, *Il male naturale*
6. Paolo Grugni, *L'odore acido di quei giorni*
7. Michele Vaccari, *L'onnipotente*
8. Gabriele Dadati, *Piccolo testamento*
9. Gianfranco Di Fiore, *La notte dei petali bianchi*

dieci!

1. Isabella Marchiolo, *10 grandi donne dietro 10 grandi uomini*, prefazione di Alessandra Casella

2. Daniela Gambino, *10 gay che salvano l'Italia oggi*, prefazione di Matteo B. Bianchi

3. Valter Binaghi e Giulio Mozzi, *10 buoni motivi per essere cattolici*, prefazione di Tullio Avoledo

MISTO
Carta da fonti gestite
in maniera responsabile
FSC® C007287

Finito di stampare nel mese di ottobre 2011
presso Geca SpA – Cesano Boscone (MI)